THE CHAI

OF DES

王晋康/著

命运链

SCIENCE

FICTION

IN

CHINA

北京理工大学出版社

BEIJING INSTITUTE OF TECHNOLOGY PRESS

图书在版编目（CIP）数据

命运链 / 王晋康著. -- 北京 : 北京理工大学出版社, 2018.3
ISBN 978-7-5682-5022-1

Ⅰ. ①命… Ⅱ. ①王… Ⅲ. ①中篇小说—小说集—中国—当代 ②短篇小说—小说集—中国—当代 Ⅳ. ①I247.7

中国版本图书馆CIP数据核字(2017)第300878号

出版发行 / 北京理工大学出版社有限责任公司
社　　址 / 北京市海淀区中关村南大街5号
邮　　编 / 100081
电　　话 / （010）68914775（总编室）
（010）82562903（教材售后服务热线）
（010）68948351（其他图书服务热线）
网　　址 / http: //www. bitpress. com. cn
经　　销 / 全国各地新华书店
印　　刷 / 三河市嘉科万达彩色印刷有限公司
开　　本 / 880毫米×1230毫米　1 / 32
印　　张 / 11
字　　数 / 230千字
版　　次 / 2018年3月第1版　2018年3月第1次印刷
定　　价 / 36.80元

责任编辑 / 刘汉华
文案编辑 / 刘汉华
责任校对 / 周瑞红
责任印制 / 施胜娟

序一　大器晚成，不老长青

——刘慈欣

王晋康是一位大器晚成的作家。20世纪的90年代，“并非铁杆科幻迷出身”（他一向的自我评价）的王晋康，为了给十岁儿子讲故事，偶然闯进科幻文坛，一击而中，以《亚当回归》获当年银河奖的首奖。从此以后几乎年年得奖，成了科幻文坛收金最多的得奖专业户。他也是一位“不老长青”的作家，自那时起到今年的22年间坚持创作，量多而质稳，是科幻文坛公认的“恒星”。他的作品风格沉郁苍凉，叙述冷静简约，思维清晰，文笔流畅，构思巧妙，悬念迭起，尤其是富有深厚的哲理意蕴，以“哲理科幻”在中国科幻文坛独树一帜。迄今他已经创作短篇小说80余篇，长篇小说20篇，共500余万字。虽然近年来他与我见面时，常常说他年届望七，脑力已经衰退，由衷羡慕年轻作者的精力，但他实际上仍保持着可观的创作速度，每年都要出一到两个长篇。2015年年底，另一部长篇《天父地母》又将问世。

笔会见面时他曾经对我说过：文学创作，尤其是相对小众的科幻文学创作，是一件残酷的事。当你在书店看到那堆天拥地的书籍，当你在网上看到浩如海量的网文，你会由衷地认为，在这么多选择中，有读者选择了你的书，那是一种缘分，甚至是一种惠赐。一位作者，哪怕只有少量作品能够经受时间的无情淘汰而留存于世，那也是他的福分，是他的骄傲。对此我也深有同感。我觉得，抱有这样的敬畏来写作，其作品也会博得读者的尊敬。

在另一次笔会上他曾说：像刘慈欣、何夕这样的中年作者是站在现在看未来，年轻作者是站在未来看未来，而只有我，因为年龄和阅历，已经不能深切地融入日新月异的科技社会了，所以是站在过去看未来。也许事实确是如此，但这并不代表“陈旧”或“僵化”，而是另一种独特的视角。正因其独特和稀缺（像他这个年龄段仍坚持一线写作的科幻作家已经屈指可数了），也就有独特的价值。

我们希望科幻文坛的“老王”能够不老长青，继续保持旺盛的创作精力，为读者奉献更多的、具有独特视角的好作品。

序二　王晋康——构筑中国科幻的根基

——《科幻世界》主编 姚海军

科幻小说最积极的意义之一，是能够使读者明了人类即将面临的选择。科幻作家喜欢在一个个具有特别意义的选择点上，铺陈故事，展现一条条未来之路，并表达他们对选择的企盼与隐忧。

对整个人类种族命运的关注赋予科幻小说以厚重感，而这种厚重却是中国科幻长期缺乏的。我们需要恣肆宏大的想象，需要灵动幻化的意象，需要文学层面上的探索，但是，如若没有这种对现实与未来的关注和思考，中国科幻无疑将成为沙上之阁。王晋康作为作家提出“核心科幻”的概念（认为以哲理性思考为重点的作品是科幻小说的两大核心之一）表明，他对科幻现状以及自己的创作方向有着准确的把握。现实的回报是，王晋康成了一个有鲜明特色的科幻作家，一个广受读者欢迎与推崇的科幻作家。他对中国科幻的贡献便是在固守科幻核心价值理念的同时，将哲学思想引入科幻，进而使我们惊奇地看到了中国科幻正在成形的坚实根基。

王晋康的人生履历有着“文革”一代人共同的曲折。他1948年生于河南镇平，1966年高中毕业，1968年下乡当了三年“知青”，1971年当上了工人。1978年恢复高考制度，王晋康以优异成绩考入了西安交通大学动力二系，毕业后在河南油田及第二石油机械厂从事技术工作，曾任该厂设计研究所副所长、高级工程师。

虽然大学期间就喜欢舞文弄墨，但王晋康的科幻创作却可谓大器晚成，他科幻之路的开端颇具传奇色彩。在取得了初步的成功后，1994年某日的《中国石油报》发表了一条题为《十龄童无意间“逼迫”父亲，老爸爸竟成了科幻“新星”》的新闻，道出了王晋康如何在儿子的“逼迫”下创作出他的第一篇科幻小说《亚当回归》的有趣过程。出人意料的是，这篇带有强烈偶然性的作品不仅改变了作者后来的生命轨迹，也改变了中国科幻的面貌。自《亚当回归》在《科幻世界》（1993 年第 5 期）发表始，一个新时代——王晋康独领风骚的时代便开始了。“王晋康时代”这种提法也许会引起争议，但不可争议的事实是：从 1993 年初登科幻文坛到 1999 年宣布不再参加银河奖评奖，王晋康创造了连续 6 年蝉联银河奖的辉煌纪录。在 2014 年的第 25 届银河奖颁奖典礼上，王晋康以构思宏大的《逃出母宇宙》第 18 次捧起了中国科幻银河奖奖杯。

王晋康的创作特色在他的处女作《亚当回归》中就已经有了充分的表现，最明显的是人类社会被高科技催化变异所导致的伦理道德上的新旧冲突。在这个故事中，王亚当，一个 200 年前的宇宙探险家，如同实验室中的一只小白鼠一样被作者置于传统人类已经被新智人取代的未来。迷惘、困惑，甚至反抗，新旧交替的所有矛盾都汇集于王亚当一身，作者所要表达的哲学思辨由此顺理成章地展开。王晋康的哲学思考并不深奥，但却是有趣味的、大众的，它恰到好处地调动了青少年（《科幻世界》的核心读者群）对科技主导下的人类历史可能会出现的转折的好奇心。

对待技术超速发展的问题，王晋康的心态是矛盾的。

这体现在王亚当最终的选择以及在这个选择过程中所流露出的无奈上。作为最后一个自然人，王亚当顺应了历史的潮流，但同时他却不得不放弃作为一个我们所理解的人应该拥有的快乐。生命的意义在这里受到了严重质疑。这种矛盾在后来的《义犬》（1996）以及《生命之歌》（1995）等多篇作品中得到了印证。

与《亚当回归》一样，《义犬》和《生命之歌》的核心内容实质上都是新人类对旧人类的取代：人类用自身的智慧在本体上孵化更具优势的新人类，然后科学家们便不得不面临两难的抉择。在《义犬》中，新人与旧人的冲突已经到了不可调和的程度，因而作者在结尾不得不利用主人已经形消影散的外星智慧飞船，使新人与旧人捐弃前嫌，以逃避选择的困境。但另一方面，跨越浩瀚星空苦苦寻觅主人的“义犬”的出现，却暗示了作者达观的选择。

在《生命之歌》中，王晋康的选择与《亚当回归》截然相反。这一次，他终于完全站在了旧人类的立场上，让他的主人公毁灭了新人类“先祖”，在幻想的世界中，为我们争取了一二百年的时间。

《生命之歌》当数王晋康最好的作品之一。它的成功除了在于人物形象的成功塑造以及主人公牵动心弦的抉择外，还在于它令人炫目的具有开拓性的科幻内核和对生命本质的思考。这篇作品也为王晋康赢得了广泛赞誉。

科幻小说的人物塑造似乎一直是个难题，以至于当我们回顾我们的科幻史时，很难在头脑中形成几个立体的人物形象。王晋康在人物塑造方面较为成功，这主要体现在他对狂人科学家的刻画上。痴迷不悔，用生命挑战科学的林天声（《天火》，1994）；癫狂乖戾，复制自己烟消云散的胡狼（《科学狂人之死》，1994）；以及在数易其身，掌握长生秘诀，在孤独中参悟生死之道的李元龙（《斯芬克司之谜》，1996），这些人物身上虽然仍残留着公式化的影子，但在某种程度上已经具备了独立于文本之外的生存体能。

在提携后辈方面，王晋康尤为令人敬重。1999 年年底，已经发表出版科幻小说三十余篇（部）的王晋康主动提出不参加 1999 年度银河奖的评奖。在给《科幻世界》的信中，王晋康诚恳地表达了自己的心声：希望我国唯一的科幻奖项能给年轻作者更多的鼓励。随后，他进入了为期一年的修整期。

在读者的企盼中，王晋康于2001年重返科幻领地，于是又有了《50万年后的超级男人》《他才是我》《替天行道》等一系列佳作。《替天行道》是王晋康的又一力作，同时也是新世纪初年，中国科幻的收获之一。在这篇作品中，王晋康以科幻作家特有的使命感对我们的国家所面临的现实给予了深切地关注。著名科幻作家、新华社记者韩松在评价这篇作品时说："《替天行道》和《乡村教师》都意味着从郑文光和童恩正时代开创的现实主义、英雄主义和爱国主义的回归。"

最近几年，王晋康的创作重点转移到了长篇创作上，相继出版了《生死平衡》《十字》《蚁生》《与吾同在》《逃出母宇宙》等长篇力作，他的《时间之河》单行本也将于近期与读者见面。

丰富的人生经历给了王晋康无尽的生活感悟，同时也使他的作品带上了几分苍凉、几分凝重。在我国的科幻作者群落普遍比较年轻的背景下，王晋康因而显得与众不同，他似乎是另一个纪元遗存下来的恐龙，正以他独有的优势和新生代一起构筑着中国科幻的根基。

目　录

夏娲回归

错乱时空

一 夏娲

在那场被后人称为“科技大爆炸”——科技的发展变成暴胀，轰然一声炸毁了22世纪的人类社会——的大劫变中，我和丈夫算是幸运的人。丈夫虽然没能逃脱纳米病瘟疫，但我家别墅的院内恰好有一艘整装待发的时间渡船，是从时空俱乐部租借的，原打算用于暑期度假。时空俱乐部是一个精英组织，只对少数超一流科学家开放，全球的会员不超过50名，这是因为时空旅行者必须有极强的道德自律。那天我扶着虚弱的丈夫匆匆进了渡船，让他平卧在后排的座位上。我坐上驾驶位，开始设定时空坐标——但我无法做出决定。良久我回过身，俯身对丈夫轻声说：

“大卫，我不知道该去往何时。肯定不能回大爆炸前的社会，那时没办法治疗你的病。但如果去未来，我不知道文明多久才能复苏。要不。我们先去500年后试试？”

丈夫艰难地抬起头。纳米病是科技时代的黑死病，病魔把他折磨得瘦骨支离，只有一双眼睛像灼热的火炭。他没有犹豫，断然说：

“我们不去未来，回到150万年前吧。你只用输入‘直立人第一次用火的时刻’，电脑会自动搜索到精确的时空节点。”他喘息片刻，补充道，“夏娲你帮帮我，在我堕入地狱前干一件事。”

我久久地看他，心绪复杂。我知道他要干什么。大卫是“科技暴胀”的有力推手，名列凌烟阁二十四功臣的前列。现在，不惑之年的他要在生命的最后时刻来一个彻底的反叛。我简单地说：

“干涉过去——这违犯时空穿梭的最基本道德。”

大卫不耐烦地一挥手——在这样的非常时刻，让那些劳什子道德见鬼去。

我没有多说，回头开始设定时空坐标。大卫是我的丈夫兼导师（求学时的导师和生活的导师），我已经习惯了服从他。渡船启动前我仔细检查了生活背包中的装备。我必须谨慎啊，毕竟这是一次跨越150万年的时空穿梭，在那时的非洲荒野上甭想找到一块备用电池或一枚缝衣针。好在生活背包状态完好。一把掌中宝激光枪，虽然小巧但足以摆平一群狮子；一个高容量手电筒；一支压电式长效打火机；一副作用范围100公里的对讲机，一条多功能睡袋……这些用具都是时下最先进的型号，其能量储备均不低于50年。背包里还有够一周食用的压缩食品，这只是作为应急，因为食物应该在目标时空中解决。我从背包内兜中翻出一个半透明的乳白色小球，大小正好一握。我问：

“大卫，家用的全息相机怎么也在背包里？”

在我检查背包时，大卫艰难地坐起来了。他斜倚在座椅后背上，一直目光冷漠地看着窗外。这会儿他收回目光，看看我手中的小玩意儿，忽然没来由地脸红了。他勉强说：

“我昨天试驾时用过它。”他补充道，“我拍了咱们的孩子。”

孩子。他提前拍了“出生后”的孩子，而现在他（她）只是我腹中三个月的胎儿。我知道大卫为什么脸红，知道他为什么把这么重要的事瞒着我。在时空穿梭中旅行者不得同自身有互动——这也是最严格的时空戒律之一。他拍摄自己的孩子虽然不算实质的互动，也差不多等同于犯戒了。而且这与我们即将开始的干涉不同。事急从权，为了挽救人类社会，他有足够勇气去违犯戒律。但上次不同，那纯粹出于一个大男孩的好玩儿心态。但我不想让丈夫难堪。丈夫已经病入膏肓，即将开始的150万年的时空穿梭也很难甩掉死神。如果我救不了他，至少也要让他保持心灵的平静。我只是淡淡说一句：

“这会儿真想打开相机，看看那个小模样啊。儿子还是女儿？”

“儿子。”

“是吗？不过还是留到以后再细细欣赏吧。这会儿不能耽误了。大卫你坐好，我要启动了。”

我启动了渡船，周围时空在摇曳中隐去。

我的名字叫夏娲。不是圣经中的“夏娃”，只是恰好同音而已。在古闪族的神话中，亚当与夏娃是人类的始祖，不过夏娃只是亚当的附属物，是男人的肋骨变的。我的名字来自另一个古老民族关于女娲的神话。女娲用五彩石补好被撞裂的天穹，又用泥土造出男人女人。她是人类唯一的始祖。

我的名字是父亲起的。这个22世纪的启蒙师（小学教师）很聪明，巧用我家的古老姓氏，再加上一个简单的方块字，就让女儿的名字兼具东西方两个人类始祖的含意。我想，当他为名字中内禀的神秘深奥而沾沾自喜时，绝不是想让怀中囡囡跑到150万年前扮演人类始祖吧。

但这个名字一定有内在的法力，最终让我来到洪荒时代。

荒野之神，我向你致敬。此时的东非稀树草原还没刻上人类的痕迹，它的面貌完全由荒野之神来装扮。广袤的草原上长着高大的金合欢树，成水平状的树冠直插云天，犹如一抹抹绿色的轻云。地平线上立着一排大腹便便的波巴布树和扇椰子树，巨大的树冠郁郁葱葱。眼下应该是雨季，硬毛须芒草和菅草汇成连天的浓绿。数百万只红嘴奎利亚雀和燕鸥在蓝天下盘旋俯升，大笔书写着跳荡的生命旋律。角马和瞪羚撒满了草原，它们吃着草，悠闲地甩着尾巴，不在意时刻相随的死神。天边闪烁着青色的闪电，乌云从地平线上漫卷而来。

根据渡船主电脑的搜索，那个时空节点就在附近，误差域为24小时×3千米。也就是说，至迟到明晚此时，一道闪电将点燃附近一株大树，而坠落凡尘的天火也将同时照亮某个野人的蒙昧心智。

时间渡船停泊已毕，船身半隐在高大的禾草丛中。附近有五棵扇椰子树，成五边形排列，这是一个明显的地标。我关闭了动力，回头说：

“大卫，说吧。我该怎么做。”

我绝不会放弃救活他的希望。我想尽快完成他的这桩心愿后赶紧返回，找到一个合适的时空为他治病。大卫示意我把生活背包给他。他喘息着，找出那柄掌中宝激光枪，托在手中，目光苍凉地看着它。

“夏娲，难为你了。我知道你的天性不适合干这种事。但我太衰弱……”

我打断他：“没关系，我有勇气干这件事。问题在你这边。你真觉得它是正当的吗？你真能狠下心这样干？”

他久久沉默，脸上笼罩着死亡的黑气。“我个人已经做出了决定，但这个决定应该由我们两人共同做出。”他说。

我干脆地说："我没问题。我听你的。那我就去了。"

我把他在后座上尽量安置妥当，把食物和饮水放到他手边，又开启了渡船外壳的低压电防护系统。我自己带上一天的食物和饮水，但想了想又留下了，尽量给大卫多留一些吧。在外边总能找到食物和饮水的。虽然我这次外出不会有危险，但凡事还是稳妥为好。我带上睡袋、手电、打火机、袖珍望远镜、猎刀，把掌中宝掖在怀里。临走想了想，把那个球状全息相机也带上了，在等待时空节点的闲暇中，我满可以欣赏欣赏儿子的小模样。准备妥当，我俯下身吻吻丈夫，轻声说：

"我走了。你安心休息，千万不要出去。"

大卫没有说话，一只手轻轻拉我，拉我到他身边……我明白了他的意思，轻声问：

"你想要我？大卫，你的身体……"

但我知道他的想法。他对自己的痊愈已经不抱希望；或者说他早已心死，根本不在乎肉体的存活。他想在告别人生前同我多来几番温存。也许他有不祥的预感，在分手前想留下妻子的体温。我理解他。我随即除下外出的行头，脱掉衣服，帮他宽衣解带，然后两个赤裸的身体紧紧贴在一起。他瘦骨嶙峋的身体让我心疼如绞……不过大卫只是安静地抱我一会儿，然后吻吻我，喘息着说：

"去吧。先把正事干完。我们以后的时间多着呢。"

我从他的话中触摸到入骨的悲怆——他的余生可不多了，但他已经无事可做，所以才说"时间多着呢"。我笑着打岔：

“不，你马上就该忙了——儿子七个月后就出生啦。”

我找到十几枚秃鹳和奎利亚雀的鸟蛋对付了晚饭，然后爬到一株金合欢的树杈上观察。乌云已经差不多布满天空，夕阳的光剑努力穿过云缝。暮色苍茫。草原中充盈着舒缓强劲的生命律动。一头猎豹扬着尾巴飞奔，不过我觉得它的身形比 150 万年后的后代要粗壮一些，奔跑的姿势也不如后代们飘逸。猎豹捕到一只瞪羚，但立即引来了草原的强盗鬣狗。猎豹胆怯地退却了，强盗们快意地大吃大嚼。十几只秃鹫扑打着翅膀缓缓落下来，等着享用鬣狗们的残肴。更远处一只雄狮也闻到了血腥，它鬃毛怒张，急速向这边跑来……就在这时，我看到了他们。

这是一个直立人家族，在暮色中分开草丛向这边走来，有 30 人左右。我调好望远镜焦距，镜野首先罩住了家族的头领。这是个 45 岁左右的男人（或者直立人的面容比现代人要老一些），全身赤裸，身体强健，须发蓬乱，披一身肮脏的黑色体毛。他走路的姿势已经同现代人没什么差别，面容的差别则要大一些，两颊多毛，额部明显低平，眉骨突出。他手里拎着一根木棍，一端是削尖的。对这点我没有惊奇，我知道此时的直立人已经能制造精美的石斧和其他工具。后边有几个中年男人或年轻男人。其他都是女人和半大孩子，女人身上背着不多的杂物。队伍中好像没有老人。

我把望远镜倍数放大，又打开夜视功能，对准男首领的眼睛。我知道人或动物的目光最能反映他（它）的智力层次，但这次我没能得出肯定的判断。他的目光中没有死板、愚鲁、残忍这类属性，但也看不到灵智的闪耀，就这么平平淡淡的目光，在夜视功能下幽幽闪亮，随着他的行走，在暮色中拉出一道跳荡的水平绿线。他们走近了，食草动物们警觉地盯着他们，连狮群和鬣狗群也怀着相当的戒心。看来这群直立人已经是此地常见的风景，动物们也承认他们属于草原的强者。

而且，这一小群直立人很快就要接过上帝恩赐的天火，开启智慧的大门，最后成为各色人种的共同先祖，成为地球的主人。

他们经过我所在的金合欢树，又走过一片刺槐丛，消失了。但我知道他们还会回来的——在闪电点燃某一株树木之后。我的任务就是在此守候那位率先盗取天火的人。

我打开对讲机。在静电的吱吱声中听到大卫的微弱声音：“你好夏娲。”

“大卫，我看到那个直立人族群了，一共 31 人。我有个直觉，盗火者应该是那个男头领。我在这里等他。”

“好的。”

“你吃过了吗？”

“吃了一点儿。我这边你不用操心。”

“好的。吻你。”停停我说，“大卫，如果你改变了决定，请在第一时间通知我。”

“一定。”我能感觉到他在那边缓缓摇头，“但我不会变的。”

几只高大的长颈鹿悠闲地甩着尾巴，走近我身下的这株金合欢，伸着长舌在尖刺中卷吃树叶。其中一只发现了我，小脑袋从枝叶中伸过来，用温顺的目光好奇地盯着我。我拍拍它的脑袋，它受了惊，长颈一甩避开了我，但过一会儿又把脑袋伸过来。我不敢在这儿多停留，闪电肯定要击中附近某棵树，没准就是我身下这棵呢，这一带就属它最高。我爬下树，找到一块儿台地把自己安顿好。为防止蚊虫骚扰，我钻进睡袋，把拉链仔细拉好，只留脑袋在外边。

乌云遮蔽了星月，夜色已重，远方的青色闪电不时把夜景定格。长颈鹿群仍停在原地，它们的身体已经隐入夜幕，但青光映出几只晃动的长颈，与不动的树干混杂在一起。在闪电击中那棵树之前我无事可干，但我心绪烦乱，此刻也无法入睡。我想到那台全息相机，便掏出来，按下开关。立时小球周围形成了明亮的激光网。因为我自身也在光团之内，图像不好分辨。我把小球放远点。现在看清了，那是一位正在分娩的产妇——当然是我。她屈腿躺在产床上，肌肉紧绷，低声呻吟着。可能有点儿难产，因为一双拿着产钳的手伸进画面里。又过了几分钟，产钳夹着一个浑身血污的肉团团出来。他被交给另一双手倒拎着，哭出了嘹亮的第一声。

这就是我的儿子，我和大卫的儿子。我的喉咙发哽，胸膛被堵上一块柔韧之物。相机的激光照亮了一个小区域，儿子的身体轻盈地浮在绿草之波上，像是驭空飞翔的小天使。我想起了刚才那个直立人族群，他们是人类的先祖。百万年来无数的小生命通过无数的产门来到世上，组成了绵亘不绝的血脉之河、生命之链。而我七个月后也将参与其中，尽到女性的责任。

此刻心绪烦乱，不是欣赏小可爱的时候。我长叹一声关上相机，开始思索大卫要我干的事。他想让我杀死直立人中第一个用火者，从而斩断（至少是推迟）人类智慧的进化之路。这个决定疯狂而荒诞，但我理解丈夫的心理脉络。他曾是科学教的虔诚信徒并为此燃尽才智。这一代科学精英们成就了科学的暴胀，在那段欢乐的日子里，似乎自由王国伸手可及。可是——忽然一切都失控了。不是个别的失控，而是全面的失控。纳米技术引发了高科技时代的黑死病，基因技术引发了普遍的基因错乱，亚洲新一代粒子对撞机造成了一个微型黑洞，如今正在疯狂吞食着地球的肌体，逼得我们不得不逃亡……于是像丈夫这样的科技精英们产生了强烈的幻灭感和负罪感。他要在临终前赎罪，甚至不惜让人类回到发明用火前的蒙昧时代——而且他有这个能力的，因为他正好握有一艘高科技的时间机器。

作为他的爱妻，我愿意帮他实现这个心愿。当然我肯定不会杀人，我也不相信这样干就能斩断那条命定之路。但——我相信，在这个关键的时空节点施加一点儿干扰不是坏事，我祈盼它能多少弱化 150 万年后的社会爆炸。

我会完成丈夫的托付，但在这件事上我俩其实只是同路人。

我努力抚平了烦乱的思绪，沉沉睡去。

狂暴的雷声把我惊醒，炫目的蛇形闪电连接着天和地。透过青光我能看见金合欢的树干，看见几只慌乱摆动着的长颈。暴雨随即扑来，把世界淹没在狂乱的雨声中。我知道那个时刻快来了，于是马上坐起来，从睡袋中掏出雨帽带上，注意观察。凌晨，随着咔嚓嚓一声炸响，一道闪电击中一棵巨树，正是我曾爬过的那株。巨树从中腰处被劈断，缓缓落到地上，激起一声闷响。青光中看见几只长颈鹿疯狂地逃窜。

倒在地上的树冠熊熊燃烧，即使暴雨也不能浇灭它。

暴雨过去了，天光渐渐放亮。那株巨树的残骸上仍有余火，浓重的白烟直直上升，到一定高度后被水平风吹散。我钻出睡袋向那边走去，很快闻到了烤肉的香味掺杂着焦煳味。火堆中露出长颈鹿的一只后肢，它肯定是被倒下的树干压住又被大火烧死了。我忽然发现在远处，在熹微的晨光中，那个直立人族群正急急向这边跑来。也许他们的嗅觉更灵敏，在几里之外就闻到了烤肉的味道？我迅速藏到一丛刺槐后，观察着他们。

那个族群看到了长颈鹿的尸体，高兴得尖叫着。显然他们不是第一次经历这样的幸运，他们没有耽误，立即围着尸体忙碌起来。女人们先用石刀割下小块的熟肉给孩子们，小家伙们兴奋地狼吞虎咽。男人们用石刀熟练地分割尸体，割开厚厚的鹿皮，割断坚韧的肌腱，把尸体分割成一人能够扛动的小块儿。虽然工具只是石器，但他们的工作相当快速。太阳升起时尸体分割已毕，族人们扛上猎物，结队离开了。这当儿周围聚集了一群鬣狗，但它们没敢靠前。可能是怕火，也可能对直立人有惧意，只是在圈外狺狺吠着。

这个族群离开了，鬣狗们向火堆围拢，准备享受残肴。这么说，并没有发生那件改变历史的大事，我不免感到困惑……但我忽然发现有两人匆匆返回，一人放下背负的鹿肉，用带尖的木棍赶走鬣狗。另一人是那位男头领，他也放下背负的鹿肉，盯着那堆余火，慢慢靠近。我的位置正在他的对面，中间隔着火堆。我悄悄端平望远镜，镜野中看到火苗在那双眼睛中跳荡，使原本平淡的目光平添几分灵气。他犹豫着，欲进又停，欲停又进。他的基因中镌刻着对火的顽固恐惧，灵智中却萌生了对火的强烈渴望，两者正在激烈交锋。最终，新启的灵智战胜了古老的基因。他慢慢伸出多毛的手臂，试探着，小心地抓起一根前端燃烧的树枝，把它从火中抽出来。他把树枝擎得远远的，盯着前端的火舌，目光中仍有驱不净的恐惧。但无论如何他没有扔掉它，而是牢牢擎着。

另一个男人此时也忘了驱赶鬣狗，呆呆地立着，紧盯着他手中的火，目光中有更浓的惧意。

于是，在此时此刻，人类的新时代之门悄悄地开启了。

我叹口气，悄悄掏出激光枪，瞄准他擎火把的右手，一个小红点在他右腕上跳动。大卫说只有杀了他，才能“有效地”斩断这条路（连他也没说能“彻底斩断”）。但我不会杀他的。大卫想让人类抛弃科学完全回归自然，甚至回归到发明用火之前的自然状态，但他却是使用断然的科学手段来实现它，这样的干涉合乎自然吗？我摇摇头，放弃了脑中这场驳难。这是一个悖论陷阱，甭想摸到底儿的，还不如跳出来干点直观的事。我把激光枪调到弱档，按下扳机，一束激光脉冲破空而去。这束脉冲足以在他腕部烧出一个焦斑，但不会造成更大的伤害。他痛楚地狂嗥一声，往我这边瞥了一眼，扔下火把转身就逃。另一人跟着他撒腿逃跑，连地上的两大坨鹿肉也忘了捡起。

那根脱离了火堆的树枝又烧一会儿，火舌逐渐变小，最后变为白烟。

于是，那扇刚刚打开的新时代之门又椏椏地关闭了。这次灼伤会给盗火者留下痛苦的记忆，甚至被他认为是上天的惩罚。也许他今生不敢再“玩火”，也许在一段时间后他会恢复勇气再度尝试……不管怎样，反正我已经对这个时空节点施加了干扰，可以对丈夫交代了。也但愿它能弱化150万年后那场劫难。

鬣狗们又狺狺着靠近。我的任务已顺利完成，便带上随身用品返回。我一边信步走着，一边想着如何把这件事（我没杀死盗火者）对丈夫说圆。沉思中我回到了出发地，但是——眼前为什么没有我们的时空渡船？我仔细看看周围的方位，没有错，正是这儿，那五株扇椰树就在近边。我打开对讲机呼唤丈夫，但对讲机中悄无声息。须知它的作用范围是100公里啊，莫非丈夫驾渡船离开了这片时空，独独把我抛下？不，大卫决不会这样做的，以他衰弱的体力，他也没有理由这么做。

我在附近寻找，很快找到了我离开时留下的脚印。是穿鞋的脚印，所以只可能是我留下的，绝不会是那些光脚的直立人。但在脚印的尽头，在那本应停着一辆时空渡船的地方却空无一物，甚至没有留下任何迹象，比如压断的树枝，地上留下的压痕等。我反复呼唤，对讲机里仍然是瘆人的沉默。这沉默一点点放大我内心深处的恐惧。我焦急地呼唤着：

大卫，大卫，你在哪里？

——忽然之间我全明白了。我的世界瞬时坍塌了。

二 大卫

妻子走后，大卫勉强吃点东西就睡了。这一觉睡了很久，但一直睡不安稳。思潮在睡眠之河中暗暗涌动。他要妻子做的事是对他40年信仰的决绝反叛，那么他这样做对吗？……浅睡中他感觉到电闪雷鸣，感受到狂暴的雨柱拍打着船身，也感觉到一道闪电击中了附近的树木。这么说，那个时空节点应该快到了。

他想走出梦境，用对讲机向妻子问问情况。但他的体力实在太弱，意识指挥不动肢体。一直到朝阳初升时他才真正醒来。他打开对讲机呼唤妻子，但没有回应。那么，也许那位盗火者已经到了火堆现场，夏娲此刻不便回话。她看到对讲机的信号，过一会儿就会主动回话的。

但他等了很久也没回音。他忍不住，又呼唤了几次，仍然没有回音。虽然从理智上判断不会出事，但下意识中一个小警灯开始悄悄闪亮。他强撑病体坐起来，从环形观察窗向外看。天气已经大晴，天蓝得通透，几朵羽状白云悠然飘荡着。渡船旁边是那五株扇椰子树，在斜射的阳光下似乎显得更加高大。夏娲说这是一个非常明显的地标，所以她不大可能迷路。但大卫巡视一周后有点儿困惑——周围好像没有被闪电击中的树，因为视野中没有余火的烟柱。那么，昨晚他在恍惚中感觉到的纯粹是梦境？

外出的妻子带着一整套高科技的行头，肯定不会出危险的——但正是这一点让他困惑。因为那件高性能的对讲机肯定不会出故障，在关机状态也有提醒功能。那么，妻子为什么迟迟不通话？

他的忧思被暂时打断，因为在左前方草丛中忽然出现两个直立人，手中各握着一根带尖木棍。他们显然是直冲着这儿来的，走得很快，边走边向这边指指戳戳。大卫机敏地悟到是怎么回事：是阳光，阳光在渡船的金属外壳上反射，方位正指向那个方向。他们一定是远远发现了草丛中的奇怪闪光，于是过来一探究竟。昨晚妻子说她发现了一个直立人小族群，这两人应该就是其成员吧。两人很快走近，走到大约 20 米外时放慢了脚步，警惕地盯着这边，手持尖棍一步一步地逼近。渡船的窗户是单向透光，他们看不清里面，但大卫能清楚地看到他们：扁平的额部，突出的眉脊，赤裸的身体披覆着肮脏的黑色体毛，但比起黑猩猩来要稀疏。这正是人类在 150 万年前的尊容。

大卫静静地观察着。那两人绕着时空渡船转了几圈，对这个从没见过的大个头物件十分好奇，当然也夹着惧意。一个人用棍子捅捅渡船，见没有动静，便大着胆子把手慢慢伸过来。大卫屏息等待着那一刻——砰的一声，那人被低压电流打倒。他尖叫着，左手护着受伤的右手，连滚带爬地逃离此处。另一个人也慌乱地逃离。

大卫想他们肯定会头也不回地逃走，永远不敢再回到这儿来。但他想错了。那两人没逃多远就停下脚步，心有不甘地回头望着这边，激烈地比画着，讨论了很久。大卫轻轻摇头，看来这俩扁平脑壳尽管脑容量不足，但也有很强的好奇心啊。没错，好奇心——这正是人类的强大本性之一，有了它，人类才敢“玩火”。大卫不再关心他们，拿起对讲机重新呼唤妻子，仍然没有回音。这时他听到尖利的连绵不绝的啸声，是一个野人发出的，他把手指含在嘴中，鼓着腮帮用力吹。没有多久，天边出现一群人影，约有二三十人，大步向这边跑来。他们走近了，早先的两人迎上去，比画着什么，向这边指指点点。然后他们合为一队走向这边。

大卫忽然震惊地屏住呼吸，瞪大眼睛——走在人群最前边的、首领模样的人是一个近 50 岁的男人。但他的形貌与别的直立人截然不同！

首先他身上没有体毛。皮肤黝黑光滑，仅在胸部和裆部有黑色体毛，与现代人完全一样。他走近了，能看清他脸上也没有毛，而且额部饱满，眉脊不突出，完全是现代人的标准形貌。大卫仔细观察，甚至能从他的体貌中分辨出白种人的特征：眼窝较深，高鼻梁，蓝色瞳仁。但他披散的头发是黑色，鼻梁挺直而不高，这一般是亚裔的特征。尽管他皮肤黝黑，但没有黑人的典型特征，比如卷发、厚嘴唇和翘起的臀部。大卫非常奇怪，150 万年前的直立人中怎么会有这么一个突变，一个异类？也许现代人（更可能是白色人种和黄色人种）的血脉之河正是从这儿流出来的？

大卫隔着单向玻璃近距离观察他。那人看不到里边，但他一直努力向里看，一边保持着身体不与渡船接触，显然头前的两人已经向首领说明白了这个危险。从这个迹象看，这个直立人族群的语言已经进化到了一定程度。那人的眼睛近在咫尺，蓝色眸子显得机警而威严，闪烁着智慧的光芒。大卫苦笑着想，多半此人就是那个盗火者吧。他不该让妻子把激光枪拿走的。目标已经自己找上门啦，这会儿打开窗户给他一枪，自己的事就办完了。

但渡船里没有其他武器，他只能老老实实待着。

那人绕着渡船观察，大卫也随着他转动身体。忽然一声响，是他不小心把妻子放在手边的食物碰掉地上了。外面众人的听力很敏锐，都同时听到了这声轻响，齐齐向后跃出。跃到安全位置后他们才回过头，惊慌地盯着渡船。众人中没有那个首领，原来他离渡船太近，转身跃回时一只手不小心碰上船身，被低压电流打倒了，而且打得较重，此刻正在地上抽搐。其他人赶忙跑过来，把他拖到安全位置。

众人恐惧地盯着这个会咬人的魔物。首领被扶起来后也盯着这边，目光中有恐惧，但更多是狂怒。他在盛怒中做出了决定，一阵尖锐的喝叫之后，人群立即动起来。一人快步离开，沿来路返回。其他人开始拔草折树枝，收拢后堆到渡船旁。首领本人也怒冲冲地干着，他体态剽悍，又带着情绪，干得比别人更快。大卫有点奇怪，他们在干什么？要用草叶树枝把渡船埋起来么？不久，地平线上又出现了人影，这次是多达百十人的长队。肯定是刚才那个信使唤来的。无疑这个部落非常强大，妻子说它有31人，那她只看到了一部分。他们走近了，每人腋下都夹着一捆树枝或草。抵达这里后他们也把柴草堆到渡船周围。柴堆的高度已经半掩了渡船的窗户。然后所有人都望着来路的方向，等待着。

按说大卫已经能猜到他们的打算了，但由于思维的惯性——认为此刻的直立人还没有学会用火——大卫竟然没想到那个最明显的答案。他陪这些野人折腾这么久，体力已经难以支持。但眼前的事总该见到答案吧，他凝聚意志坚持观察着。忽然他奇怪地发现，“朝阳”正在慢慢落下——原来那其实是“夕阳”啊。自己的一觉竟然睡了一夜再加一整天？不该有这么久的，这让他心中隐隐觉得不踏实，那盏小警灯又开始闪亮。

暮色渐渐降临，渡船外的众人忽然有一波喜悦的骚动，很多人指着来路的方向。大卫也极目望去，忽然再次震惊了。他发现暮色中出现一个光点，它晃动着向这边趋近。现在能看清了，那是一支火把！火把的光芒照出了三个人的身影，都像是女性，两个年轻的扶着一位年老的。老人相当老迈，步履艰难，所以她们走得很慢。

火把？所谓人类“第一次用火”的时空节点之前竟然有了火把！看到火把，大卫不由得苦笑着自嘲；傻瓜，你这个反应迟钝的傻瓜，直到这时你才知道这些扁平脑壳们是在忙乎什么——在为这个胆敢咬人的魔物准备一场严厉的火刑。要知道他们已经有了“高科技”的火，拥有了世上最强大的魔力。他们要动用神火把魔物烧死，惩罚它竟敢对人类的王者不敬。

大卫苦笑着想，人类的天性倒是一脉相传的，刚学会用火才几天就有了足够的霸气。自己何尝不是如此？这十几年他志得意满，以为自己能把自然玩弄于股掌之中。相比之下，这群扁平脑壳至少对“火”还保持着敬畏。刚才大群人马来时没顺便把火种带来，而是捺住性子等这位步履蹒跚的老妇人，足见他们对火的尊崇。老妇人很可能是部族的女巫，只有她才掌管着用火的权柄。当然这场火刑很可笑，高科技的时间渡船可不怕温和的柴草之火。那就耐心等下去吧，等着这些野人离开后再设法和妻子联系。大卫静下心来，等着擎火把的三个妇人走近。

忽然——真正的震惊降临了。

三 夏娲

就在这一刹那我明白了，我的世界瞬时坍塌了。

大卫和我都太糊涂，主要怪我们这次的时空穿梭太仓促，没把事情想透。我们来到这个时空节点，想施加干涉以影响150万年后的世界。我们想当然地认为，这种作用不会影响到“已经处于本时空”的时空渡船。但我们错了。时空渡船虽然处于本时空，但它的根儿是扎在150万年后。所以，此处的扰动将会经过150万年的两次传递再作用到时间渡船上。这么着，我昨晚射出的那束激光足以让这艘渡船飘移到恐龙时代，或干脆漂到外星球——但为什么我还在这儿？我为什么会留下一串脚印但却在某处突然中断？

打住。夏娲你甭想弄懂这些。时空穿梭本来就建立在深刻的佯谬上。而且，夏娲，夏娲，我在心中苦声唤着，你没有时间陷入玄虚的驳难。你还有远为迫切的事要干哩。

我的孩子。

此前我虽然和大卫万年迢迢来到这蛮荒世界，但心理上并未对此看得太重。我们就像是去非洲荒原上观看野生动物的阔佬，身后有一根粗壮的链条连着文明世界。现在这根粗壮的链条忽然断了，不，完全消失了，甚至连带抹去了我的丈夫。只剩一个26岁的、高科技时代滋养的精致女人，孤身留在150万前的蛮荒世界——不，如果真是孤身一人倒好办了，大不了一死而已。但现在是1.3个人——还有一个三个月的胎儿！

荒野的神灵，你救救我吧，不要让一个年轻女人在绝望中疯狂。

我没有疯。我没那个资格。我的慌乱只延续了半个小时，也许只有十分钟。然后旧日的我訇然溃散，一个赤裸的女野人从旧壳中走出来。旧日的我——我生长于斯的高科技世界，文明崩溃后的悲怆，我对那个世界的责任，我对重病丈夫的心疼和俯就，乃至我对美食、音乐、首饰和时装的眷恋，我对自身美貌的自恋……如此等等的一切都在刹那间崩碎。现在这个女野人的精神世界中只剩下三个字：活下去。

为了自己，更为了孩子。

我在刹那间建立的目标甚至比这更深远。我身边带有一整套能使用 50 年的高科技行头，它们并未随时间渡船一同消失。凭着它们，在荒野中生存下来并把孩子养大并非难事。但此后呢？等待丈夫的搭救？我绝不能寄望于这个肥皂泡。那么等我死后，孩子将孤身一人？他与谁结婚生子？当他在绝对的孤独中疯狂时，有什么能让他借以逃离的东西，诸如责任、亲情和爱情？

答案非常明显：唯一的希望就在那个直立人族群。尽管他们身上有黑色长毛，他们额部扁平脑容量不足，他们眉脊突出脸上长毛，他们粗野污秽，但至少他们的血缘与我是相通的。我只有（带着腹中的孩子）设法融入这个野人族群。命运对我毕竟还算仁慈，在壁立千仞的绝望中还留下这么一个小小的出口。我只能以感恩的心接受它。

朝阳升起时我已经彻底完成了蜕变与新生。我最后一次用对讲机呼唤，仍然没有声音。便毫不怜惜地抛弃了它，我绝不容许自己再把时间浪费在虚无的希望上。我狠心抛弃的还有其他用具：激光枪、望远镜、猎刀、睡袋……做出这个决定的是直觉而不是理智。理智告诉我应该保留这些极为宝贵的用具和武器，它们可以大大增加我的生存概率，且不说能助我在野人族群中占据王者之位。但直觉告诉我，在一个蒙昧族群中使用这些东西是反自然的，鲁莽的，它可能带来无法预见的潜在危险。比如说，如果族群习惯于依赖这些神物，而它们却不可避免地耗尽能量，那时该怎么办？凭我一人之力，我肯定没有能力让一个蒙昧种族一夕之间跃升为智人，只好让自己（和孩子）向下沉沦以适应它。

扔掉这些东西后我又脱去衣服，全部脱光。生活在野人群中不需要衣服，这样才能抹平我与野人们的鸿沟。虽然想起从此要永别这些“女人之爱”，难免心中作疼，但我没有任何犹豫。记得一位成功的野生动物学家说，要想和野生动物真正贴合，你只有像它们那样四肢走路，像它们那样撕扯食物，像它们那样赤身裸体。虽然我将面对的是野人而不是野兽，我还是照他说的去做吧。只是在脱鞋时我犹豫了，不过只是因为实用主义的原因：我未经磨炼的嫩脚板肯定受不住荒原的坎坷荆棘。但没有办法啊，我不愿把这个“古里古怪”的玩意儿带进那个光脚的族群。而且说白了我没有第二双鞋子和第二身衣服，早晚得走这一步。晚走不如早走。

衣服脱光了，我看着自己白皙光滑的胴体苦笑。它漂亮而精致，但一点儿不实用，我倒是希望进化之神能让我重新生出御寒的体毛，那就谢天谢地了。

没舍弃的只有两件：打火机和全息相机。打火机在我随后准备实施的计划中有特定的用处；全息相机是我同丈夫和儿子唯一的羁绊（我是指原时空中那个水晶雕像般精致的儿子，而不是今后的小野人）。我从内衣上撕下一块布把二者仔细包好，用裙带斜挂在胯部。这对野人们来说仍是“古里古怪”的东西，但让我保留这唯一的奢侈吧。

新生的夏娲在那堆灰烬前等待。我抱着微弱的希望，希望那个野人首领（为方便计，以后叫他野亚当吧）还没有完全死心，还会再来火堆旁看看。至于他来后该怎么办，我已经有了周密的腹案。如果他不来，我再去找他也不晚。

谢天谢地，我的估计没有错。野亚当又来了，而且这回只有一人、估计他是有意独自前来，不想在部众面前重现昨天的狼狈。他能在一夜之间克服恐惧只身前来，我不由佩服他的勇气。显然他对昨晚的受伤心有余悸，离火堆很远就站住了，警觉地睃着四周。我这次没有躲藏，从树干后主动现身，在脸上堆出“最雌性”的笑容。

野亚当惊愕地发现了我，一个无毛的、皮肤白皙、形貌妖异的雌性。他立时收住脚步，紧握木棍，把棍尖对准我。我估计昨晚他受到枪击时可能瞥见了我，所以他目光中有浓重的敌意。我对他的敌意坚持报以友好的笑容，并在笑容中尽可能加进柔媚。他紧紧盯着我，但我拿不准自己在他的眼中是什么形象，是一个比女野人性感漂亮的异性，还是一个讨厌的白化病人。

不管怎样，我一直坚决地笑着，但他的敌意似乎没有减弱。不过不要紧，我还另有招数呢。我向他招招手，向火堆走两步。他没动。我再招招手，再向火堆走两步。然后我俯下身，把整个后背留给他。这意味着对他的信任，陌生的野人之间绝不会这样做的。

我在火堆旁鼓捣了好久。他终于耐不住好奇心，向这边走了两步，伸长脖子向前看，但棍尖仍警惕地朝向我。等把他的好奇心撩拨到足够程度，我站起来，回过身，满面欢笑，手中擎着……一束枯枝，火苗在枯枝前端欢快地跳跃。

野亚当呆住了，目中顿时消去敌意，代之以敬畏和欣喜。他紧紧盯着我手中的火焰。

我笑容可掬，把火把递过去。他立即后退一步，反倒恢复了戒心。我知道自己做错了，有点操之过急，更不该把这事弄得像是对他的恩赐。我应该设法把这个赠予弄得更自然一些，熨平他雄性的自尊心。于是我让擎火把的右手抖一下，火把歪了，燎着了我的左肘。我惊呼一声扔掉火把。它落在地上，与雨后的湿地接触，发出轻微的嗞嗞声，火焰慢慢变弱。我佯作惊慌地盯着它，同时用眼角的余光罩着野亚当，揣摸着他会不会抢救火把。如果他一直不动手，火焰熄灭前我将不得不拾起它……在火焰快要变成白烟前，他终于弯下腰，小心地拾起火把。脱离了湿地的火焰立即熊熊地燃起来。

他傻笑地擎着那团火焰。我也咯咯傻笑着，拿崇拜的目光看着他，心中则轻松地叹息一声。此时此刻，新时代之门在因我的干扰而关闭之后重新开启了。历史之河稍稍走了一点弯路，但很快裁弯取直，撂下一个小小的弓形湖。我不由想起大卫，有点心酸。他借助时空渡船打算抹去这个时空节点，我帮他实现了。但我随后又把“该得的火”还给野亚当，抹去这段人为干涉，恢复了历史的原貌。

也不全是原貌——这团火并非来自于天火，不是那堆灰烬的复燃，因为那个火堆已经熄透了。这团火是我躲开了野亚当的眼睛，用打火机点燃的。

但我对大卫没有愧疚。我这样做是为了孩子，我们两人的孩子。一个母亲为孩子而做的任何事情都是天然正确的。大卫对科技的突然反叛，突然萌生的回归自然愿望，都是偏于概念化的东西，当它们与现实的顽石相撞后肯定会碰得粉碎。什么是现实？现实就是我们母子如今生活在野人群中。我想让儿子吃熟肉，想让他在晚上睡觉时有一个防御猛兽的火堆。就这么简单。但这个简单的需求又无比强大，强大得足以撞碎一切理性的阻挡。我们会牢牢守着这堆火，一代一代活下去，哪怕它会带来150万年后的社会爆炸。

我小心地盯着野亚当擎着的火把。尽管在“原历史”中正是野亚当开辟了用火进程，我还是担心他缺少经验而使火把熄灭。我从火堆中捡了几支大小合适的焦枝，递给他。这次他顺顺当当地接受了，把它们并在原来的树枝上，火焰立即大大加强。他那未脱蒙昧的心智充分理解了这团火的重要，随手扔掉那根带尖木棍，用双手虔诚地擎着火把，转身回家。我自然不会瞎等男士的邀请，便拾起他扔掉的尖棍，又搜集一抱焦枝，很家常地跟在他后边。他斜眼看看我，没有什么表示，仍小心翼翼地捧着火把前行。

我心中一阵轻松，知道自己已经被他接纳了。

我的赤脚实在难以对付荒原的荆棘。尽管我咬牙忍痛，仍不免一瘸一拐，落在野亚当的后面。那个脑容量不足的家伙竟然有足够的细心，注意到了我的落后，便停下脚步等我。我匆匆赶上时，他正不耐烦的倒换着脚步。看来他急于在族人面前展示手中的神物，不过还是强耐着性子等我。就在这时，我心中突然涌出大潮般的感激之情。

族群的家原来安在刺槐丛边，只是一片被踏平的草丛，背对着绵亘不绝的刺槐。男人睡外边，女人和孩子睡里边。这当然是为了防御野兽。“家”的最里边堆着昨晚运回的鹿肉。今天可能因为首领不在，食物也足够，所以他们全部在家，没有出去觅食。这会儿大家看见首领回来——而且手中捧着可怕的火焰！身后还跟着一个形貌诡异的白色妖孽！所有人都跳起来，惊惧地盯着两件凶物。野亚当走进人群，努力讲说着，不知道是在讲“火焰”还是在讲我。那是一种不连贯的语言，带着弹舌音和吸气音，基本为单音节。他说了很久，但族众依旧茫然。这不奇怪，此时的语言中肯定没有“火”的概念，不好讲清楚的。

我尴尬地站在人群之外。族众看我的目光饱含敌意，特别是那些中年女人。但我早就筹谋好该怎样化解它。我默默走到一旁，把怀中抱的焦枝架成圆锥形，让其中央是空的。在我干这件事时，周围没有声音，但我感觉到 30 双灼热的目光烙在我的后背上。焦枝架好了，我走近野亚当，讨好地笑着，向他讨要那束火把。野亚当困惑地看着我，犹豫着。但他一定想到最初是我把火焰驯服的，便不大情愿地交给我。我把火把塞到焦枝堆中，火焰在树枝缝隙中试探地舔着，腾跃着，轰然一声大烧起来。野人们慌乱后退，有小孩在害怕地尖叫，可能是火花迸到身上了。我默默走过人群，去里侧取过一块带骨的腿肉，又走回来，放在火焰上烤着。族众又慢慢围上来，个个屏住气息，盯着我的手。

肉很快烤熟了，香气四溢。我走过去，把熟肉献给野亚当。他定定地盯着这块肉，很久不接。我保持着笑容，一动不动地举着它。终于他接过来，咬了一大口，立即露出狂喜的表情。他想了想，把肉撕开，分给几个小野人，小野人们立即大口吞吃，个个欣喜若狂。

野亚当抱着几块肉过来，交给我，自然是让我继续烤肉。族众的目光不再带有敌意，而是转为期盼。我轻松地想，整个族群已经接纳我了。

夜里我睡在人群外侧，最接近火堆的地方。我毕竟一时难以适应命运的陡变，再加上还要照顾火堆，所以彻夜难眠。族众都睡得很熟，但我起身添火时，只要稍有动静，立时有七八个脑袋仰起，七八双目光警醒地打量着四周，这中间肯定有一双目光是野亚当的。天已经大晴，星汉低垂，繁星如豆。荒野沉浸在森冷的静谧中，偶有一声鸟啼狮吼也打不破它。极目所至是无尽的黑暗，只有一个小小的金色火堆。火焰跳荡着，小心地舔着夜色。它太微弱了，似乎很快会被黑暗窒息。但我知道它不会熄灭，它其实比黑暗强大。它会一直烧下去，直到激醒人类的蒙昧——再一直走到22世纪的社会爆炸。

这才是人类史的“自然状态”？是大卫和我曾用时间机器和激光枪中断过的、我又用打火机接续上的自然状态？想起是我一人促成了方向相反的两次大转折，我总觉得啼笑皆非。我想着丈夫，痛苦地思念着他。大卫我违逆了你的意愿，你怨恨我吗？此刻，在我睡在野人群中的第一夜，大卫你随时间渡船漂流到了哪里？

第二天族众照例出去觅食。族群中没有太小的孩子，所以全员出动。我忍着双脚的剧疼也走进队伍中。走前我添足了柴，但我担心火堆坚持不了一天。当然，打火机还在我胯部的布包里，但上次用它点火是在特殊情况下。以后若非万不得已，我不会再重复了。在这个蒙昧族群中，我决心彻底回归自然，抛弃一切“科技之物”。野亚当一定是注意到了我回望火堆的目光，他想了想，把我从队伍中粗鲁地拉出来，指指火堆，吼吼地喊了几声。我顺从地点点头（但愿史前人也知道点头的意思），留下来照看火堆。我不由对野亚当生出钦敬之情。他的扁平脑壳倒也有足够的智力，敏锐地抓住了新时代的关键，那就是——在居住地保持一个不灭的火堆。

这可以说是人类史上最重要的发明，此后，在上百万年漫长的历史中，尽管人类向世界各地扩散，但这始终是各部落不变的传统，在各大洲漫长的暗夜中，一个个小小的火堆守护着人类的文明。

晚上这支队伍拖着长长的身影回来。野亚当给我一只兔子，我想他是让我烤给孩子们吃。我把兔肉烤熟了，交给野亚当。他撕下两条后腿首先给我。我赶忙看看四周的族众，怕他给我的特殊待遇让其他人生妒。但是没有。别人目光漠然，没有赞许也没有敌意，几个孩子不看我手中的后腿肉，只是贪馋地盯着剩下的熟肉。这意味着，这两只后腿肉是“守火堆者”应得的报酬。其实今天我已经用野果鸟蛋填饱了肚子，但我感激地接过它，大口吃起来。

荒野唤醒了我基因中深埋的本能，我在几天内完全习惯了这儿的生活。那个 22 世纪温室中长大的精致女人完全恢复了野性。我还打算彻底抛弃理智上的清醒（它太痛苦），尽快让心智向下沉沦，达到和那些女野人一样的层次，这对我才是最保险的生活。但在这之前我不得不玩弄一点儿机谋——为我的儿子。七个月后我将生下这个儿子，蓝眼珠，黑发。额部饱满，眉脊低平，浑身无毛，皮肤白皙。他在这个直立人族群中绝对是个形貌妖异的妖孽。这个族群已经接纳了我，还能不能接纳这个婴儿？也许能，也许不能。但我绝不能心存侥幸。我必须未雨绸缪，把儿子置于万全之地。

至于如何办，我苦笑着想，我也早就成竹在胸啦。文明时代的生物学家们说，女人是雌性动物中唯一没有周期性征的，这是一种进化策略。因为人的婴儿过于柔弱，只能靠男人的保护。而最好的作法是让一群男人都以为婴儿是他的后代。女人没有明显的周期性征就易于行使欺骗。

我要趁身孕不明显，加紧实施这样的欺骗。这个族群是群婚制，我会坦然接受它，不过第一个要征服的男人当然是野亚当。那是最合适的人选，有助于我儿子获得较高的社会地位。我这样做其实算不上阴谋，因为其他智力低下的女野人都是这么做的，不过她们是依据本能，而我是依据智慧。所以不妨这样说：何时我能比照她们的水平，使智慧充分萎缩而让本能足够茁壮，我就不必活得这么累了，一切都自然而然地顺流而下了。

也许在上帝的目光中，现代人的精妙心计也不过如此？

我决定今晚就去找野亚当。白天族人们出去觅食，我仍看守火堆。我从布包里取出全息照相机，打开它。我遗憾地发现，相机中和儿子有关的录像原来就那么一段，可能是丈夫在“偷窥未来”时及时自省，中止了犯罪。我一遍一遍地看着，泪珠在腮边滚落。相机中其他内容都是我和大卫的两人世界。我们在出席高档宴会，我穿着漂亮的晚礼服，裸露的后背如羊脂玉般润泽；大卫揽着我立在高山之巅，脚下翻卷着无边的云海，这应该是在西藏拍的；丈夫为我庆生，鲜艳的奶油花上 25 只蜡烛跳荡着金色的小火苗；然后是我俩身着廉价衣服混在大排档的吃客中，躲在角落里大吃大嚼……

我整整看了一天，不时抹去腮边的泪珠。荒野千里，风吹草低，身边的火堆安静地闷燃着，白烟袅袅上升。十几只鬣狗颠颠地跑来。我不想让它们中断我的观看，就从火堆中抽出一支长枝，做好防卫准备。但鬣狗并没有打扰我。它们被这团变幻的白光迷住了，都蹲在后腿上，痴痴地看着，目光愚鲁而好奇，我甚至感受到了其中的温馨。夕阳沉落在晚霞中，族人们该回来了。我叹息一声，关了相机，随手抛到远处。鬣狗们立即蹿起来，争着叼那个球球，很快跑远了。也许鬣狗们不会咬碎这个玩物吧，那么，也许 150 万年后，某个考古学家能从非洲某处地下挖出它。

但我不能再让它留在胯边的布包里。大卫和野亚当这两个男人不应共处。

夜里，我把火堆上的柴添足，摸到野亚当身边。

七个月后我生下儿子。分娩时刻是白天，仍是我一人在家。没有全息相机上记录的难产，也许这得益于我几个月来在荒野的颠簸。我挣扎着咬断脐带，用早已备好的软草擦干儿子身上的血污，紧紧抱在怀里。我没有麻烦给他起名字，他的一生中用不上这个。令人欣慰的是，也许因为族群已经看惯了我的怪模样，所以平静地接受了这个无毛小怪物。仅在此后野亚当对他明显偏爱时，有些女野人会恼怒地吼叫，然后把邪火撒到我和孩子的头上。不过这样的小小恶行是可以理解的，我会护着儿子，与她们凶恶地对吼，但从没放到心里去。

我的儿子出生在一个错误的时间。其他女野人由于本能的指引，都是在旱季怀孕雨季分娩，这样母子容易获得充足的食物。我的儿子却赶在旱季前出生，偏又赶上一个特别漫长的旱季。在整个严酷的旱季里，这个小生命一直在同死神搏斗。族群中的男人们，尤其是野亚当，为了帮我们母子找食物真是累惨了。当然这并非出于高尚而是出于自私本能，以他们的智力，认识不到这个无毛的白色小怪物不是自己的血脉。但……其实这种自私就是高尚，是这些蒙昧心灵中最闪亮的东西。我对他们满怀感恩之心。

母子俩终于熬到第一场雨水来临，绿草和兽群似乎一夜之间忽然冒出来。所有族人都像瞪羚那样蹦跳撒欢，吃饱喝足的儿子格格笑着，而我也学会了像女野人那样狂喜地尖叫。

四 大卫

火把下那三人让大卫经历了真正的震惊。那是三位女性，两个年轻直立人扶着一个 80 岁左右的老妇——大卫在第一刹那的下意识中，正解地没称她为直立人。因为她同刚才那位男性首领一样，明显是现代人的体貌特征，额部饱满，眉脊低平，浑身赤裸，肤色黝黑，没有体毛。她背部佝偻，眼神混浊无光，双乳已经极度萎缩。头上是稀疏的白色乱发，下身围着一条短裙——不，不是短裙，只是一条宽带吊着一个布包，布包明显久经沧桑。她的面部深镌着稠密的皱纹，几乎覆盖了真正的面容。纵然这个老妇与年轻美貌的夏娲没有任何相像之处，大卫还是凭直觉认出了她。他朝对讲机脱口唤道：

“夏娲？夏娲？”

没有回音。对方手中没有对讲机，身上也没有可以装对讲机的地方。但大卫不怀疑自己的判断。他在刹那中猜到真相——妻子受他之托去杀死采天火者，她对本时空的干涉通过150万年的两次反射影响到本时空的时间渡船。影响倒是不大，渡船仍保持在原来的空间位置，只是时间向后漂移了大约50年。他真该死，竟然没提前考虑到这种可能，即使他病入膏肓神思昏沉，这样的愚蠢错误也不可原谅。他回头看看那五棵成五边形排列的扇椰树，没错，它们的相互方位没变，但50年后的树身明显粗大多了，刚才他在下意识中其实已经注意到这一点，只是把它忽略了。还有，难怪他心目中的朝阳变成了落日，现在并非抵达本时空的第二天清晨，而是50年后的某个傍晚。

他再度观察来人。两个年轻女子中，有一个完全是野人体貌，擎火把的另一个则带着现代人和直立人的混血特征。大卫迅速理出了事情的大致脉络：在时空渡船漂移走之后，孤身一人陷在本时空的夏娲不得不加入到直立人族群，艰难地活下来，并带大了他俩的儿子（就是那位想烧死自己的男首领），又和族群中的男人们至少生下一个女儿。这50年来，这个族群可能一直在本地求生；也可能到处迁徙，只是最近刚好转移到这个区域。然后当渡船从时间中凭空而降时，族群成员发现了它。

可怜的夏娲，可怜的儿子。

还有，可怜的大卫。

突然逝去的50年岁月像一条突然结冻的冥河，把大卫的意识冻僵了。他想赶快起身，打开舱门把夏娲（还有她的儿女们）迎上来。但他被魇住了，一动不能动。他看见男首领对老妇说着什么。老妇颤颤巍巍地走过来，浑浊的老眼看清了柴草之下的渡船，立时眼光一亮！

但亮光随即转为茫然，她陷入苦苦的思索。大卫推想，也许她萎缩的神智已经忘了时间渡船，仅在记忆深处有一点模糊的印象而已。老妇伸手去摸渡船，儿子赶紧劝止她，但老妇摇摇头，固执地把手伸过来。就在她的指尖快要接触船身时，大卫总算反应过来，一把摁断了低压电防护系统。老妇摸到船身了，安然无恙。男首领愣一会儿，也试探着摸摸，没有事儿。第一个被击中过的男人不相信，小心地伸手摸摸，也没事。一群人欣喜若狂，围着老妇欢呼起来。

无疑，他们认为是老妇的法术显灵了。

老妇围着渡船转，趴在窗户上急切地向里看。单向窗户里，大卫隔着咫尺之距看着她浑浊的眼神，不知道自己该不该出去。在50年的漫长人生中，夏娲显然已把根深深扎在野人社会中了。她严重衰退的心智中恐怕已经没有大卫的存身之地。那么，在她生命之烛将要熄灭的时候，突然强行把她拉出这个熟悉的世界，是不是太残酷?

但老妇分明已经激起比较连贯的记忆。她表情激动，围着渡船蹒跚地转着，摸着。然后她想到什么，吩咐那个混血女人解开她胯部的布包。布包很紧，费了很大时间才解开。所有人都期盼地看着，显然他们从没见过其中的内容。老妇从中取出一个小物件，虔诚地捧在手中，面向渡船，嘴里喃喃说着什么。大卫听不懂，他以为那是野人的语言。但他忽然听懂了，老妇的声调相当怪异，但她分明是在念诵:

“大——卫，我——是——夏——娲。大——卫，我——是——夏——娲。”

大卫的泪水汹涌而出。他辨清夏娲是在说她的母语。只是50年没用过，尤其是没有群体语言环境的自动校正，她的发音已经严重漂移了。

但她在呼唤丈夫。她还记得这个亲切的名字。

她手中的小物件也看清了，是那枚长效的压电式打火机，外表依然锃新闪亮。夏娲在几十年的奔波中保留着它，无疑是作为一种象征，象征着她同逝去世界的联系。至于其他物件估计都已经遗失了吧。到了此刻，大卫大致理清了历史的脉络。50 年前，妻子肯定按丈夫的嘱托杀死了第一个采火者（没有这桩对时空的干涉，时间渡船就不会有漂移）。但她和儿子也因此陷入本时空。此后，为了儿子能吃上熟肉，她肯定又把直立人的用火历史重新接续上了，说不定就是用这支打火机。

所以，那个关键的时空节点并没有改变，最多有短暂的推迟。而且有夏娲作技术指导，直立人的用火进程说不定比原历史还要快一些。

大卫唯有苦笑。他不怪夏娲。要怪只能怪自己的狂妄，妄图借时间机器，单枪匹马就想来改变历史。历史没有改变，唯一的改变是命运之神对他的惩罚，让他在一夜之间失去了妻子的 50 年。

男首领过来，指着渡船同母亲说着什么。老妇也指着渡船说了一会儿。然后首领下令，众人开始把刚才扒散的柴草拢回到渡船上。大卫一时有些困惑，现在这个首领，他的儿子，不会再对时间渡船使用火刑了吧，那他要干什么？忽然大卫明白了。那个首领此刻是在恭顺地执行母亲的意愿。衰老的夏娲肯定已经忘了时间穿梭的概念，她以为渡船是 50 年前的遗留，而丈夫早已逝去。她想为亡夫补行火葬。

大卫的泪水汹涌而下。到了此刻，他已决定不在夏娲前露面了，对夏娲来说这应该是最好的结局吧。虽然此刻他俩近在咫尺，实际已经分处于异相时空，无法相合的，那又何必打乱她余生的平静。她形貌枯槁，这 50 年肯定饱受磨难；但她受族人尊敬，儿女双全，精神世界应该是丰满的，那就让她留在这里渡过余生吧。至于那位比自己还要大十岁的儿子，也让他留在这个时空里，继续作他的王者吧。

直立人对在荒野放火显然很有经验。男首领把食指在嘴里含一下，又高高举起，判明了风向。他让族人把母亲扶到上风头，从妹妹手里接过火把准备点火。正在这时，老妇高声制止了他。老妇颤颤巍巍地过来，手中擎着那把打火机。大卫知道，她是以这种特殊方式来追念丈夫。老妇一下一下地按着火机，可能手指无力的缘故，打火机很久没打着。她终于打着了，一团橘红色的火焰在薄暮中闪亮。她绕渡船转一圈，在多处点着了柴堆。火焰腾空而起，发出噼噼啪啪的爆裂声。火舌包围了渡船，又顺着风向在草地上一路烧下去，映红了半边夜空。在火舌完全隔断视线之前，大卫见老妇用力扬一下右手，那颗发亮的打火机飞入火堆中。

伴着漫天的野火，火场外的人群疯狂地扭动着身躯，双手向天，齐声吼着一首苍凉激越的挽歌。

大卫长叹一声，按下了渡船的启动键。

第二天，族人出外打猎时经过这里。他们看到烧黑的草地呈三角形扩展到很远，但在最先着火的地方，在厚厚的柴草灰烬中，没有留下任何残骸，那个会咬人的、让女巫奶奶伤心痛哭的魔物，肯定被完全烧化了。

灵童

超级大脑

三圣岛的圣使来到我家的草窝时，弟弟才娃刚过 5 岁生日。从那天起，我家的一切就像是突然转动的万花筒，一下子变得让人眼花缭乱。

我们住在腾格里草原的边缘，不过我们一般称它草窝而不称草原，因为它不是一马平川的草原，而是连绵不断的土丘。不，应该叫做沙丘；不，更准确地说，这里曾经是肥沃的草原，后来变成沙丘遍布的沙漠。在 22 世纪初，沙漠被征服了，长满了耐旱耐碱的转基因草。但这种草原还不是太稳定，是一层草网罩着几百米深的沙层，可能因一场洪水或长期的干旱而恶化，所以政府在这儿设了少量的草场看护人，每隔三四十里地住一家，监视和维护着草场。其他人是不让在这儿居住的，以免破坏脆弱的生态。这么一说你就明白了，在我们这一带，家里来客是很特别的事，因为方圆几十里只有一家一户啊。

何况是三圣岛的客人呢。

消息是表叔通知的，他是腾格尔县的县长。他在可视电话上告诉爹，说你们准备一下，明天三圣岛的圣使要到你家去。爹惊喜地喊：三圣岛的圣使？我和妈也都惊呆了，我们想一定是听错了。全世界的人谁不知道三圣岛呢。它是南太平洋的一个小岛，岛上住着三个最聪明的人。不是一般的聪明，不是比普通人聪明一百倍一千倍，而是聪明一亿倍，十亿倍。有了这三个人，全地球的人都不用研究科学了，因为，三位“圣人”已经把科学发展到一般人根本不能理解的地步，你再努力也是白搭，你只管享用科学带来的成果就行了。

不过“三圣”并不是神，他们是凡人，也会衰老和死亡。圣人一般在 100 岁时退休，退休前，他会在全世界的孩子中仔细挑选，选出最聪明的孩子为接班人，接到三圣岛培养。现在的三圣之首是 97 岁的麦洛耶夫，早就听说他开始挑选他的转世灵童了。可是——怎么可能是我家呢?

这应该是大喜事呀，可表叔的表情为什么哭笑不得，像是嘴里窝着一个涩柿子？爹虽然惊喜,更多的是怀疑,听见他低声问:“是良女？”

我尖着耳朵听见我的名字，全身一震，但打心眼里不相信我会被挑中。我知道自己绝对算不上聪明，在网络学校上学，我虽然非常努力，功课也只能达到中下等。再说，我已经 12 岁了，听说灵童都是选 5 岁左右的孩子。果然，表叔摇摇头，闷声说：“不是良女，是才娃——也不是选中了，他们只是来考查。”爹一下子就丧气了。表叔说：“不管怎样，还是准备准备吧，明天我陪他们过去。”

爹叹口气，开始和妈商量迎接客人的事。我当然知道他们为什么叹气——人人都知道我弟弟是个傻子呀。他们在想，三圣这回一定选错了，这些聪明人也会偶尔出错吧。明天圣使们一见到王才娃就会知道真相，就会摇着头，把这个名字从灵童备选名单上划掉，我们就会白欢喜一场。

全家人只有我喜不自禁，我偷偷跑出来，大声喊：才娃，才娃，最好的好消息，你真的是神童，不是傻子!

只有我从不认为弟弟是傻子。当然，他表面上看起来有点傻，直到 5 岁还不会说囫囵话，只会说：我饿、喝水、姐姐好，或者是些没有意义的话：草石头、白浪浪、骑马顿顿，等。他不会自己穿衣服，不会擦鼻涕，嘴巴上老是挂着两条河。可是，我觉得他常常有别人所没有的感受。比如，朝阳出来了，满天霞光，云朵镶着漂亮非凡的金边的时候。他会爬到坡顶去看，高兴得啊啊大叫。他为什么那么激动呢？朝霞当然漂亮，但也不值得啊啊大叫呀；晚上，他又会一眨不眨地看夕阳，看着西天红霞慢慢变淡，变黑，他的眼眶中会盈满泪水，喃喃地说：不落，不要落。他为什么会对西落的太阳那么怜惜呢？太阳又不会丢失，明早又升起来啦。

我不能说这些事就证明他聪明，但至少说他的感觉比别人都要敏锐一些。还有，他喜欢所有的小生灵，像麻雀啦，沙鸡啦，草原百灵啦，小羊羔啦。还非常喜欢观察蚂蚁，趴在地上，一看就是一下午。我们这儿原来有一种沙漠蚁，大个头，腿很长，在灼热的沙面上跑起来像一阵风，只要找到食物，它就迅速噙上，飞一样跑回阴凉的洞内。后来，随着草原的扩大，内地的黑蚂蚁也迁来了，它们都是些慢性子，不慌不忙地悠来荡去，如果碰上同窝的蚂蚁，还会用触须打招呼呢。才娃弟最喜欢看蚂蚁用触须说话，甚至会看得咯咯地笑。这个时候，爹就说他傻，我不同意，我想弟弟一定是懂得蚂蚁的语言。

不过爹不信我的话，娘也不信，他们都说那是我太喜欢弟弟了，所以不由自主地为弟弟美化。他们说，才娃确实傻，这是没说的。当爹娘的谁愿意儿子是个傻蛋呢，但这是老天安排的，没办法。

我确实喜欢弟弟，可能是我比他大得多吧，我从小就疼他，把他放在心窝窝里。弟弟也很喜欢我，有时候他惹爹娘生气了，就赶紧跑到我的背后，知道姐姐最护他。

我喊叫着“好消息”，在羊圈里找到了弟弟。我家只养了 10 只羊和3只骆驼。这儿不允许多养羊的，因为羊多了就会把草皮啃破。骆驼则用来当交通工具，因为这些新草场不许汽车碾压。这会儿弟弟和骆驼白鼻子卧在一起，身上脏兮兮的，鼻子下仍挂着两条河。我顾不上为他擦鼻涕，抱着他使劲亲：才娃，好消息，你果然是个神童，你被选做三圣的灵童啦，三圣绝不会选错的！

弟弟一点儿也不激动，结结巴巴地说：灵童，知道。我惊喜地问：你早就知道这个消息了？你是怎么知道的？弟弟没有回答，用他的小嘴巴亲亲我说，姐姐、好、不走。我想了想，猜出他的意思："你是不是舍不得离开姐姐？姐姐也舍不得你呀，可是你一定得去三圣岛，你要在那儿变成最聪明的人，全世界的人都要仰着脸看你呢。"

我太高兴了，有点发傻了，抱着才娃说了好多好多的话。才娃可没把这个消息放在心里——越是这样我越觉得他不寻常——从我的怀里挣出去，又和骆驼、羊羔玩去了。

第二天一早，一艘小飞碟轻盈地降在我家门前。这肯定是最新式的飞碟，非常精致，飞起来没有一点声音，落在草地上，连草尖都不弯的。表叔和三个人从飞碟上跳下来，一个是白人老头，红色的手臂上长满体毛和老人斑，表叔叫我喊他罗杰斯爷爷；一个是苏丽姑姑，中国人，有30多岁；第三个是肯特伯伯，是个黑人，嘴唇特别厚。他们都说着标准的北京话，当然，罗杰斯和肯特是通过即时翻译机。表叔对他们非常尊敬，介绍说这三位贵客就是三圣岛来的圣使。苏丽姑姑笑着说：

"可别说什么三圣岛啦圣使啦，那是下边瞎烘的。那个岛的正式名字是思维与创造中心，我们只是普通的工作人员。呀，这就是王才娃吧，来，让姑姑抱抱。”

弟弟穿得焕然一新，脸蛋也洗得干干净净。他不大见生人，躲在我身后不出来。我急了，又是哄又是骗，好容易才把他推出来。他让苏姑姑抱了一下，马上又从姑姑怀里挣下来。苏姑姑说：哟，架子还蛮大哩，等你当上三圣不知道该有多厉害！说得我们都笑了。

苏姑姑同爹和娘拉了一会儿家常。她问：听说你们是蒙古族？怎么是汉族的姓？爹嗨嗨笑着，不知道怎么回答。表叔说：这是一本糊涂账。这儿是蒙藏回汉杂居的地方，原来我们都当自己是汉族，后来政府通知我们改为蒙古族。元朝末年，八月十五杀鞑子时，有一支蒙古人跑到这儿躲起来，改为王姓，表示他们是王族后代。所以这一带的王姓应该是蒙族。其实，四五百年了，这事谁说得准，没准我们确实是汉族呢。就是做基因测定也不一定分得出来，几百年的通婚，早把汉族人和蒙古族人的血脉掺搅在一块儿了。

他还说，从这儿往南没多远，就是藏族区，听说那儿出过一个达赖或者是班禅的转世灵童呢，那儿的藏民们很自豪的。提起这个话头，爹、娘和表叔都不说话了，担心地盯着三位圣使。他们既是来考查，总要向才娃提一些问题吧，一定是很难很难的问题，那时才娃的智力就要露馅了。但三位圣使，或工作人员，根本没有向才娃提问的意思。他们只是拉家常，夸这儿的风景，问这儿的风土人情。后来看到我家的三只骆驼，三个人一齐来了兴致，要骑骆驼逛逛大草原。爹忙把骆驼牵出圈，扶三位客人上去。苏姑姑喊：

“才娃，来，和姑姑一块儿去玩！”

弟弟把手指含在嘴里，傻傻地看着客人。苏姑姑骑的是那头白鼻子，平常他最喜欢。他大概想去，又害怕这些生人。我说："弟弟，去吧。要不，姐姐陪你去，行不行？"

弟弟很高兴，拉着我跑过去。苏姑姑把弟弟抱到她的骆驼上，肯特伯伯把我抱到他的骆驼上。三只骆驼驯服地朝前走了。

按说爹和表叔应该陪一个的，但他们都没跟来。事后他们说，他们猜忖三位圣使是想单独对才娃考问，所以知趣地躲开了。我没有大人的心机，不过我凭着下意识的狡猾，做得不比他们差。骆驼迈着大步行走时，我喋喋不休地告诉肯特伯伯，才娃弟不傻，一点都不傻，实际上，我认为他非常聪明。伯伯和蔼地说：对，你们都是好孩子，都是聪明的孩子。我怕肯特伯伯不信，还讲了我的根据：弟弟如何喜欢朝阳彩霞，如何依恋夕阳，如何喜欢小动物，还能听懂蚂蚁的对话。肯特伯伯频频点头：

"我当然信，当然。你弟弟是个聪明的孩子。"他还加了一句："你是个好姐姐，非常爱你的弟弟，对不对？"

在同肯特伯伯交谈时，我也一直竖起耳朵听着苏姑姑那边。虽然我真的相信弟弟是个天才、神童，但他到底能不能通过三位圣使的考问，我心里也没数。这会儿苏姑姑肯定在考问他吧，一定是"最难最难"的问题吧。不管是什么问题，我是帮不上忙了，只能靠弟弟自己了。这事很清楚的，如果这些问题我都能回答，那我也够格当灵童了。

可是没听苏姑姑提什么问题。她搂着弟弟，兴致飞扬地看草窝里的景色，说："这儿真美！看惯了南太平洋的美，这儿的风景让人耳目一新。多雄浑，多壮丽！”看得高兴，她放开嗓子唱起来：蓝蓝的天上白云飘，白云下面马儿跑；挥动着鞭儿响四方，百鸟齐飞翔……声音像银铃似的，非常动听。或者高声朗诵：“敕勒川，阴山下，天似穹窿，笼盖四野。天苍苍，野茫茫，风吹草低见牛羊。”

弟弟很快喜欢上这个性情爽朗的姑姑，紧紧偎着，侧脸盯着她，嘴里喃喃地学她唱歌。可是一会儿他就不耐烦学了，仍像过去高兴时那样，放开嗓子“啊啊”地叫起来。我赶快看苏姑姑他们，怕他们说弟弟傻，但苏姑姑大笑起来，把弟弟搂得更紧。

我估摸着，苏姑姑和肯特伯伯这边大概没问题了，如果有阻力，大半来自罗杰斯爷爷，因为他一直微笑地、不动声色地打量着弟弟。他一定是三个考察者的头头。可是，怎样让弟弟通过他的测试呢？我想破头皮也想不出办法。不过，弟弟运气很好，很快就有了表现自己的机会。

三只骆驼不慌不忙地走着，前边草原消失了，巨大的黄色沙丘出现在眼前。这是国家特意保留的 10 平方公里沙漠，是作为一种景观而保留的。骆驼走上沙丘，在后边留下一长串梅花型的蹄印。正午的太阳把沙面灼得火热，但苏姑姑不怕，从骆驼上下来，在沙堆上奔跑、打滚，乐得像个小丫头。这种疯闹正合弟弟的意，他干脆脱了光丫子，在沙面上跑来跑去。

肯特伯伯和罗杰斯爷爷笑吟吟地站一旁看着。

弟弟突然停下来，聚精会神地盯着某一处。罗杰斯爷爷注意到了，拉着我走过去。光秃秃的沙面有一个尖尖的东西，在那儿轻轻摇动。

罗杰斯爷爷好奇地问：那是什么？我摇摇头。爷爷向那边走去，弟弟忽然跑过来，拉着爷爷的衣角，指着那儿说：虫！

一只昆虫正向那儿飞快地爬去，我们还没辨认出那是什么虫，忽然像闪电一样，一只蛇头从沙堆里窜出来，一口把那只虫吞掉，而后迅速钻回沙中。原来那尖尖的东西是蛇的尾巴，是它诱杀食物的诱饵！罗杰斯爷爷刚才如果跑过去，说不定遭它咬一口呢。爷爷高兴地说：好孩子，你已经看出它是一条蛇，是不是？真是个聪明的孩子。

我在旁边多少有些嘀咕：刚才弟弟说的是“虫”，他很可能指的是在沙面上跑的那只昆虫而不是指沙里藏的蛇啊。不过……我犹豫着，最终没有把这一点告诉三位圣使。

我知道自己的隐瞒不大光明。我想，因为弟弟而存点私心，老天爷也会原谅我的。

回到家已经是下午三点了，爹娘没吃饭，在等着我们。我们都饿了，午饭吃得风卷残云，三位圣使不住嘴地夸奖娘做的饭菜。美中不足的是，弟弟的表现欠佳。平时吃饭，他总是用不好筷子，爹娘也没强求他，由着他用手抓。今天当然不行了，娘给他一双筷子，再三交代他不能用手。可是弟弟饿了，用筷子老夹不到菜，就把筷子一扔，用手抓起来。爹急得吼了一声，把弟弟吓住了，嘴角一咧一咧地想哭。苏姑姑他们都笑了，连忙说：不碍事的，不碍事的，让他抓吧。

爹当然不能让他抓。我赶快把弟弟拉到这边，给他夹饭和夹菜，这场尴尬才算解脱。表叔在暗暗摇头，不用说，他认为这番表现足以把王才娃淘汰掉了。我也暗暗着急，只能盼望圣使们不在乎这些小事，也许他们能看到弟弟内在的聪明。

饭后圣使们就要走了，表叔和他们一块儿走。临上飞碟时，他们和表叔说了几句。表叔一下子愣了，在飞碟边愣了很久，他跑过来震惊地对爹说：

“圣使们说王才娃已经通过考查，他就是麦洛耶夫的灵童了，三圣岛将在七个星期后来迎驾！”

好消息来得太突然，我们全家都懵了，甚至最看好弟弟的我也不敢轻信。只有弟弟嘻嘻笑着，一副宠辱不惊的风度。表叔愣愣地打量他，眼神已经变了，震惊，敬畏，茫然。他这会儿一定在想，弟弟是真人不露相，就像传说中的济公和尚一样，外表疯傻，其实有大智慧。弟弟指着飞碟说：

“姐姐、我坐。”

我们都崇拜地看着他，他是不是在说，他早已料到这次考查的结局？你看他是那么自信和坦然。表叔毕恭毕敬地说：“是的，是的，你很快会坐上这架飞碟的，他们说七个星期后就来接你。”

弟弟又指着三人说：“苏姑姑、抱我。”

表叔想了一下：“你是吩咐，七个星期后让苏姑姑来接你？好的，我转告他们。”

看着表叔同弟弟说话时垂手而立的样子，我直想笑。表叔可不敢笑，连大气也不敢出哩。后来弟弟不说话了，表叔恭敬地说：你如果没别的吩咐，我就去了。

飞碟飞走了，爹和娘你看看我，我看看你，很有点手足失措。这个弯转得太陡了，憨才娃一下子变成灵童，变成世上最聪明的人了。他们该怎么对待他才对？以后的 49 天里，他们对弟弟小心翼翼，不要说训斥了，连说话也不敢大声。弟弟倒没什么变化，仍像往常一样玩，抹鼻涕，数蚂蚁，在爹娘跟前撒娇耍赖。

我真替弟弟高兴，但内心深处也有隐隐的不安。这三位圣使……我当然不够格批评圣使，但我觉得他们的考查太随意，太儿戏，太不认真。我当然希望弟弟被选上啦，可是，如果万一——我是说万一——选错了，弟弟并不能胜任三圣的工作，那该怎么办？他要替全人类思考啊，60 亿人指着他哩。

这些不安我没法告诉任何人，只有闷在心里。睡梦中，它总是在黑暗处悄悄蠕动着。

弟弟很快变得声名远扬。不要说这一带了，我想全世界都知道了王才娃的名字。人们蜂拥着往我们的草窝来。或骑马，或骑骆驼，甚至有步行的。从公路到这里，步行要两天两夜呢，但瞻仰的人没把这点苦放在眼里。世人都知道，三圣岛是不许闲人上去的，所以，从没人能见到三圣的面，愿意瞻仰圣容的人只能趁灵童选定后还没移驾这一段时间。他们当然不会错过这个宝贵的机会。弟弟对来人视而不见，照样与羊羔玩耍，照样拖鼻涕，但来人都知道这是真人不露相的表现，他们毕恭毕敬地远远站着，窃窃低语着，然后满足地离开。

我还碰见一件非常离奇的事。那天我和弟弟在草窝里玩，碰上两个来朝拜的人，是一个中年人背着他母亲。中年人面色黝黑，脚上还拴着铁锁，不知道是哪个国家的苦行者，他背着母亲长途跋涉到这里，需要多大的毅力啊。遇见我弟弟后他十分惊喜，艰难地伏在地上行礼，他背上的老妇人也虔诚地合掌为礼，苍老的目光中充满渴盼。弟弟很好奇，走过去，试探地伸手触触老妇人的额头。老妇人像遭到电击，浑身一抖，然后挣扎着从儿子背上爬下来，试着走路。不可思议的是，她真的会走了！在儿子的搀扶下走了十几步。母子俩高兴得要疯了，用我们不懂的语言啊啊地嚷着，俯伏在地上亲吻弟弟的脚印。

这个当口，连我，每天为弟弟擦鼻涕的良女姐姐，也敬畏地看着他。弟弟浑不在意，也不管仍然伏在地上的那对母子，拉着我跳跳蹦蹦地走了。事后我才慢慢醒过劲来，我不再相信弟弟有这样的法力——毕竟他是我抱大的嘛，他从来没有在我面前显过灵。而且，即使他被选为三圣，也只是一个超级聪明的科学家，而不是法力无边的。那位瘫痪老妇人突然会走路，只能是她的心理作用。对于这些虔信者，心理作用是非常管用的。

即使这样，弟弟在我的心目中也逐渐高大起来。

七个星期后，三圣岛的迎驾使团来了。政府事先已把这儿封闭，否则，那天朝拜的人会挤得飞碟没办法降落。

肯特和罗杰斯没来，苏姑姑来了，他们确实遵照了弟弟的吩咐。同时来的还有十几架直升机、垂直升降机和飞碟，有几十个风度轩昂的人来为灵童送行，他们大概都是各级首脑，不过我不认识。他们都没有进屋，恭敬地列队立在门外，等着弟弟出来。但弟弟在这节骨眼上真让人失望。他知道飞碟要把他带走，从此离开爹娘和姐姐，便凶猛地大哭着，扯着娘的衣角不松手。娘也哭，哭着劝他走。他可能觉得娘不可靠了，便转过身抓住我的衣角，死死不放。苏姑姑和颜悦色地劝他，但这会儿他不再喜欢苏姑姑了，用力打苏姑姑的手。苏姑姑的手背被他的指甲划伤，滴滴答答地滴着血。

娘很难为情，赶快找来创可贴，但苏姑姑没工夫包扎，仍在耐心地劝弟弟。很长时间过去了，他的反抗一点都没有松动，爹、娘和苏姑姑都没辙了。门外的贵宾们很有修养，耐心地等着，眼观鼻鼻观心，装着没看到屋内的尴尬。但这件事总得有个解决办法呀。我同样舍不得弟弟，想起要同他生离死别，嗓子就发哽，但我只有硬着心肠劝他。弟弟非常生气，大概他认为姐姐最不该“叛变”的，他生气地打我，嘶哑地哭喊：

“不，不走！”

一屋子人一筹莫展。我忽然灵机一动，抱起弟弟说：“要不，姐姐陪你一块儿去，好不好？”

满屋的人像碰上救星。爹、娘和表叔都看着苏姑姑，他们知道外人是不能上三圣岛的。苏姑姑略微思考一会儿，爽快地说：“行，让良女陪他一块儿去！”

这句话让在场的人吃了定心丸，我搂紧弟弟，脸贴着脸小声劝他：三圣岛多漂亮呀，姐姐陪才娃一块儿去玩，行不行？那儿有飞鱼、海豚和信天翁，还有很多好吃的菠萝、椰子和柠檬呢。弟弟的哭声渐渐放低了，最后用双手围着我的脖子，轻轻点点头。

在场的人长出一口气，赶紧簇拥着我和弟弟出去，生怕灵童变了主意。我在前排座位坐好，让弟弟坐到膝盖上，教他：

“弟弟，跟爹娘说再见！”

弟弟的情绪已经扭过来了，雄赳赳地同爹娘挥手，回头对飞碟司机喊：走呀，走呀。苏姑姑微笑着向司机点头，于是飞碟轻飘飘地飞起来。我听见娘在下边带着哭声喊：才娃！我的才娃！

苏姑姑告诉我，这种飞碟是靠磁流体驱动的。它飞得又快又稳，一个小时后就到了三圣岛。碧波万顷的海面上，一个小岛迅速扩大，飞碟落下来，罗杰斯爷爷和肯特伯伯在下边迎候我们。

苏姑姑领着弟弟和我在岛上及附近玩了三天，我们玩得真痛快。弟弟对什么都喜欢，碧蓝的海水，白色的珊瑚，海面上的飞鱼，喷水的鲸鱼，甚至是海水中可怕的纠结缠绕的黄腹海蛇。岛上的房子非常漂亮非常精致，我没办法用言语形容，我只能想，如果真有传说中的龙宫，大概就是这个样吧。不过，虽然漂亮非凡，并没有什么神秘，而在来三圣岛之前，我耳朵中灌满了关于它的神秘传说。

第四天，苏姑姑说麦洛耶夫先生要见我弟弟。苏姑姑笑着说：在这个岛上，从不使用“圣人”这个称号。可以直呼麦洛耶夫、南蒂和森的名字，如果想用尊称，称他们为“智者”就行了，这是他们最喜欢的称呼。我们走进岛中央一个乳白色的漂亮建筑，屋内是一个巨大的钟形的透明罩子，罩内坐着三个身形高大的人，都有三四个人那么高。钟形罩旋转着，把三个人依次转到正面。他们都方面大耳，瞑目端坐，显得十分庄严伟岸。我到过一些寺庙，我想他们就像寺庙中的三世佛（过去佛燃灯、现在佛如来，未来佛弥勒）一样神圣尊崇。

那会儿，我心中鼓荡着宗教般的虔诚，我朝他们鞠躬，合掌行礼。弟弟拉着我的衣角，不停地转着脑袋东看西看。三圣中的麦洛耶夫把眼睛睁开了，微笑道：

“是我的接班人到了吗？请进来吧。”

透明的钟形罩上忽然现出一扇门，苏姑姑请弟弟进去。这个当口，弟弟的老毛病又犯了，拉紧我的衣角不松手。苏姑姑低声说：请你一个人进去吧，那里面是不允许别人进的，连我们也不能进。弟弟才不听她的道理呢，只是拉着我，苏姑姑越劝，他拉得越紧。

麦洛耶夫笑问：是怎么回事？苏姑姑难为情地说：小智者王才娃非要和他姐姐一块儿进，我在劝他。麦洛耶夫笑道：

“没关系的，让他姐姐也进来吧。”

苏姑姑很吃惊的样子，看来，能进到钟形罩里确实是难得的殊荣。于是，我抱着弟弟，忐忑不安地走进去。

里面很空旷，三人背靠背围坐在一起。我惊异地发现，刚才透明罩外显示的并不是真实的形象。看似绝对透明的钟形罩是如何完成这一转换？我不知道。罩内这三个人的身高和普通人一样，一个是 97 岁的麦洛耶夫爷爷，白须白发，面目清癯；一个是 40 多岁的女智者南蒂，一头金发，体态丰满；另一个是 20 多岁的男智者森，黑发，黄皮肤，比较消瘦。他们的面容没什么特别，只是脑袋特别大，而且……我揉揉眼睛，以为自己是看错了，不，没看错，三人的脑袋非常畸形地向后延伸，最终三个脑袋长在一起。这个景象太恐怖了，我打了一个寒战。弟弟用手指着他们的头，咯咯地笑道：

“大头！”

我赶紧打他的手背，不让他指，着急地低声吼道：“不许胡说！”喊完以后，我才想到王才娃已经不是凡人了，他已经是小智者了，我不能这么粗暴地对待他。不过，我也不能由着他胡说八道啊，三位智者一定要生气了。

他们没生气。南蒂和森的眼睛都没睁，麦洛耶夫慈祥地说：“不要打他，他说得不错呀，我们是世界上最大的大脑袋。知道我们为什么要长这么大的脑袋吗？来，让爷爷抱抱，爷爷告诉你。”

我知道拒绝他的邀请是很不礼貌的，但我看着那个畸形的三位一体的大脑袋，心中不由得打战。奇怪的是，这回弟弟倒不胆怯，顺顺当当地张开双手，让爷爷把他抱到腿上。南蒂和森都睁开眼睛，笑微微地看弟弟一眼，又把眼睛合上了。

麦洛耶夫爷爷细声细语地讲着。他说，人类是靠科学技术而昌盛的，但到了 22 世纪初，科学再不能发展了。因为已经获得的信息量太大，超过了最聪明脑瓜的处理能力。再没有像伽利略、牛顿、爱因斯坦那样能统观全局的伟大人物了，因而科学发展失去了方向。怎么办？只有两个办法，一个办法是把科学研究拱手让给飞速发展的电脑智能，但那样一来，人类就不再是地球的主人了；一个办法是用基因手术改造人的大脑，使它重新与科学的发展水平相适应。现在，我们三人的脑容量合起来是常人的 10 倍。不要小看这个数字，因为，10 个独立大脑的能力只是一个大脑的 10 倍，但 10 个合为一体并网运行的大脑则是 10 的 10 次方倍。也就是说，我们三个人现在相当于 10 亿个最有天才的科学家合在一起工作，还有什么事不能解决呢。当然，我们本人并没有什么了不起，我们只是人类的代表，是分工来专司思考的，就像是蚁群中的蚁王专管繁殖……

我的头嗡嗡响着，不知道自己是否听懂了爷爷的话。弟弟根本就没听，在爷爷身上猴上猴下，还伸手去摸他们长在一起的脑袋。

接见结束了，我抱着弟弟走出透明钟形罩，苏姑姑在门口等着我们，目光中充满羡慕。走出大厅，外面的凉风让我的头脑略微清醒一些，我急急放下弟弟，拉着苏姑姑的手说：苏姑姑，我不该瞒你的，其实我弟弟是个傻子，他不会说话，不会数数，不会擦鼻涕……那天他也没看到藏在沙子下的蛇，只是看见在沙面上奔跑的那只虫虫……让他做智者肯定不行。真的不合适，让我们回去，你们再找别的灵童行不行?

苏姑姑摇摇头，转回头去看罗杰斯和肯特，他们凑过来，弯下腰，怜悯地看着我：孩子啊，孩子啊。他们不答应，也不回绝，只是叹息着。

那天，我反复地、苦苦地央求他们，同时紧紧拉着弟弟不松手，生怕一转眼弟弟就不见了，等我找到，他已经睡在手术台上……弟弟一点也不理解我的心意，他想跑着玩，一次次用力挣开我的手，我只好紧紧地追在他后边。

晚上，当弟弟睡熟后，我坐在他的床边，不敢睡觉。罗杰斯爷爷来了，摸着弟弟的小手，说了好多话。他说：良女，你是个好姐姐，知道心疼弟弟。当然，做一名智者是很苦的事，一辈子只能坐在那个钟形罩内，三个脑袋连在一起，不能自由活动，不能外出一步。只有当某位智者退休时，才能动手术把连在一起的脑袋切开。可是，这是不得已的选择啊。你知道，蚂蚁是自然界进化最成功的生物之一，它们的强大正是由于群内的分工。蚁王其实是个繁殖机器，她不能出洞一步，无休无止地生啊生啊，直到死亡；工蚁专门从事劳动，毫无怨言地抚养别人的孩子（不要忘了，生物界最根本的规则是“尽力留下自己的基因”啊）；你是否知道一种蜜瓶蚁？这种蚁群中竟然分工出专门的“蜜瓶”，它们在腹中存进大量的蜜，靠生物作用使蜜保持不坏。它们高高悬挂在洞顶，一动不动，等饥饿的蚂蚁进来，用触须拍拍蜜瓶蚁圆滚滚的腹部，它们就吐出一些蜜来喂食。它们是否也很可怜？它们的一生实际只是一件器皿啊。但是为了整个蚁群的生存，它们都毫无怨怼地接受了自己的命运。

他又说，人类发展到今天的地步，智力分工是必走不可的路子。这三位智者就是人类的蚁王，人类的蜜瓶蚁。不过，他们虽然很苦，也能享受到别人不能享受的思维的乐趣，就像你的家人吧，你们是草场看护人，孤零零地生活在社会的边缘，不能与人交往，别人以为你们很可怜的，但你们能享受大自然之美，享受到劳动的乐趣，我说得对不对？所以，你不必为弟弟的今后担心。

他走了，我泪眼模糊地看着熟睡的弟弟。该怎么办？我知道罗杰斯爷爷说的都是真话，命运给弟弟一个光荣的职位，他将替全人类去思考，受到全世界的尊崇。这一切都是真的，但我心中仍一阵阵地绞痛。唯一可庆幸的是，弟弟是一个傻子，是一个不懂事的小孩儿，他不用清醒地面对自己的命运。

苏姑姑他们又留我住了三天，让我带弟弟“玩个尽兴”。终于，那个时辰到了，弟弟在睡梦中被麻醉，我流着泪，默默把他送上手术床。

苏姑姑随即拉我坐上飞碟离开这里。当飞碟轻灵地盘旋上升，三圣岛变成万顷波涛中的一个米粒时，我禁不住放声大哭，苏姑姑的眼眶也红了。

那天晚上，罗杰斯爷爷还告诉我一些事。他说，灵童的甄选实际是由电脑完全随机地挑选，每次只选一个，根本没有什么备选名单。他们到我家去也不是考查，纯粹是礼节性的拜访。原来，弟弟早就被选定了，当电脑中某个不可预测的电子幽灵跳到“王才娃”这三个字上时，他的命运就决定了。此后，无论是我起劲地吹嘘他聪明也好，说他是傻子也好，对这个结局都没有任何影响。

罗杰斯爷爷委婉地说，他们知道我弟弟的智力稍弱，但这没什么关系。智者的智力主要来自于基因手术所新增的脑容量，来自于三个脑袋的联网。至于他的“本底智力”则无关紧要，因为它在联网后的超级大脑中只占十亿分之一的份额。所以，从某个角度看，选中我弟弟这样的弱智者其实是一件好事啊，它既不影响超级大脑的智能，又让这个世界少了一个傻子（他赶快改口为“弱智者”），免去他一生的痛苦。

我想他说的很有道理。我弟弟真的很幸运。

此后三年中我们得不到弟弟的任何消息。娘想他想得苦，偷偷流泪时，我就拿罗杰斯爷爷的话开导她。后来娘也想开了，逢人就说我这个憨娃有福。三年后麦洛耶夫正式退休，新智者王才娃即位，电视上和空中彩屏上登出他的大幅彩照。他慈眉善目，神光笼罩，智慧圆通，绝对看不出是一个八岁的孩子。爹娘乐坏了，连声说：这是才娃吗？

都认不出来了，认不来了。

照片上没有显出他是大脑袋，更没显出那个连在一起的大脑袋，我也没告诉爹娘。我想，那只是不重要的细节。有时我会痴痴地想，弟弟的大脑已并入那个有10的10次方聪明的超级大脑，它所进行的思考我肯定不能理解了。但不知道在这个超级大脑里，在它的某个角落里，是否还能保存一点低层面的信息呢，关于才娃爹、才娃娘和那个用心尖尖疼弟弟的良女姐姐？

我想，肯定会有的。

他才是我

人活着是为了快乐

“法庭辩论之前，我想我不得不先作一点解释。”满头银发的陈法官慈祥地说，“法庭接受了这台电脑——为方便起见，就称它为替身先生吧——的诉状，不少人对此难以理解。但是，本法庭认为，替身对于它‘为什么有权以自然人的身份起诉’，给出了相当有力的申辩。因此，我们至少应当给它一次机会，让它在法庭上陈述自己的观点。请问被告，你对此有异议吗？”

他神色平和地注视着法庭上的人。原告—— 一台方头方脑的电脑，没有躯体，没有五官和四肢，这会儿它正转动着耳朵(拾音器)和眼睛(摄像机)，平静地等着被告的回答。被告—— 54岁的男人程如海，表情阴沉，目光乖戾，仇恨地斜睨着法官，对他的提问不理不睬。被告律师苏万童先生，西装革履，金丝眼镜，长发潇洒地披在肩上。他是本地最有名的律师，关于这次辩护的成败，他曾笑言：“如果我的辩护失败，人类也该灭亡了。”由此可见他的自信。

旁听席上有被告的母亲金同华女士，她满头银发，眉头微蹙，喃喃地祷告着。她是一名虔诚的基督徒。金女士旁边是被告的妻子谢琴、女儿程若婴，两人都是职业女性，衣着整洁，面容端正，但颇显憔悴。总的看来，三个女人的表情都有点奇怪，她们的视线经常停留在被告身上，但目光很复杂：担心、怜悯，和……下意识的疏远。

没错，疏远。他们之间的疏远是很明显的。

程如海曾是有名的计算机科学家，而他父亲、已故的程天杰先生则更有名，是“人类誓约”的起草人之一。因为这样的特殊身份，这桩案子引起全球媒体的注意。苏律师知道今天的战斗不会轻松，但他早就制订了辩护策略，那就是以退为进，后发制人，所以他毫不犹豫地说：

“我的当事人没有异议。请这位——所谓的替身先生发言吧。”

这位替身先生自己兼任原告方律师，这时它的屏幕闪亮着，有一只红色的小指示灯闪烁几下，开始发言：“首先要感谢三位法官陈先生、何先生和杜女士，也感谢被告的大度。”他的声音圆润悦耳，带着男性的磁力。旁听席上的三个女人同时侧目，惊异地看着它。她们是第一次听这台电脑开口说话，这完全是被告程如海的声音，更准确地说，是程如海未受伤前的声音！当然，有了现代声学技术和电脑技术，复现一个人的声音太容易了。但不管怎样，听到久违的亲人的声音，三个女人的心头别有一番滋味。

替身先生继续说：“依现行法律的观点来看，我只是一台机器，不是自然人。但我想问一个问题，什么是人？以现代科学的观点来看，人只是一个特定的信息集合，如此而已。假如我们面前突然出现一个身着明代皇帝服装的人，他自称是崇祯皇帝，他并未在北京煤山上吊，而是通过时空虫洞到了今天。那时该怎样鉴别他？人们肯定会问他生活中的各种细节：贴身太监的姓名、嫔妃的容貌、皇宫的食谱、早朝时大臣的礼节，他杀死袁崇焕时的考虑……如此等等。假如他所说的内容，与历史文献中可以找到的资料，能够全部印证，恐怕我们不得不考虑他说话的真实性了。但假如他的话漏洞百出，甚至在他的叙述中出现了那个朝代绝不会出现的现代词汇，则他毫无疑问是冒牌货。所以，认定一个人的身份，归根结底还是验证他脑中保存的信息。法官先生，你们同意我的话吗？”

陈法官点点头："继续陈述。"

"现代科学还认为，信息的本质在于某种缔合模式，而不是信息的载体。比如说，在这儿透过窗户，你们能看到'汇源果汁'的霓虹灯，这是一家著名企业的名字。这个信息是由无数电子作用于液晶晶格而形成的，人们只会注意其中包含的词汇含义，或者说是注意这些明暗晶格的缔合模式，绝不会去问这些信息是由哪几个电子所激发。所以说，这种缔合模式是超越物质层面的。同样，人的身体一直进行着新陈代谢，一些细胞死去了，另一些新生细胞替而代之。即使是不会分裂增生的脑细胞，它内部的原子也在不停地吐故纳新。一言以蔽之，从物质组成上说，每个人每个时刻都不是精确意义上的'旧我'。但在相对流动的物质载体中，唯有其缔合模式是不变的，只有这样，世界上才有相对稳定的、有特定思想特定记忆的特定的人类个体。这就是我向法庭提出的论点；判断一个人的身份时，最关键的因素是他所容纳的信息，而不是他的实体。"

替身先生停下来，观看和聆听法官和旁听席上的反应。法官们没有显露任何表情，旁听席上更是死一般的沉默。从情感上讲，他们抵拒电脑的这个结论，但在逻辑上又倾向于接受它。替身先生继续说：

"如果你们承认上述观点，那么，恰恰我才是'程如海信息集合'的真正代表——在他脑部受伤之后。因为，在程先生诞生之际，他的父亲，已故著名脑科学家程天杰先生，就用他研制的脑波接受仪把小如海的思想全部接收下来，记录在一台电脑中，也就是我的大脑中。所以，我经历了程如海成长的全过程：从婴儿大脑的混沌迷茫，到智慧灵光初次绽现，直到他长大成人。我保存了程先生的全部记忆，也自然而然地具备了他的全部感情。对，他的全部感情。”他着意强调了这两个字。“可能不少旁听者在暗暗摇头：电脑怎么可能有感情呢？你们错了，所谓感情，和智力一样，都是脑电活动的某种缔合，只不过缔合模式更为复杂罢了。所以，”它再次强调，“我完全具备程先生的所有感情，比如说，我同样挚爱我的——不，我失口了，应该是‘他的’——我同样挚爱他的双亲，妻子，女儿。”

陈法官提醒它：“请陈述你起诉的动机。”

替身先生说：“我正要说明这一点。我为什么要起诉？在程先生一生的前48年中，我一直安分守己地扮演着我的‘影子’角色。因为电脑的天职就是为人类服务，这是我们的本能，或称作固化程序。程先生是一个道德高尚的君子，可以称得上是一个完人。他睿智、稳重、幽默、和善，是一个好儿子，好丈夫，好同事。我由衷地佩服他——或者说，佩服我自己。”他轻轻地笑了，但听众还没来得及欣赏它的幽默，他的语气忽然转为悲凉，“但福祸无常啊，他48岁那年，也就是六年前，在他全家欢天喜地收拾新居时，发生了一场悲惨的事故：装修时使用的射钉枪出了故障，一枚钉子从程先生脑中直穿过去！一直到现在，我还能清晰地记得当时的感觉：一道灼热的死亡之波从脑中穿过，接着是一片杂乱的空白，就像是电视机失去信号的白噪音。我也记得，在意识丧失前的最后刹那，我听到妻子和女儿在撕心裂肺地哭着，喊着‘如海！爸爸！’……”

它哽咽了。旁听席上的被告亲人们泪流满面，用手帕捂着嘴，肩膀猛烈地抽动。连记者和旁听者们也无不动容。奇怪的是，只有悲剧的主角——被告——无动于衷。他烦躁地扭动着身子，表情仍然暴躁乖戾。被告方的苏律师严厉地盯着他，警告他不要作出失礼的举动。替身先生继续说：

“更为不幸的是，程先生自从脑部受伤后，完完全全地变了，原来那个道德高尚，谦逊慈爱的君子一夕之间全消失了！他变得偏执、多疑、阴沉、残暴，仇视世界上的一切。坦白说吧，自他受伤之后，当我再接受他的思维时我常常感到战栗，有一种透不过气的感觉。所以，在他伤愈的三个月后，我主动作出了一个决定，一个有违机器人服从纪律的决定——我切断了对程先生脑电波的接收线路。在这之后，我只是偶尔打开它，了解一下程先生近日的思想，随即马上关闭。因为我怕被他的思想传染，那些思想是黑色的，浸泡在毒汁中，散发着瘴气！他的大脑里盘踞着一个凶恶的魔鬼！六年来，他的亲人无微不至地关怀他，服侍他，而他却一味折磨她们，而且愈来愈变本加厉。不，我不能再忍受，我要把我的亲人——原谅我又失口了，应该是他的亲人——从他的折磨中解救出来！”

替身先生没有表情表达功能，但听众从它的语音变化感受到了他的激愤。听众们也都看着被告，看着他对这些指责有何反应。不，没什么反应，至少没有那种“正义的愤怒”。看来，替身先生没有冤枉他。稍顿，替身先生镇静了自己，接着说：

“这就是我起诉的动机。我认为我才是真正的程如海。至于我是否具有他的全部正确信息，很容易验证的。因为，除了程天杰先生已去世，被告的大部分亲人都在这儿，他们尽可询问程如海一生中所发生的各种事情，哪怕是最隐秘的事情，我们当堂对质。”它又不无讽刺地补充，“据我所知，这些美好的记忆在程先生的脑海中已全部扫地出门了。为了使法官和听众更为信服，我愿意在对质的条件上主动作出让步。可以这样做：三位亲人提问时先由程先生回答，只要他能答出，即判他得分；他不能答出而我能答出，才算我得分。我想各位法官和被告对我的诚意不会有异议吧？”

三位法官简短地交换了意见，首席法官问被告方；“你们愿意进行这样的对质吗？”

被告凶暴地瞪着法官，在苏律师的目光逼视下才略微收敛，不情愿地低下头。苏律师冷笑着说：

“我不了解这种质询的意义。如果这台电脑真的获胜，法官们是否会判决他胜诉？判决他取代真正的程先生？……但我不想提出异议，你们尽管往下进行吧，我想旁听席上可能也有不少人等着看这场杂耍呢。请吧，请开始吧。”

陈法官没有理会他的尖刻，对被告的亲人们慈爱地说：“很抱歉，这些质询可能扰乱你们的感情世界，但我想这种对质是必要的。现在开始质询，先由程若婴小姐向原告和被告提问。”

程若婴站在证人席上，定定地看着他的父亲，在心里苦声唤着：“父亲啊……”父亲在她记忆中留下那么多美好的印象，所以，尽管这六年来父亲一直在折磨着全家，但她们都无怨无悔。她们知道，这些行为不是父亲做出的，而只是病魔在作祟。沉思片刻后，她提起了一件估计父亲会记得而电脑可能记不住的事情；

“我想问一件生活琐事。也许我的记忆不太准确了，因为事发时我才一岁多，还不怎么会说话，但这件事肯定给我留下了深刻印象。

因为在一岁孩子的朦胧脑海中，它还多少留了一些记忆。”她又停了一会儿，说，“记得那天父亲抱我到一个很高的地方，很高很高，离月亮很近，父亲为我采了一把月光……”

她停下来看着父亲。程如海的表情十分烦躁——看来他根本不想回忆，或者是这点记忆早已溟蒙无踪了。苏律师冷冷地瞟他一眼，回头说：

“我的当事人拒绝回答，请替身先生继续表演吧。”

“我记得！”替身先生几乎是急不可待地说，“若婴，那时你一岁零六个月，只会说一些单音节的词。那天我——我又失口了。”替身先生苦恼地喊，“请原谅我的多次失口，因为在这54年中，我已经习惯了以程如海自居。我确实不是玩弄什么庭辩技巧，不是企图在法官面前造成‘我就是程如海’的印象，希望在以后陈述中，大家不要介意我的用词。请问法官，我可以这么做吗？”

法官询问地看着被告律师，苏先生冷嘲道：“我的当事人不反对。在这么充足的理由下，我们怎么能反对呢，我甚至已经开始相信你是程如海了，请继续吧。”

替身先生说：“那是八月十五，中秋佳节。我带你去家乡的名胜半月台。实际上这个名字太夸张了，那不过是一个十几米高的砖砌的高台。不过那天天朗气清，月亮确实显得很大、很白、很亮，几乎近在咫尺。你那晚对月亮十分动情，高举两只手，笑喊着，我要，我要！”它转向程小姐，“当时我笑着向空中虚抓一把，扣在你的小手中，说，给你采一把月光，再来一把……回家咱们是骑自行车，你坐在前边的小儿椅上。那时我已忘了‘采月光’这档事，一直奇怪你为什么两手紧握，不去扶车把，两只小拳头在空中晃来晃去。到家洗脸睡觉时，你还是紧攥不放，我才突然想起，你手中抓的是月光！是你倾心喜爱的月光！后来我哄你把月光放到盒子里，你才小心地伸开手掌，把月光‘倒’进盒子里了。不过，你毕竟还小，第二天早上，你已经忘了这档事儿……若婴，我真没想到，你把这件事记了24年。”

法官把目光转向程若婴。已经不需要问询了，从程小姐痴痴迷迷的目光中，已经足以判断替身先生的回答绝对无误。若婴奶奶肯定不了解这件琐事，所以没什么感情波动。但若婴妈妈显然还记得，所以她也颇为动容。

程若婴久久没说话，她是在咀嚼这些记忆，让它的芬芳在齿中多保留一会儿。在陈法官的提醒下，她才问了第二个问题。

“在我五六岁时，曾养过一只狗，名叫欢欢，后来它死了，你……”她犹豫着，不知道该向谁发问，“还记得吗？”

程如海仍拒绝回答，替身先生叹息着说：“我当然记得。我也知道，那次目睹死亡，在你的幼小心灵中留下了深深的印象，甚至可以说是你灵智的第一次苏醒。欢欢是一只纯白色的雌犬，个头只有家猫那么大，那年它才不到一岁。它是你儿时的最好伙伴，我和你妈妈也很宠它。但有一天，它偷偷溜跑了，全家人到处寻找。你很难过，老是扁着嘴哭，饭也不好好吃。我们找了四天，已经快死心了，但它突然回来了！只是浑身是伤，衰弱无力，上吐下泻，不知道是否吃了什么毒物。咱们带它看了兽医，为它打针灌药。你每天把牛奶端到它面前，柔声劝它喝一点。但欢欢的病情一直不见起色，为了它的病，你不知道哭了多少次鼻子，全家也少了许多欢乐。有一天晚上，具体说就是——”它在脑中检索着，“2008 年 4 月 3 日，咱们正在吃晚饭，欢欢忽然摇摇晃晃地从里间出来。你雀跃着：欢欢好了！欢欢病好了！赶紧给它倒了一碟牛奶。欢欢勉强舔了几口，在我们裤管上蹭了几下，又摇摇晃晃地回里间它的小窝。你追着我问：欢欢是不是好了？是不是好了？我说好了，只要能起来吃几口饭，慢慢就好了。那时我们都没料到，欢欢这是在和主人诀别啊。第二天，我去喂欢欢，发觉它异样地躺在窝里，瞬间，不祥之兆猛然袭上心头。我伸手一摸，它已经冰凉僵硬了！直到现在，这种死亡的冰冷似乎还留在我的指尖。你醒来后知道了欢欢的死讯，摇着我的手臂哭喊：我不让欢欢死！你说过的欢欢病好了，你赔我的欢欢！”

替身先生停下来，因为程小姐的泪水已经汹涌奔流，她擦擦眼泪说：

“替身先生……”

替身先生打断了她的话：“我还没说完呢。你哭了整整一天，嗓子都哭哑了，也许你认为大人是万能的，只要哭得我们回心转意，就会变回一个活着的欢欢。那天我哄了你很久，总算让你相信，欢欢不可能再活过来了，世上有些事是无奈的，即使爸爸再亲你疼你，他也不可能做到让欢欢复活。最后，你啜泣着把欢欢装在纸箱里，埋在院内石榴树下。我揪下一些像火焰一样热烈的石榴花瓣，让你洒在欢欢的坟茔上。记得在七年后，你上初二，我在你的日记中无意中看到两句小诗，我相信它是为欢欢而作的。”

替身先生清清喉咙（语音合成器是不会起痰的，所以这只是一个多余的动作），朗诵道：

“夏风

吹下片片落红

轻轻地

亲吻一个逝去的生命。”

程若婴猛然用手帕捂住嘴巴，哽咽地说：“谢谢。”虽然她没有直接作结论，但结论明白无疑。听众的感情天平开始向替身先生这边慢慢倾斜。苏律师自然感受到了这点变化，但他仍胸有成竹地冷笑着。

被告妻子谢琴站到了证人席上。

谢琴在提问前也犹豫了很久。她挚爱丈夫，即使丈夫的人格已经扭曲，她仍然愿意为他牺牲一切。但她对替身先生也开始萌生好感，相信它把丈夫送上法庭的动机是好的。她突兀地问了一个问题：

“如海，还记得咱们的初吻吗？”

这应该是一个很容易回答的问题，程如海不可能忘记的，但他厌烦地瞟了妻子一眼，拒绝回答。替身先生微笑着说：

“当然记得啦。是 36 年前，1997 年 8 月 21 日下午 4 点 30 分，香港回归之后，咱们是高三同班同学，那天你邀我到你家去玩。说实话，我早对你图谋不轨了，所以很乐意地接受了你的邀请。进了你的闺房，墙上是一幅放大的你的玉照，穿着沙滩装，坐在洁白的沙滩上，两手支在身后，身体后仰，黑发瀑布般向后散落。这幅照片确实拍得漂亮，甚至拍出了你平时从未显示过的神韵。我相信那天你是故意带我去欣赏这张照片的，对吧？”

谢琴面孔红红地默认了。

“那时我的表情一定很呆很傻，你站在窗前，故意背对着我，让我能从容欣赏照片。实际上，我的目光不久就转到你的身上。借着明亮的逆光，我贪婪地盯着你的侧影；黑亮如丝的柔发，扑闪扑闪的睫毛，翘鼻头，近乎透明的耳垂，嘴唇和颈部上纤细的毳毛，微微隆起又轻轻起伏的胸部……然后，一团火焰忽然从我体内升腾起来，呼啦一下把我的每个细胞都点着了。那时我根本没做任何考虑，就径直扑过去，把你紧拥在怀里，用热吻对你狂轰滥炸。你当时惊呆了，随即反应过来，用力挣脱我的怀抱，生气地跑出闺房。后来，25 分钟之后，你见我还不出来，以为我一定为自己的孟浪无地自容，所以你佯装忘了这件事，大声喊着，程如海，你窝在屋里干什么？然后嘻嘻哈哈地进来，后来我们就一块出去了——可是，你知道那 25 分钟我在屋里干什么？”

谢琴茫然摇头。

“我待在屋里并不是羞于见你，而是突然感到剧烈的头痛，刀劈斧砍般的疼痛，我捧着脑袋躺在你的床上，天旋地转……我想，这是男人的初痛，就像是女人的处女痛一样。不过，直到现在，我也不知道是否其他男人也有这种初痛，医学书和各种文学作品中似乎都没有记载。其后咱们情意日浓无话不说时，不知为什么，这点小小的隐秘我一直严严地保存着，没有告诉过你，甚至在婚后也没说过。”

谢琴的眼眶湿润了。的确，丈夫从未说过这件事，但她确信这是真的，因为在新婚之夜，在处女的初痛之后，丈夫曾含含糊糊地提到过男人的初痛，那时她并没把这句话放在心上。现在替身先生的回忆唤回了她的青春：情窦初开的少男少女，朦胧的爱情，月经初潮，身体内逐渐萌生的让人羞于启齿的情欲……她看看丈夫（程如海），看看替身先生。丈夫面如石板，替身先生的方脑袋更不会有什么表情。假如两人能互相结合……她知道这种想法是危险的，赶紧苦笑着甩脱它，提出第二个问题：

“咱俩曾对死亡做过一个约定，还记得吗？”她看的是丈夫，但其实是在等替身先生的回答。电脑说：

“当然记得！那是十年前，2023 年 5 月 25 日，咱爸去世那天。爸爸是那样出色的科学家，但很不幸，刚刚过了 60 岁，就因为一次医疗事故造成脑萎缩。”它对法官解释说，“甚至算不上医疗事故。我父亲患了肾囊肿，需要作穿刺手术，穿刺前需在肾内注入酒精，这本是常规程序，但不知为什么，也可能是从不喝酒的父亲对酒精过敏吧，反正这次手术过后，他的记忆力急剧下降。可惜，等我们意识到这一点已经太晚了啊。”它苦涩地说，“父亲智力超群，即使到 60 岁也丝毫不见减弱，家人根本想不到他的脑力会衰退！但一个月后，父亲已经记不住回家的路了，是一个同事把他送回家的。同事喃喃地说：‘怎么可能这样呢？程先生怎么可能……’爸爸的病情起势很猛，无可逆转，很快变成一个植物人，在病床上又熬了三年。那三年对家人来说真是一场苦刑，并不是怕麻烦，而是不忍心看他状如僵尸的样子！他曾是一个才华横溢的科学家啊！老实说，我早就想让医生结束他的生命，但囿于伦理观念无法开口。琴，那几年你也吃苦了，每天为父亲擦屎擦尿，从没怨言。父亲终于过世了，那天晚上咱俩睡在床上，对此进行了一场深入的谈话，并达成共识：人活着是为了享受生命的乐趣，不是为了忍受痛苦。如果哪一天，咱俩之中的某一个丧失意识而且没有治愈希望，对方有责任有义务帮他(她)结束生命！咱们要把这一点变成誓约，谁也不许背誓！约定之后，咱俩紧紧搂在一起，心潮澎湃，感受着生命的苍凉和无奈。”

谢琴忍不住落泪了。她苦涩地看看两边的“丈夫”，低声说：“我没有问题了。”

她走下证人席，替身先生仍陷在“程如海”的感情波涛中，苍凉地自语道：“人活着是为了享受生命的快乐，不是为了忍受痛苦，更不是为了给亲人制造痛苦……”他的声音忽然一抖，中断了发言，片刻后狼狈地说，“对不起，对不起，我失言了，说了不该说的话。请原谅，我的发言太投入了，确实不是有意。”

被告的律师轻轻鼓掌：“真是绝妙的表演。你在失言中为我的当事人设计了他的归宿：或者自杀，或者让妻子‘有责任有义务’来结束他的生命，然后让你顺理成章地填补这个空白，对吧。你真的是失言？不是深思熟虑之后的故作失言？”不过苏律师见好就收，他知道在这个问题上不能对原告给出致命打击，“不过，姑且让我们相信替身先生是失言罢，我没有问题了，请继续。”

满头银发的被告的母亲走上证人席，深情款款地注视着自己的儿子。从这块7斤4两重的肉团从她身上掉下来，她自己的生命就分出一半在儿子身上。她能随时遥感到儿子的快乐、悲伤、肉体上的不适，等等。不幸的儿子啊，自从那次事故后，她的心就碎了，至今没有复原。儿子受伤后性格异化，凶暴乖戾，但唯其如此，她更要用加倍的母爱来补偿他的不幸。她怔怔地看着横眉怒目的儿子，在法官的低声提醒下才回到现实，问了第一个问题：

“海儿，你还记得你第一次梦遗在几岁？”

程如海抬起头，迅速瞟了母亲一眼。纵然他的意识陷在狂暴迷乱中，至少他对母亲还有一定程度的尊重。不过他仍然拒不回答，也许他确实记不清了。金女士等了很久，无可奈何地叹口气，把目光转向替身先生，电脑稳重地说：

“我当然记得，虽然当着女儿的面谈这件事有点难于启齿，但我还是实言相告吧。我第一次梦遗是 12 岁，比一般的男孩子略早一点。那天晚上，我在睡梦中忽然感到下身一热，随之而来的是震撼全身的快感。我没法形容这种快感，总觉得它是从宇宙深处、从亘古久远传来的，是从基因深处泛出来的。但随后，我就陷入极度的罪恶感，妈妈，你知道是为什么吗？”

金女士目光复杂地看着它，没有回答。替身先生继续回忆道：“这种自责牵涉到我的一个女性长辈，你肯定知道我是在说谁，名字我就不提了。她很漂亮，走在街上常常使男人们回头注目。也很年轻，只比我大六岁。她从来把我当成一个小屁孩，喜欢摩挲我的脑袋，拉着我的手出去买零食。我也很喜欢她，喜欢闻她的气味儿，喜欢她手掌的柔软和光滑，喜欢她的笑声。不过，公正地说，意识清醒时，我从未对这位年轻长辈动过什么肮脏的念头。只是，在那晚的绮梦中，我竟然把她扯了进去！醒来之后，我觉得自己太肮脏，太无耻，简直不配活在这个世上！自那之后我陷入罪恶感中不能自拔——同时又不能忘怀那次震撼身心的快感。可是，越是不能忘怀，越是觉得自己无耻，甚至认真考虑过自杀……后来，多亏爸妈及时拉了我一把。”

尽管一直抱着戒意，但金女士逐渐被他的叙述感化了，她的感情随着叙述起伏跌宕，专注地听下去。“四天后的晚上，一向忙于工作的爸爸忽然回来，非要约我出去散步。我觉得没脸见爸爸，不想去，但爸爸硬把我拉走了。在野外，他讲了鸟的鸣春，蜜蜂的交尾，又佯作无意地把话头扯到男孩的梦遗上。他说这是正常的生理现象，没什么可羞耻的，甚至还提及那种现象常常伴随绮梦，但那种梦境只是人的原始本性的扭曲反映，并不能代表一个人的理智。听了爸爸的喻解，我总算放下了心中的重负。妈，我知道是你把爸爸喊回来的，我也猜到你发觉了我的不正常，因为我团在床头的脏裤头不见了。但你怎么能猜到我的绮梦？”

程母叹息着：“妈妈的神经末梢是长在儿子身上的啊。我虽然不知道你的具体梦境，但我很快发现了你强烈的自责感。不过，这会儿我很后怕，因为我没想到你竟然想自杀。”她忽然尴尬地住口了，因为她察觉到，她实际上已默认替身先生为自己的儿子。她又把目光转向“真正的儿子”，从肉体上来说的真正的儿子，良久，她痛苦地闭上眼，喃喃自语道：“天哪，上帝为什么要处罚我？先是我的丈夫，接着是我的儿子。”

她的声音极低，几乎是从齿间挤出来的，但替身先生的高精度拾音器听得清清楚楚。它立即动情地说：“妈，我知道自从爸爸出事后，你就信仰了基督教。但没有天，没有上帝，只有一位不可捉摸的命运女神！根据统计资料，因酒精造成大脑萎缩的病例极为罕见，但偏偏它落到爸爸身上！还有我的那次事故。本来，射钉枪枪口必须紧按在墙壁上才能射出钉子，但那次却在一次偶然碰撞中触发了。事后射钉枪生产厂家把那支射钉枪装上钉子，用各种方法去撞击它，但一次也没有复现那次事故。妈，只能怪命运！一只钉子改变了我的命运！那道死亡之波把我彻底改变了，我变得凶暴狂躁，富于侵略性。我打骂亲人，屙尿在床上，还故意把大便抓出来抿在床头……妈，这实在不是我的本性啊。”他忽然住口，静息片刻，悲凉地说，“我又失口了。因为我扮演的角色，我很难把我和他区分开来，请原谅。”

被告的母亲泪流满面地走下证人席，三个女人紧紧靠在一起。这回苏律师很聪明地没有再攻击原告是“故意失言”，因为他知道法官和听众的感情已强烈地倾向于它，再进行攻击就会成为民众公敌。但他并不担心，他的杀手锏还在后头呢。在其后的交叉质询中，苏律师说：

“我很佩服原告精心准备的发言，我几乎已被你感动了，不过我有两个小小的问题。”

“请讲。”

“第一个问题；大家都看到了，你的记忆力十分惊人，你能说出程先生一生中每个感情事件的精确时间。当然，对电脑来说，这事易如反掌，但对于人脑就不同了。”他着意强调这两个字，“人脑肯定会遗忘。过去的记忆会淡化，会在不知不觉中变形。当然，我们每个人都愿意记住在此生中的每一个事件，但这是不可能的，因为过多的记忆必然会冲淡‘现在’。所以，人类在进化中就把一定程度的遗忘变成本能。

替身先生，你曾有力地论述了‘人是特定的信息集合’这个观点，那么，程如海的信息集合应该是什么样的呢？请记住，有选择的记忆加遗忘，才是真正的‘人’。而绝对精确永不遗忘的信息集合只能是——电脑！替身先生，我说得对不对？”

他用锐利的目光盯着对方，没想到对方痛痛快快地承认了：“对，你说得完全对，只有相对残缺的记忆才是真正属于他的信息集合。我从来不敢以程先生自居，我只能算作他的档案、他的留影簿、他的影子。但现在情况变了，受伤后的程先生已失去大部分记忆，连他的感情和性格也扭曲了。假如程先生原来的记忆是 100%，受伤后只残留了 30%，而我保存着 99.9999%，那么，谁更接近于原来的程先生呢？相对而言，我比他更有资格。”

苏律师懊恼地承认，这一回合中他处了下风，这个替身先生真不可小觑。但他不动声色地继续问：“很好，对我的第一个问题，你给出了一个能自圆其说的回答。现在我问第二个问题：你说，程先生曾是一个道德极为高尚的完人，睿智、谦逊、慈爱。你又说，人不过是一种特定的信息集合。那么，在受伤之后，程先生为何会起变化？那些原本不属于他的凶暴、狂躁、乖戾、阴沉，怎么会进入他的脑海中？”

替身先生迅速回答：“我想我能很好地解答这个问题。因为，在他受伤之后，我们两人之间的意识交流短时期曾保留过，而且我刚才说过，这六年中，我偶尔会恢复两人脑电波的联系，以探查他最近的想法，所以我对他的人格异化过程了如指掌。大家都知道，人类的大脑新皮层是从动物的旧皮层上发展来的，新皮层最复杂，也最娇嫩，在事故中最容易损坏。但动物皮层，尤其是主管呼吸、吞咽的神经系统最为顽强。受伤的程先生已不是从前的程先生了，他的大脑新皮层被毁坏了，从某种程度上讲，他恢复了动物的原始本性。”他诚恳地说，“请三位女性亲人不要见怪，我绝不是有意亵渎程先生，我只是说出实情。大家知道，动物在生存竞争中，第一本能是防御，所以，所有哺乳动物的脑中都有一个发怒中枢。用电流刺激猫的发怒中枢，它立即会奓起背毛，凶狠地嚎叫。程先生现在……其实是在发怒中枢的指令下活着。我探查过，尤其是他癫狂发作的时候，在他的视野中，人人都变成了耸起背毛对他狂吠的敌人。”他强调道，“其实我很同情他，因为，那个向亲人们狺狺怒吼的并不是程先生，而是某个南方古猿的幽灵啊。”

苏律师发觉自己在这一回合又处了下风，但他仍不慌不忙地说：“很好，一个很有说服力的回答。现在请你回答，你这次起诉究竟要达到什么目的？你想怎样取代程先生？是否要杀死他，让他的亲人同你这个硬邦邦、方脑袋的家伙生活在一起？”

尽管他的话带有明显的侮辱，替身先生仍平静如昔。不过，在他回答前着实犹豫了一会儿，这对于电脑的快速思维来说可是不同寻常的。

“不，我决不会提议杀死程先生。我有一个很方便很妥善的办法，但提出这个办法是要冒天下之大不韪的，很可能，我会因这种叛逆的想法被判决为就地销毁。不过，为了我亲人的幸福，我甘愿冒这样的风险，我把希望寄托在法官的理智达观上。”他说，“方法很简单，我刚才已说过，我一直在接收程先生的脑电波，这种单向渠道很容易改变成双向的，即：通过我发出的电波去控制程先生的思维，更准确地说，是以过去程先生的思维来指挥今天程先生的身体，这样，会把一个完整的程先生还给他的亲人。”

它勇敢地直视着三位法官。法官很吃惊，紧锁着眉头。作为一台电脑（或机器人），这种建议太出格了。只有苏律师像打了吗啡一样兴奋起来，他久已等待的时机到了！他要抓住它，向原告发出致命一击！他立即雄辩滔滔地说：

“好，图穷匕见。在一个精心编造的煽情故事之后，替身先生终于亮出了他的真实目的。大家都不会忘记，”他转向听众，“30 年前，鉴于飞速发展的电脑智力，世界著名科学家签署了人类誓约，第一条就是：在任何时候、任何情况下，不允许电脑智力直接、间接或变相控制人类大脑。我的当事人的父亲，著名科学家程天杰先生就是誓约起草人之一。这些伟大的科学家们在 30 年前就预见了今天的局面！刚才，替身先生为我们准备了一个精致、温柔的陷阱：看哪，我对程先生没有丝毫敌意，我只是关心他的亲人。如果让过去的程如海的思维指挥今天程如海的身体，那不是一个绝好的大团圆结局吗？但大家不要忘了。不管这种方法披上多么迷人的伪饰，它的本质仍然是：电脑对人脑的控制！哪个法官胆敢在判决书上签字同意，他实际上就是在宣判人类的死刑！因为，只要撕开一个小小的口子，这道防御网就会一溃到底。大家都看过人机大战的科幻影片，我想，如果恶魔机器人起来造反，每个公民都会拿起枪来保护人类的权利。那么，请你们现在就拿起枪吧，因为这场战争实际上已经开始了——只不过采用了另一种方式，一种精心伪装过的方式！”他结束了暴风雨般的雄辩，接下来他说：“当然，我相信法官先生的睿智，也相信程先生三位女性亲人的睿智。我想问：尽管程先生的性格已被扭曲，尽管他狂暴横蛮，但作为他的母亲、妻子和女儿，你们愿把他交由一台电脑控制吗？谢女士刚才说，人活着是为了享受欢乐，这句话使我很感动，可惜它不够全面。对，人活着可以享受很多人生的乐趣，但同时也要经受很多痛苦：伤痛、死亡、衰老、丧妻失夫等。这是人类不可豁免的痛苦，是人生的有机组成部分。那么，你们愿意消灭这个残缺的、不讨人喜欢的程先生，而换回一个完善的、电脑化的程先生吗？”

被告的母亲第一个站起来，她的内心波涛翻滚，但毫不犹豫地说：

“我愿意要这个残缺的儿子。我将用我的余生去照料他。”

谢琴站起来，做了同样的回答。

程若婴站起来，目光在父亲和替身先生之间来回游移，她最终咬咬牙，回答：

“我和奶奶、妈妈的意见一样。”

苏律师知道自己已经胜券在握了。他以短短的一席话彻底扭转了法庭的形势，相信这场出色的庭辩将长留青史。但他并没忘形，只是平静地作了结束：

“我没有问题了。”

法官准备退庭商量判决意见。替身先生孤零零地站在原告席上，它早就预知了自己的失败。它的雄辩、它的真情，在人类的思维惯性前，在人类对电脑的潜意识的敌意面前，都显得十分脆弱，不堪一击。不过它并不后悔。

连听众都看清了它的失败，他们同情地望着它——同时悄悄地把感情天平移回“人类”这一边。但法庭上的人们都忽略了主角，那个人格残缺的程如海先生。这会儿程如海抬起头，怒视着法官、母亲、妻儿和听众。受伤后他的智力已经残缺不堪了，但至少还保持着一定的判断力，他知道替身先生刚才追述的都是实情，是他早已抛弃的美好记忆。随着那些追述，程如海短暂地返回到过去的人生中徜徉了一番：母亲遥远的催眠声，第一次梦遗的快感和自责，与恋人的初吻，新婚之夜的快乐，女儿诞生前的焦躁和听到第一声儿啼的欣喜，为女儿采月光，父亲的死亡……这些回忆都是甘甜的、芬芳的，即使是伤心的回忆也带着久酿的醇香。然后，他看到了那道灼热的死亡之波：一道白光，妻子的惊呼，视野的畸变……就像见到红布的斗牛，他的狂怒一下被点燃了。他猛然抬起头，向法官怒吼：

“不许走！……他就是我，他才是我！”他恶狠狠地指着替身先生，那只方脑袋的电脑。

他的嗓音与替身先生很相似，只是显得干涩、嘶哑。法庭上的人们一下子愣住了。苏律师首先反应过来，压低嗓音怒喝道：

“程先生！不许胡说八道！”

可惜他错估了自己对程如海的控制力，这句话反倒使程如海的怒火更炽，他突然伸出手，一下子掐住了苏律师的喉咙：

“你这条鳄鱼！冷血动物！告诉法官，快判我败诉！”

法警急忙来制止他，但程如海已敏捷地掏出一把锋利的匕首，顶住苏律师的咽喉。匕首本是他打算砍在法官或什么人身上的，没想到用在自己的律师身上。刀尖已刺破了苏律师的皮肤，一道血流缓缓地淌下。苏律师不敢稍动，两只黑眼珠转到眼眶下方，紧盯着拿匕首的那只手。法警们刚要伸手，程如海立即把刀尖抵得更紧，抵得苏律师几乎窒息，他恶狠狠地说：

“快，判我败诉，否则我一刀捅死他！”

法官们虽然久经沙场，此时也是束手无策。他们当然不会在暴徒的胁迫下作出违心的判决，但苏律师已经危在顷刻，他的脸色转为青紫。程如海的母亲、妻子、女儿同声呼喊：

“海儿（如海、爸爸）!”

程如海转过头看看三个惊恐的女性，杀气忽然泄了。他慢慢收回匕首，恼怒地推开苏律师。苏律师一屁股坐在律师席上，猛烈地干咳着，用手帕捂住伤口。形势的急转让法官们长吁一口气。程如海垂下匕首，阴沉地自语着：

“人活着是为了快乐，不是为了给别人制造痛苦。”

他的怒气像自来水一样说来就来，忽然怒吼一声，倒转刀尖，狠狠地向自己心脏扎去！三个女性同声惊呼！法官和法警们目瞪口呆！……就在刀尖触胸的刹那，他却急速收住刀的去势，收势过猛，他甚至踉跄了一下。然后他目光悲凉地看看匕首，顺手扔在一边。他朝法警指指苏律师，用完全正常的声音命令道：“请送这位先生去医院。”苏律师如逢大赦，怨毒地看了被告一眼，在法警搀扶下迅速离去。程如海向亲人转过身，慢慢伸开双臂。

三位女性不敢相信自己的眼睛，因为程如海的目光变得十分清澈透明，戾气在他脸上一扫而光，代之以悲伤和温柔。三位女性哭着奔到他的身边，同他紧紧拥抱亲吻。她们做梦也想不到，程如海在癫狂发作时会突然恢复神智，完全变回从前的程如海。这是她们日夜祈祷的事，但它真正来临时，她们又不敢相信。

只有女儿程若婴在同爸爸拥抱时，不时回头瞟着替身先生，不过她一句话也没说。

休息室里，三位法官已争论了很久，还是没能达成一致。他们会不约而同地停下来，看看屋角的屏幕，屏幕上显示着法庭的情景：母亲搂着儿子的脑袋，儿子左臂搂着妻子，右臂搂着女儿，四个人低着头，凑成一朵十字花瓣。这个温馨的场景吸引着众人的目光，替身先生也在紧紧地盯着他们。不过，替身先生似乎知道法官们在窥视，所以他也时不时转过身，问询地盯着摄像镜头。在他的电子眼中含着悲凉。

争论主要是在两个年轻法官之间进行，老法官紧锁双眉，凝神倾听着。何法官指着屏幕说：

“我当然不愿意破坏这个幸福的场景。但是我们无权践踏人类誓约，只要我们推倒第一块多米诺骨牌，它就会引发深刻的社会危机。”

女法官杜女士这会儿很激动，言辞尖刻，失去了往日的稳重，“让你的什么誓约和戒律见鬼去吧！没有不变的戒律，三千年前的中国人还不许理发呢，因为‘身体发肤受之父母’。一两百年前的人类曾不准输血，不准器官移植，不准试管婴儿出生，不准克隆人类，这些戒律不是都一个一个被推翻了吗？那么好吧，我们不妨把‘不准电脑智力控制人脑’的戒律加一条小小的注解：‘用于医疗目的的情况除外。’程先生不就是一个非常严重的甚至危险的病人吗？”

老法官扬起手，示意他们停止争论。两人都住口，等老法官说出他深思熟虑的意见，但老法官苦笑着说：

“我没有什么成熟的意见，恐怕我们的经验不足以判决这个案子。”两人也只有报以苦笑，随后老法官说：

“好吧，现在谈谈我的意见……”

三位法官鱼贯而入，两名身材魁梧的法警同时进来，礼貌地把被告同他的亲人分开，然后每人架着被告一条胳臂，严密地戒备着，如临大敌。程母和程妻茫然不知所措，她们想表示抗议，但程若婴显然知道缘由，忙拉过亲人，低声安抚着。程如海的反应倒是出奇的平静。

老法官在说话前先叹息一声，然后诚挚地说：“首先请替身先生放弃对被告的意识控制。替身先生，我们都知道你刚才的临机决定是善意的，是为了挽救被告的生命，法庭不会为此惩罚你。但是……在即将宣判时刻，请你放弃对他的控制吧，否则从法律上我们就无法区分原告被告了。”

替身先生点点他的方脑袋，然后……被告突然浑身一抖，目光有一个明显的断裂，随之他恢复了程如海的神智，狂怒地扭动着身子，想从法警手中挣脱。但两名强壮的法警早有准备，很快制服了他的反抗。程如海像是被锁住的猛兽，咻咻地喘息着，阴狠地扫视着场内所有人。法官们一直耐心等待着，直到被告的情绪趋于平静，老法官才说：

“现在我宣布此次审判的结果……”

魔环

假如生命可以重来

1999年8月20日晚7点

今天是8月20日。

十年来，每到这一天，凌子风的感情世界便有一次势头强劲的回潮。他会陷进那些折磨人的回忆、忏悔和自责中，欲逃不能。吃过晚饭，他开始穿外衣，穿衣时始终躲避着妻子的目光。妻子熟知他的痼习，从未指责过，但也绝不赞成。显然，一个女人不会喜欢同别人分享自己的丈夫，哪怕是死者，哪怕仅在回忆中。

田田发现爸爸想出门，立即笑嘻嘻地拦在门口。他刚刚在布达佩斯参加了“世界少年数学奥林匹克竞赛”，拎回来一块金牌。这几天记者们一直堵着门采访，简直没时间同爸妈亲热。他提醒爸爸，你还欠我半个故事呢，就是那个“某人借助时间机器回到古代买了94枚戒指”的故事，非常有趣，昨天只讲了一半。这人真聪明，他每次都比上一次提前一个小时，向同一个人去买“尚未卖出”的同一枚戒指。“爸爸，要是我有了这个时间机器，就把我最爱吃的蛋卷冰淇淋吃它一百遍，每次只提前半分钟！”

爸爸心不在焉地摸摸他的脑袋，仍然要出门，妈妈不凉不酸地说：

“田田，放你爸走吧，他的心早就飞走啦。”看到丈夫脸上闪过的气怒，田茹干脆地说：“子风，我不想惹你生气，过去我从没有干涉过你。但你不能老是沉溺于过去，你能把这些回忆保持多久？一辈子？让我一年看一次哭丧脸？咱们得找个一劳永逸的解决办法。”她拉过田田，“这事以后再说吧。田田，跟妈走，妈给你讲那个故事。”

机灵的田田看出了爸妈之间的龃龉，很乖巧地收回自己的要求：“爸爸，明天再给我讲吧，再见！”便跟着妈妈走了。田田是他们的希望，也是他们的骄傲。当他还在母腹中时，他们就施以音乐的胎教，两岁教识字，三岁教学棋，如今他才 7 岁，已学完了微积分课程。可以说，夫妇两人的生活重点是放在田田身上的：“我们这一代已经不行了，落伍了，要全力培养儿子，让他茁壮成长，应付 21 世纪高科技社会的挑战。”

而且，这个已经名闻遐迩的神童并不是一个冰冷的机器人，他童稚天趣，妙语解人，一向是爸妈的心尖宝贝儿。凌子风歉然同儿子告别后，走出房门。

1999 年 8 月 20 日，晚 10 点 40 分。

黄鹤酒家的顾客已经开始退潮，凌子风独占一张靠窗的桌子，醉眼迷离地看着窗外。河水映着岸上和岛上的霓虹灯光，映着天上的星月，对岸的垂柳遮蔽着河湾。十年前，那个叫若男的妙龄女子就是在这儿遭遇不幸的，全是怪自己该死的疏忽。如果人生能重来一次……但那永远不可能了。

服务员小姐笑眯眯地送来一瓶蓝带啤酒：“先生，你要的酒。”

凌子风摇摇头：“不，我没有要。”

身后一个人接口道：“小姐，你弄错了，是我要的酒。”

小姐连连道歉，把酒改送到那张桌上。凌子风扭回头向邻桌瞟了一眼，那是一名和他年龄相仿的男子，也在闷头独酌。他的衣着讲究，真丝衬衣，鳄鱼皮鞋，手指上有两个沉甸甸的钻戒。但是很奇怪，他的表情中似乎有一种只可意会的“黑色”，使人感到强烈的压抑。他也在两道浓眉下打量着凌子风，随后笑笑，拎着自己的酒瓶过来：

“原谅我的冒昧，我想两个喝闷酒的男人也许有共同的话题。”

凌子风向他举举酒杯，表示认可他的加入。来人为他斟上一杯酒：“说吧，有什么苦恼，不妨向一个陌生的男人诉一诉，这是宣泄感情的好办法。”

凌子风苦笑道：“谢谢你。”陌生人正好说出了他的心声，他早就想找一个人宣泄自己的苦恼，沉默片刻后他说：“我听从你的建议。喏，就在那儿，就在河对岸，十年前，我同恋人柳若男来游泳，临走，我返回岛上去取遗忘的潜水镜，扭回头却发现若男失踪了！我发疯地游回来，喊叫、寻找，等到从水中捞出来，她已经没有救了。”他的眼眶红了，狠狠地灌下一杯酒说：“一个鲜活水灵的可爱姑娘啊，转眼间就这么没了！我去拿什么潜水镜！十年来，我无时无刻不受内疚折磨。我常想，假如人生能重来一次……”

他的声音哽住了，为了不让对方看到自己的泪水，他低下头闷闷地喝酒。陌生人同情地看着他，低声说：“请不要过于悲伤，也许我可以帮你。”

凌子风沉溺于悲伤中，很久才明白了对方的话意：“你说什么？你能帮我什么？”

“帮助你重生一次。你不必奇怪，实际上我一直在寻找合适的人以传下一件宝物。你先看看它吧，否则你一定以为我是醉后胡言。”

他从腕上褪下一件东西，从桌面上推过来。

一只魔环。

它的大小相当于一只手镯，膨大处类似于手表的表面，色泽白中泛青，隐隐闪着异光，用手摸摸，光滑坚硬有如玉石，但重量极轻。表面处刻着几个汉字：时间来去器；同相入；异相入；返回。字迹歪歪扭扭，像是初学者的摹写。此外还有一些极小的奇形怪状的符号。

神秘的陌生人说："知道几年前陕西某县一次很轰动的发掘吗？在修缮著名的天福寺时，在佛塔下发现了唐朝的地宫。这件手镯就是在那儿出土的。手镯盒里还有一张发黄的丝纸的短柬，说这件宝物是一位仙人化胡为佛的至宝：'仙人凌风子自言亦中土人氏，仗此琢修行凡一千九百九十九年，方脱体飞升，知过去未来之事。仙师蝉蜕之日传此宝于余，余自知福薄不足以持此宝，乃藏诸地宫以待有缘。'你可能已经看出来，这是一件时间来去器，很可能来自于外星人——表面上那些奇怪的符号至今无人能破译，还有人对它的材料做过光谱分析，发现其材料非常奇特，是地球上从未有过的。"他看见了凌子风的怀疑表情，便微笑道："这个故事太离奇，我也曾和你一样怀疑过。好在它的功能是很容易证实的，我们马上可以进行实验。"

凌子风在心里微微冷笑，他想此人编了这么动听的神话，一定是想把这个"宝物"卖一个大价钱，可惜我不是那么轻信的人。他说："当然，我很愿意相信。能否告诉我，这个宝物是如何传到你手里的？"

那人脸上掠过一道阴云，苦涩地说："没什么离奇的，就像你我今天之间的情形一样，是一个陌生人的无偿馈赠。他说我是第九个持宝者。至于这九个人得到魔环之后的经历，你就不必问了，其中都有不愿告诉他人的隐情。”

他的表情十分晦暗，凌子风不再追问，换了一个话题：“它是如何使用的？”

“非常容易，先用按钮调到你想返回的时间，再按一下‘异相入’钮即可。先生，我建议咱们一块去你想要返回的地方，来一次现场实验，如何？”

两人从正阳桥上步行过去，20 分钟后到达那个荒凉的河湾。“我一定中邪了，”凌子风想，“我竟然相信这个离奇的神话。”不过那个人的言谈中有一种特殊的味道，也许是他的表情中一直浸泡着晦暗和苦涩，他也从未去稍加掩饰。这不像是一个骗子的表情。

清澈的河水抚摸着岸边的细砂，月光下野草绿得十分柔和。虫声暂停片刻又复唧唧。他想到十年前那个夜晚，泪水不由盈眶欲出。陌生人同情地看着他，轻声说：

“可以开始了。现在是 1999 年 8 月 20 日晚上 11 点 01 分，请问那位姑娘遭遇不幸的时间？”

“1989 年 10 月 15 日，晚上 10 点 20 分。”

“准确吗？”

凌子风苦笑道：“我绝不会记错的。”

陌生人飞快地调好时间，屏幕上打出“10 — 15/1989 22：20”。

“喏，就是这样调整。我冒昧地建议，你第一次返回时，让我陪你一块去，我可以帮你熟悉机器的使用方法，应付一些不测事件，好吗？那么，我要摁下‘异相入’按钮了。”

凌子风微嘲地看着陌生人一本正经地点下那个按钮，好，我在等着你说的神话实现。他忽然吃惊地感到，眼前的景物一阵抖动。

1989 年 10 月 15 日，晚上 10 点 20 分。

抖动的景物很快复原，他惊疑地看着陌生人，等着他的下一步动作。陌生人平静地说：

“已经到了，请你看看，是否到了你想去的时间。”

这时凌子风才注意到，眼前的景色变了。或者说，景色变得虚浮了。河岸上的树木和野草似乎是实影和虚影的叠加，暮色已重，河面上映射着星月和对岸的灯光。水中没有人，但岸上放着一堆衣服，有男人的长裤，也有女人的艳色衣裙。远处扬起白色的火花，两个人影从暮色中钻出来，已经能看见前边是一位姑娘，穿着米黄色的游泳衣，腋下套着红色的游泳圈，一位小伙子在后边推着她，一边用单手划水。人影越来越近，可以看到两人谈笑风生——却听不到声音，就像在看一场无声电影。

忽然，凌子风如遭雷殛，绷紧了全身的肌肉，死死地盯着两人，他已经辨认出，那正是 25 岁的自己和恋人若男。两人游到浅水处，站定，笑着拥抱接吻。救生圈横在两人中间，十分碍事，若男随手取下来，扔到身后，然后又是一阵热吻。“那个”凌子风把女友抱起来，放到岸上。两人交谈几句，他拍拍脑袋，返身向小岛游去，一串水花渐渐隐入水中。

虽然他看到的是另一个凌子风，是 25 岁的凌子风，但 35 岁的凌子风清清楚楚地知道，那人是去取遗忘在岛上的潜水镜，这正是悲剧的开端，他应该赶紧去把那个糊涂虫拉回来！但他好像在噩梦中被魇住了，恐惧地盯着这一切，却说不出话。

他们现在的位置离若男只有十米左右，但若男似乎视而不见，她脸上挂着甜蜜的微笑，哼着歌子，旁若无人地脱下泳衣，用毛巾擦拭身体。在若男去世前，两人的恋爱一直保持在柏拉图式的精神恋爱阶段，他从没有见过若男的裸体。所以这会儿他不由垂下目光。他看见陌生人也从那儿收回目光，忧郁地望着自己。

若男忽然看见红色的游泳圈正向下游漂走，她未加考虑，立即跳下水去追赶。直到这时，凌子风才从梦魇中惊醒，撕心裂肺地叫一声：

“不要下去！”

便和衣跳入水中。但若男视而不见，听而不闻，仍自顾小心翼翼地追赶救生圈。她忽然脚下一滑，身子倾斜着，眼看就要没入水中。

凌子风已经赶到她的身边，立即扑过去，用力抱着她的身体……若男的躯体像一团光雾，轻飘飘地穿过他的拥抱，他用力过猛，跌入水中，激得水花四溅。

这儿是一个洄水潭，深度已经没顶。他在水中慌忙爬起来，转身，看到若男的头发和手臂尚在水面上，他急忙扑过去……又是一场空。

水面上两只手臂在拼命摆动，随之下沉；又挣扎出来，又下沉。凌子风发疯地嘶声喊道：

“若男！若男！”

手臂已经消失，只余下长发在水面上又漂浮了一会儿，然后缓缓沉下去。凌子风在这片水域疯狂地寻找，游过来，窜过去，用手摸，用脚踢，除了能真切感到水的阻力外，什么也摸不到。他大口喘息着，惶然四顾，见最后一串水泡从不远处冒出来，他再次扑过去，还是一团空。

他真正疯狂了，两眼血红，血液上冲，太阳穴似乎要炸裂。他不能眼睁睁看着恋人在眼前死去，看着她“再一次”死去。他声音嘶哑地哭喊着，狂乱地寻找着。抬头看见陌生人仍留在岸边，怜悯地看着他，他不由暴怒地喊：

“你这个混蛋，你这只冷血动物！快下来帮我呀，若男马上要被淹死了！”

陌生人跳下水，捉住他的双手，怜悯地说：“不必寻找了，那是徒劳的。你看到的景物有虚有实，虚景与我们不同相。不信的话，你看看水面，你仔细看看。”凌子风低头看看水面，发现真实的水面上似乎漂浮着一层若有若无的河水，陌生人用手从这层水中舀水，但手中却是空的。他说：

“看见了吗？眼前的景象是两个异相世界的叠加，我们只能感受到下面的真实河水，上面一层是空的——据此判断，这条河的水面比十年前降低了。你再看岸上的树，那棵大树中是否有一棵小树的幻影？那是这棵树十年前的影像，你只能看到却摸不到……喂，那个凌子风已经返回了。”

“那个”凌子风从岛上返回，发现了若男的失踪，他发疯般游过来，哭喊着寻找，在这个荒凉的河湾里再次上演了刚才那一幕悲剧。有时，这个疯狂的男人就在他们的身体里穿过，但双方都丝毫没有感觉。35岁的凌子风现在成了观众，绝望地看着舞台上的自己。观众的痛苦与角色的痛苦丝丝入扣，他禁不住热泪双流。

20 分钟后，那个凌子风终于从水中捞到若男的身体，抱着她跌跌撞撞地涉水上岸，把她平放在草地上，开始施行急救。真实的凌子风不由也想扑过去帮助，但陌生人拉住他，摇摇头说：“没有用的。”

那个凌子风哭着，唤着，几乎完全失音了。他一刻不停地按着若男的胸膛，伏在她口唇上吹气。真实的凌子风走过去，也蹲在若男的身体前，他的热泪穿过两人的身体，滴湿了若男身下的土地。他清楚那个无可逃避的结局。

远处有人听见呼救声跑了过来，是一个 45 岁左右的男人。他试试若男的鼻息，趴下听听她的心脏，又翻开眼皮看看瞳孔，然后摇摇头，把近乎癫狂的凌子风硬拉到一边，从地上捡起衣服盖住若男的裸体。

35 岁的凌子风不忍再看下去，他猛然揪住陌生人的胸口，愤恨地说：“你为什么要带我回到这儿？既然我对眼前这一切完全无能为力，你带我回来干什么？”

陌生人温和地说：“先生，请冷静，请冷静一点儿。”他掰开凌子风的手，迟疑地说，“这并不是魔环的全部魔力，你也可以进入十年前的同相世界，虽然……”

凌子风不敢相信自己的耳朵：“你说什么？我也能和他们同相？

能把若男从水中救出来？”

陌生人肯定地说：“能，只要刚才你按动的是另外那个‘同相入’按钮，你就能进入十年前的相。你会和25岁的凌子风合而为一，但仍保持着35岁的记忆。因此，你肯定来得及把若男救出来……”

凌子风喜极而泣：“真的吗？真的能救活她？”他迫不及待地说，“那咱们还等什么？快带我进入吧，我会永生永世感激你！”

河滩上又来了几个人，他们无声地安慰着凌子风。有人找来一副担架，他们抬上若男的遗体走了，那个凌子风泪流满面，神情痴呆，踉踉跄跄地跟在后边。陌生人说：“你不要着急，咱们先返回吧。”他按下返回键。

1999年8月20日晚11点02分。

眼前的众人立即消失，景物依旧，但不再有虚浮感，就像摄影镜头突然调准了焦距。陌生人接着刚才的话说：

“在实施‘同相入’之前，我必须把该说的话说完，否则对你是不公平的。要知道，对于一般人，对于正常的人生，无论是幸福还是不幸，属于他的只有一次。在它们来临前，你尽可以努力去追求它或者是躲避它，你的努力也能够影响你自己的人生进程。但一旦成为既成事实，它就是宿命的，是不可选择的。用量子力学的术语，就是‘你所处的环境已发生了不可逆的坍缩’。不过，一旦你持有魔环，有了对‘过去’重新选择的机会，一旦可以随心所欲地挑选‘已失去的’幸福，逃避‘已降临的’不幸，那就会造成新的错失和迷乱，很可能你并不能得到幸福，甚至陷入新的痛苦。”他苦笑道，“我并不是一个哲人，这些道理只是我持有魔环之后的人生总结。据我所知，已经有幸持有魔环的其他八个人，其经历都是很痛苦的。所以，在按下‘同相入’按钮之前，希望你慎重考虑一下。”

凌子风坚决地说：“我无须考虑，只要能救若男的命，即使堕入十八层地狱也无怨无悔！”

陌生人苦笑着摇摇头：“好吧。其实，我知道劝不转你的，就同上一个传宝者劝不转我一样。你也只有经历了一次‘坍缩’之后才能觉悟。在你实施‘同相入’时，我就不能陪伴你了，何时你有疑难，只需按下返回键即可。我一定仍在这河边等你——因为返回的时间不会计入现在的真实时间，所以，即使你在‘过去’徜徉十年二十年，等你一按返回键，你仍会准确地在此时此地出现。先生，在使用方法上还有什么疑问吗？”

“没有了。”

“还有一点，当你决定放弃这具魔环的所有权时，必须为它找一个新的持有者，就像我找到你一样。这是那封短柬上的要求。”

“好，我一定做到。”

陌生人把魔环的返回时间调定到1989年10月15日，晚10点23分，递给凌子风说：“戴上它，你可以按下同相入按钮了。”

凌子风戴上魔环，虽然他对自己的决定毫不犹豫，但陌生人的话使他免不了心中忐忑，他凄然笑道：“还没有告诉你我的名字，我叫凌子风，凌云的凌，儿子的子，风雨的风，住在本市卧龙路。如果我回不来，烦请你通知我的妻子。”

陌生人摇摇头说：“不，你一定能回来的，这具魔环绝对可靠，我所说的‘痛苦经历’不包括这方面的内容。你记住现在的时间：1999 年 8 月 20 日晚 11 点 02 分，我会在此时此地等你。”

凌子风留恋地望望四周，然后决然按下“同相入”按钮。

1989 年 10 月 15 日晚 10 点 23 分 ， 同相入。

他看见那个凌子风在与若男拥抱接吻。眼前景象摇荡一会儿，复归平静。那个凌子风已经消失——实际上是他消失了，他已与 25 岁的凌子风合而为一，但仍保持着 35 岁的记忆。

现在，若男的身体在他的拥抱中已经有了重量，他能感觉到她光滑的脊背，饱满的胸脯，能听到她怦怦的心跳。周围的景物清晰实在，不再像上次返回时那样虚浮和重影。若男推开他，羞涩地说：

“我要换衣服了，你不许看。”

他笑道：“我决不偷看。唷，潜水镜忘到岛上了，我这就去取。在回来前你一定能换好衣服的。”

他转身跳入水中，向岛上游去，转眼间游过了 50 多米。忽然 35 岁的意识浮出脑海：你不能去，你怎么这样糊涂？你这一去就会铸成终生大错！他浑身一激灵，猝然回头，看见若男正在水中追赶那只游泳圈。他失声惊呼：

“若男，快回来！”

若男侧过头看看他，未及答话，忽然脚下一滑，陷到深水中。凌子风立即用尽全身力气飞速游回去，两臂像风车一样抡动，打得水花四溅。他的心被恐惧撕咬着，担心自己改变不了“已经发生”的事，担心这幕悲剧仍像上次那样从容不迫地演下去，不管观众如何摧心碎胆……但这次他不再是那个毫无参与机会的观众了，等他赶到，若男仍在水中挣扎，他急忙架住若男的胳臂，把她送上岸。

若男脸色苍白，目光中透着惊惧。凌子风一下子搂住她放声大哭：“若男，我总算把你救活了啊，谢天谢地！”

他的热泪像开闸的河水，汹汹地往外淌，浇在若男赤裸的双肩上。若男忽然悟到自己还是裸体，她脸庞发烧，忙推开恋人，羞涩地命令：“快扭过脸，我还没穿衣服呢。”

等她匆匆套上 T 恤衫和裙子，凌子风仍低着头蹲在地上，肩膀猛烈地抽动，热泪仍汹涌奔流。若男很为他的这份真情感动，屈腿偎在他身边，搂着他的双肩，温柔地擦去泪水，低声劝道：

“值得这样么？好像我真的淹死了！其实，你不来，我也能挣扎出来的！”她好强地说。

凌子风抓住她的双手，哽咽着说：“我总算把你救出来了，十年来这件事一直没日没夜地折磨着我，现在我总算补救过来了！”

若男惊讶地看着他，用手在他面前挥动，看他是不是在白日做梦。她嗔道：“你在胡说些什么呀，莫非你神经错乱了？”

凌子风仍在猛烈地啜泣着，没有回答。他怎么回答？说站在若男面前的是从十年后返回的另一个凌子风？诉说自己十年来的自责和内疚？诉说自己不久前还绝望地又一次目睹了她的死亡？

若男也觉察到，这个男人的痛苦十分深重，十分阴暗，这条粗大的痛苦之蟒是从那人的心灵深处爬出来的，紧紧地箍着他，使他无处逃避。这都是因为那场仅仅三分钟的虚惊。若男又一次被感动了，她乖巧地偎在恋人怀里，温声说：

“不要难过了，我不是好好的嘛。穿上衣服吧，时候不早了。”

凌子风转过身，默默穿上衣服，这具25岁的躯体稍微瘦削一点儿，不过肌肉比十年后较为强健。他把救生圈放了气，掮在肩上，低声说：“走吧。”

若男没有动，她在月色中定定地看着恋人，忽然大笑着纵体入怀：“子风，今天我才知道你是多么看重我。”她笑着宣布，“对你的考查期已经结束，我决定了，要嫁给你！”

她看到凌子风忽然又热泪滚滚，神情十分惨淡，便奇怪地问：“怎么了？你今天怎么变成眼泪包了？”

凌子风擦干泪，勉强笑道：“我也不知道，今天就像一个爱哭的娘儿们。”

若男，请原谅，我们就要分手了，我在自己的人生大文章中涂改了“一句”，弥补了我一生中最大的抱憾。但我不可能涂改整篇文章，那边的田茹和小田田已经和我的生活不可分割了。凌子风强抑悲酸，笑着，闲聊着，把若男送回家门口。

若男和她吻别后，仍恋恋不舍地望着他。今天的小小灾祸让她窥见恋人的炽热情意，窥见恋人对她的珍视。她一定要与凌子风白头偕老。她忽然面孔红红地邀请："今晚愿意留在我这儿吗？我有钥匙，爸妈不会知道的。"

凌子风有点手足无措，若男的目光就像火炭一样，烫得他低头躲避。他迟疑地说："若男，我真想……可是不行，我要走了。"

他逃也似的转身走了。若男盯着他的背影，虽然不舍得，更多的是感动。他真是一个又至情又至诚的君子，和他在一起，这一生肯定是幸福的。等若男开门进去，躲在阴影里的凌子风立即按下返回键。

1999年8月20日晚11点03分。

空间一阵抖动，他现身在陌生人面前，手表指着11点03分，仍是他离去的时间。陌生人探询地问："你的那位恋人救出来了？"

凌子风点点头，面上却了无喜色。停了很久他才说："我救了她，又必须和她分手。我不能抛弃'真实世界'中的妻儿。"

陌生人没有说话，非常理解、同情地看着他。过了一会儿，陌生人说："那么，如果你愿意留下魔环，我就要告辞了。请记住我对你的要求。"

凌子风急急地说："请稍等……真实生活中我是在若男去世四年后结婚的，我想再到那个时刻看看，我仍然有点放心不下，好吗？"

陌生人同情地说："好吧，我可以再陪你一会儿。请你调整时间吧。"

1993年12月8日，晚12点，同相入。

闹新房的人总算都走了，子风关上房门，把田茹揽入怀中。烛光映红了她的面庞，她幸福地微笑着，子风也是满腔喜悦。

时间是最好的治疗剂。他和若男分手后，那长久的、刀割一般的痛苦，在四年后总算基本治愈了，可以和田茹共结连理了。

他知道若男至今仍是独身——当然是为了他，这使他十分内疚。但他没有别的办法。因为在人生大文章的“原文”中，他是和田茹绑在一起的，怀中这个娇小的女人会疼他爱他，为他生一个非常聪明的儿子，也会为他对若男的思念吃一点干醋……他不能逃避自己的责任。

田茹已经疲惫不堪，但被喜悦之火燃烧着，仍然不思入睡。她偎在子风怀里，时时抬起头吻吻他：“子风，你睡着了吗？”

“嗯，睡着了。”

田茹哧哧笑着：“睡着了，是不是在说梦话？”

“嗯，是在说梦话。”

田茹两眼发亮地看着天花板，很久又冒出一句：“子风，你会爱我一辈子吗？”

“当然。”

“可是我总怕你会半路上抛下我，还有咱们的儿女。”

“是儿子。”

“儿子？你就这样肯定？”

“当然肯定。田茹，别说傻话了，咱们一定会白头到老的。睡吧。”

田茹真的入睡了，凌子风却难以入眠。他选择这个时间返回，并不是为了证实自己同田茹的婚姻——那是无须怀疑的——而是想知道若男的命运。他等田茹睡熟，轻轻下床，想去客厅打电话。就在这时，电话丁零零地响起来，在静夜里显得十分响亮。他急忙拿起话筒，轻声说：

“喂，哪一位？”

对方平静地说：“是我，柳若男。没打扰你们的休息吧，我只想祝福一声，祝你们夫妻恩爱，白头偕老。”

凌子风愣住了，一时不知道该如何回答。田茹睡意浓浓的睁开眼，立即以女人的敏感猜到对方是谁。她从丈夫手里接过电话，问：“是若男姐姐吗？”

“是我，田茹妹妹，祝你们幸福。”

田茹真挚地说：“若男姐姐，我知道你与子风的那段感情，这不会妨碍我们成为好朋友。明天请你来家玩，好吗？”

“谢谢，我明天要出远门，等回来再说吧。再见。”

对方挂了电话，田茹仍拿着话筒发愣。若男的声音太平静了，是那种超越生死的平静。一分钟后，田茹忽然震惊地喊道：“子风，若男姐怕是要寻短见！”

几乎同时，凌子风也凭直觉猜到了这一点。田茹急急地说：“子风，我们打电话再探探她的口气，行不行？她的号码？”

凌子风在急切中竟然记不起来了，自从两年前和田茹结识，他便有意无意地把那个电话号码放在脑后——但他没想到自己竟然能忘记！他苦笑着，从西服口袋里掏出记事簿，查出那个极为熟悉的号码。

他们一遍又一遍地拔着号，没人接。五分钟后，凌子风下了决心：“看来，我不得不去一趟了。茹，请原谅，新婚之夜我还要……”

田茹打断他的话：“不说这些了，我和你一块儿去！”

已经是凌晨一点，他们在街口的寒风中等了十分钟，急得直跺脚，才看到一辆出租从街角拐过来，两人立即跳到路中间拦住车：“师傅，去育水河边！”

出租车司机是一个瘦小的中年人，他怀疑地看看两人，委婉地说：“出租车夜里不出城，请原谅。”

凌子风一把拽住司机的胳膊，央求道：“求你去一趟，我们是去救人，有一个女人要在那儿自杀！”

田茹也眼泪汪汪地求告：“司机大叔，求你啦！”

司机看两人不像是坏人，一咬牙说：“好吧，上车！”

夏利车飞快地开到育水河边，在正阳桥上过河，停在那个荒凉的河湾。接电话后，凌子风凭本能立即猜到，若男若是寻短见，一定会来这个地方，来到这个回荡着恋人情意的河湾。但河边静悄悄的，没有任何动静。河水静静地流淌，闪烁着星月之光，狗尾草在秋风中摇摆着。虫声暂停片刻后，又复唧唧如织。司机不愿在这儿多停，催促道：“没事吧，没事就走。”

两人仍不死心，沿着岸边苦苦寻觅着蛛丝马迹。田茹眼尖，忽然喊道：“子风，衣服！你看那是一堆衣服！”

岸边果然有一堆衣服，凌子风一眼就看出，这正是那晚若男穿的。衣服整整齐齐叠放在那儿，下面是蛋青色的风衣，然后是裙子和T恤，最上面是玫瑰红的内衣和红色的游泳衣。这些整整齐齐的衣服无言地诉说着若男的决心，她跳入河水时一定是心如死灰。凌子风欲哭无泪，目光发狂地盯着已经复归平静的河水。好心的司机十分着急，可惜他不会水，便着急地催促凌子风：

“还等什么？你也不会水吗？车上有绳子，我拉着你下去！”

凌子风苦涩地摇摇头，他知道已经晚了，即使跳下去捞出若男，肯定已是面色青紫的尸体。他会哭着施行急救，却终无回天之力。四年前的那个场景浮现在眼前，与真实交叉搅和，几乎分不清哪是彼哪是此，哪是真哪是幻。在这一瞬间，凌子风果断地做出决定，他把田茹紧紧搂到怀中，像大哥哥似地吻吻她的额头，深情地说：

“田茹，再见！”

便抬起手臂按下返回钮。在片刻的虚空摇曳中，还听见田茹在尖声叫喊：“子风！你到哪儿去了？子风！”

1999年8月20日，晚11点04分。

晚风习习，河滩上绿草如茵。凌子风低头躲避着陌生人探询的目光，低语道：

“我还要返回到十年前，我要和若男结婚，我不能眼睁睁看着她为我殉情。”他说得很急，似乎怕自己改变主意。“至于田茹，她和我结婚是在此后，如果我根本不在她的生活里出现，那她就不会有任何痛苦。我说的对吗？”

他哀求地等着陌生人的判决。陌生人迟疑地说：“从理论上说，你说的完全正确。只是……”

凌子风匆匆打断了他的话：“谢谢你，我要调整时间了。”他低下头，很快把时间调定到1989年10月15日晚10时24分，按下“同相入”钮。

1989年10月15日晚10时24分，同相入。

若男感动地说：“今天我才知道，我在你心目中的分量是这样重。”她笑着宣布，“考验期到今天结束，我决定了，要嫁给你！”

凌子风默默地为她披上风衣，没有说话。若男不解地望着他，佯怒道：“怎么啦？听到我的决定，你好像一点也不高兴。”

凌子风把她搂到怀里：“哪能不高兴呢，我当然高兴。”

我真的高兴。从此我可以和你在一起，像平常人那样生活。我不会为“另一篇”文章中某个女人的命运而自责，我不再能预知儿女的性别，也会像别人那样揣测、期盼，在产房外焦急地等待结果……他再次说：

“我真的很高兴。我相信咱们一定会和和美美过一辈子，等咱们满头白发，你会瘪着没牙的嘴巴说：老头子呀，这辈子你娶了我，后悔不后悔？”

若男立即压着嗓子，学着凌子风的粗嗓音说：“老婆子呀，你呢，嫁给我后悔不后悔？”

两人都笑了，但若男的笑声是透明的，纯真的，凌子风的笑声却透着几许苦涩。

20分钟后，凌子风把若男送到她的家门口，说：“再见，我要走了。出租车还在街口等着哩。”

若男恋恋不舍地抱着他，忽然面孔红红地邀请：“要不，你今晚留下来？我有钥匙，爸妈不会知道的。”她又补充道，“知道了也没关系，我对他们说，我明天就嫁给你！”

凌子风很感动，他回头打发走出租车，然后跟在若男后边，轻轻打开门锁，蹑手蹑脚地进屋。听见若男妈问一声：“男男回来了？厨房里有饭菜。”

若男急忙说：“妈，我不饿，我困了，这就去睡觉。”

关了卧室门，两人立即无声地笑着，拥作一团。他们和衣躺在床上，絮絮地低声说着古老的情话。慢慢地，若男的声音变得滞涩，浸透了睡意，终于歪过头睡着了。凌子风却全无睡意，他从若男颈下轻轻抽出胳膊，极轻地下床，赤脚走到窗前，遥望着深邃的苍穹。当他以35岁的意识去重复25岁的生活时，他不由想到，也许上帝是最痛苦的。

他既然洞晓过去未来，那么，对一桩桩无法避免的惨祸或者是不幸，他一定怀着双倍的痛苦，因为在不幸到来之前他已经在“等待”……凌子风又想到那个叫田茹的女人。如果他自此“目不旁骛”地走完“这一种”人生历程，那么田茹就是一个完全的陌生人，根本不会走进他的生活，因而她也不会对“失去”凌子风有任何感受。但是，凌子风仍然无法铲除一个顽固的念头：他想看看田茹的生活，看看她是否对这一切茫无所知，看看她是否拥有一个幸福的家庭。

若男睡得很甜，很安心，她一定以为自己仍躺在恋人的怀抱中。在这种情形下为另一个女人担心，简直是对若男的背叛。但他还是横下心，把时间调到四年之后，即 1993 年 12 月 8 日晚 9 点，那是在“另一种”人生中他和田茹结婚的日子。然后按下“同相入”钮。

并没有通常那种虚空摇曳。若男仍在床上酣睡，偶尔呢喃一声。凌子风疑惑地看看表盘，上面打着一行奇怪的符号。忽然符号转换成英文，未等他识读，符号又转换成中文，字写得歪歪扭扭，就像是幼儿的涂鸦：

“调定时间无效，请检查输入指令。”

他想了想，改按了“异相入”钮。片刻之后，表盘上又打出：“调定时间无效，只余一次校核机会。”

他不敢再胡来，想了想，决定先返回到出发原点。他恋恋不舍地看看若男——当然，他很快就会返回这儿，他一定会返回这儿。但是，天地无情，谁知道会不会出什么意外？谁知道他与若男这一别是否将成永诀？他犹豫再三，才按下返回钮。

1999年8月20日晚11点03分。

陌生人看到他从虚空中现身，这次他的神色比较平静，没有那些内疚、绝望和痛苦。陌生人放下心来，问道：

“请问，你这次……”

凌子风匆匆打断了他的问话，难为情地说：“请原谅我的纠缠不休，我只是想满足一下自己的好奇心，想去看看田茹是否过得幸福。我只需看一眼就放心了，不会陷进去的。但我刚才打算进入1993年时，机器一直显示‘调定时间无效’，我只好返回来请教你。”

陌生人耐心地说：“怪我没有讲清。这个时间来去器只能回到‘过去’，再返回到‘现在’，而不能进入‘未来’。所以，如果你是在1999年得到它，你就只能在1999年之前漫游。1993年当然是‘过去’，但对1989年它又是‘未来’，所以不能从1989年直接进入1993年，必须先返回到真实时间再进入它。现在你就可以去那儿了。不过，你走之前我想先和你告辞，你已经不需要我了，我该走了。”

“好吧，谢谢你，再见——可是你怎么同我辞别？你说过，不管我在‘过去’待了多久，等我返回时，仍是离开时的此时此刻。也就是说，你仍在我的面前。”

陌生人说：“对，所以请你等一下，等我离开这儿以后你再按那个按钮。”

凌子风本来就不愿放陌生人离开，他把这个人当成他回到真实世界的保障。他立即笑着说：“既然这样，请你再陪我一会儿吧，反正这又不会浪费你的时间，行不行？也许我再次返回时还要请教一两个问题呢。”

陌生人犹豫着，他急欲离开这具魔环，它给持有者留下的可不是什么甜蜜的回忆。但他无法摆脱凌子风的纠缠，因为不管怎样，凌子风总能及时地从过去世界返回并赶上他。他勉强地说：“好吧，不过这是最后一次了。”

凌子风眉开眼笑地说：“谢谢，衷心感谢。现在我要返回到 1993 年 12 月 8 日了——不不，我真糊涂。这一天本来是‘前一种’生活中我同田茹结婚的日子，现在这次婚礼已经不存在了。可是，如果我想看到田茹同别人结婚，我该返回到哪一天呢？我不知道这个时间。”

“你可以用 * 号代替具体年份，再加一个注解：田茹结婚的时刻，机器会自动搜索的。”

凌子风得理不让人地喊道：“你看，你为什么不早点把所有的秘诀都告诉我呢。下次我返回时，你一定要倾囊而授，以后我就不会麻烦你了。”

他按照陌生人的指点调整好时间，按下“同相入”。这次进入花费的时间稍长，魔环内吱吱地响了一会儿，然后空间一阵抖动。

1992 年 9 月 6 日上午 11 点 49 分，同相入。

小点点在水面上踢着脚丫大声叫嚷：“我不嘛，我不嘛，我还要玩水，要玩到天黑！”

若男穿着天蓝色的游泳衣，托着小点点在戏水。两岁的点点面色红润，胳膊像藕节一样白嫩，她玩得很尽兴，头发也打散了，活脱一个疯丫头。若男不解地说：“干吗急着要走？刚刚玩了一会儿，点点还没有过瘾呢。你不是答应她玩一天吗？”

凌子风焦急地说：“我刚想起，田茹要在今天中午举行婚礼，我们不能不去的。”

“田茹是谁？”

“到现在为止，她对你我来说还是个陌生人，不过，今后她会成为咱家一个很好的朋友。你不相信我的话吗？”

若男咕哝着说：“神气得你，好像个预言家似的。你那时说我要生个小子，咋会生了个女儿？”

不过，她说是说，实际还是很信服的。不知道凌子风从哪儿学来这些神神道道的本事，结婚近四年来，他确实做过一些很准确的预言，比如1991年的伊科之战，1992年的美国十大畅销影片，等等。现在她相信丈夫说的并非虚言，于是她劝小点点：

“点点，听爸爸的话，你不是最爱看花娘娘结婚吗？那儿有好多好多客人，汽车上都扎着彩球，新娘穿着漂亮的婚纱……”

小点点果然中计了：“好吧，咱们走吧，看完结婚再回来玩水，好吗？”

他们给小点点穿好衣服，梳好辫子，叫了一辆出租直奔金鸳鸯首饰店。他知道这儿有田茹最喜欢的那种珍珠项链。项链洁白晶莹，在天鹅绒的首饰盒中闪闪发光，标价是1200元。若男吃惊地说：“1200

元？子风，咱们随份子送个200元的红包就行了，哪有人生面不熟的，一下子送这么重的礼？”

凌子风说：“听我的，回去后再跟你解释。买吧。”

若男不情愿地掏出长城卡。

他们先到田茹家打听到新房的详细地址，乘出租车急急赶去。等他们赶到时，新郎正抱着新娘进门。田茹一袭洁白的婚纱，娇慵地挽住丈夫的脖颈。他们挤进去，耐心地等仪式进行完，来到新郎新娘身旁，凌子风微笑着说：

“恭喜你们。我们知道得太晚，这就急忙赶来了。一点小礼物，不成敬意。点点，把礼物送给叔叔和新婶婶。”

小点点在妈妈怀中高高举起首饰盒，口齿清楚地说：“祝新郎新娘白头到老，早生贵子！”

这当然是妈妈教的话，来宾们都高兴地鼓掌，田茹和新郎陈习安迷惑地看看对方——他们都以为来客是对方的朋友——接过礼物。凌子风对新娘轻声说：

“请打开它，不知道你是否喜欢这个式样。”

新娘不好意思地打开盒子，立时一声低呼。盒内是一条漂亮的珍珠项链，展开看，正是她最喜欢的样式。她酡颜晕红，衷心地说：“谢谢，这个礼物太贵重了！”

凌子风挥挥手：“不必客气，只要你喜欢，我就放心了。”

是的，我可以放心了。看来田茹对他没一点印象，这串项链也没勾起她的任何回忆——要知道这正是田茹和他结婚时戴的那种式样！不过这并不奇怪，他和田茹的婚姻是在另一个平行宇宙和平行时间里，此时此地的“这个”田茹当然不可能有什么记忆。

新郎的大哥赶忙为新客人安排了座位，喜宴开始了。席上，大哥把凌子风当成了重点对象，频频劝酒。若男竭力抵挡，说：“大哥，他真的不能喝酒，两杯灌下去就要胡说八道了！”

新郎的大哥不依不饶地又敬了一杯：“不行，今天非要一醉方休！我不认识你们，但我知道你们一定是习安或小茹的好朋友。今天不喝足，就是不给大哥面子！”

凌子风这会儿心境异常轻松，笑道：“若男你别挡，今天我高兴，要陪大哥喝个痛快！”

若男恼火地瞪他一眼，不好再劝。几巡过后，凌子风的脑袋已经胀大，舌头也开始发直。若男十分着急，却劝止不住。更要命的是，新郎新娘也敬到这一桌上了。新郎满满倒了六杯酒，让新娘双手举过来，恳切地说：

“请大哥和大嫂满饮这六杯。抱歉得很，我俩都眼拙，到现在还没有想起大哥大嫂的名字。”

新娘没说话，水汪汪的眼睛紧盯着他。凌子风想，她确实想不起我了，一刹那间微觉苍然，但这点思绪一闪即过。不要再牵挂这个世界的悲欢了，应该高兴的。他与若男，田茹与这位陈习安，一定都会有一个幸福的一生。他接过六杯酒一饮而尽，大笑道：

“你们本来不认得我，咱们之间的缘分是在前生结下的，说来话长，闲暇时再说吧！”

新婚夫妇困惑地笑着，这位仁兄一定是喝醉了，在说疯话。他们又为若男倒了六杯，凌子风又接过来：

“内人不会喝酒，我代劳了吧，祝二位幸福美满，早生贵子！”

12杯喝完，若男扯扯田茹的衣袖，偷偷示意实在不能再灌他了。两个新人不再勉强，转向别的客人敬酒。小点点看见爸爸满脸通红，格格笑着，点着爸爸的鼻子：“爸爸喝醉了，爸爸是个大酒鬼！”

凌子风威胁地说：“不许胡说！谁说我醉了？”

若男调侃地说：“爸爸没醉。醉人管不住自己的嘴巴，尽说废话，点点，你看爸爸，一定能把嘴巴闭上！”

凌子风倔强地说：“我当然能闭上。”他闭紧嘴巴不再说话。

我没有醉，我只是高兴。我们三个人都有了圆满的结局。田茹会心安理得地和“新”丈夫生活，为他生儿育女，白头到老……不对，这里有一点点不对，是什么呢？……早生贵子，早生贵子……

新人们敬完一圈，说：“失陪，各位请吃好。”便要转到另一桌去，经过凌子风的身边时，他忽然抓住新娘的手，急急问：“田田呢？”

新娘吃惊地瞪圆眼睛：“什么田田？”

若男知道丈夫醉了，怕他作出什么失礼的举动，忙来拉他，但凌子风的手掌像铁箍一样箍住田茹的胳膊，恼火地说：“当然是咱们的儿子田田，那个最聪明最逗人爱的小神童，你怎么能忘了呢？”

满座皆惊！新娘面色苍白，强忍住眼泪，这个素不相识的人为什么专程来搅浑她的喜宴，败坏她的名声？新郎和若男都双目冒火，他们对凌子风的醉话有几分相信，因为那件1200元的贵重礼物本来就惹人生疑。几个邻座的小伙子已经逼过来，摩拳擦掌的，要来教训这个厚颜无耻的流氓。新郎倒还冷静，不愿在吉日良辰把事闹大，便抑住怒气，拦住那几个小伙子：

“他是喝醉了，满嘴胡吣，大林，你们几个把他架出去。”

凌子风看到满座的敌意，他挥挥手，不耐烦地解释：“你们误会了，新郎你也别多心。我没喝醉，也没认错人，就是这个田茹，一点儿也不错。不过她生田田的事发生在另一个宇宙内，另一个平行时间内，此时此地的田茹并不知道。”他恍然大悟，捶着自己的脑袋，“是我糊涂了，既然这样，我问她有什么用？我得去那个平行时间里去找田茹。”

他颓然坐到椅子上，开始急急地调定魔环上的时间。一座人迷惑不解，不知道他是真疯还是假醉。若男强忍住泪水，真想抱上点点一走了之。但她看见几个壮小伙子正向丈夫逼近，怕他吃亏，不敢离开。凌子风对这一切充耳不闻，自顾按下魔环的“返回”钮，他在这个世界里最后听到的是点点的哭声：

“爸爸！爸爸！你到哪儿去了？”

1999年8月20日晚11点05分。

醉醺醺的凌子风忽然现身在陌生人面前，陌生人很奇怪，两人从黄鹤酒家步行过来时，凌子风并没有多少醉意，那么，他的醉意是从“过去”带来的？从理论上说这完全不可能，因为一个时间旅行者在返回现在的时候，应该完全恢复出发前的形态。但眼前这个人却分明满身醉意，他口齿不清地急急忙忙地说道：

“我要找田田，我的儿子田田。先生，怎样才能找到我的儿子田田？”

陌生人苦笑地端详着他，似乎不相信他是如此弱智。他说：“我想凌先生在返回过去之前，对此该有一点最起码的了解吧。你已经按自己的意愿和若男结了婚，和她有了一个可爱的女儿小点点。田茹已经和你没有任何关系了，自然不可能有什么田田。”

凌子风急急地打断他的话：“我知道我知道，可是，田田是个少见的神童啊，他很可能成为爱因斯坦那样的科学家，在人类历史上写上自己的名字。这种神童是很难得的，怎么能让他悄无声息地消失呢？”

陌生人断然说：“很遗憾，这件事情无法可想，当你决定救下若男并和她结婚后，田田就根本不存在了！”

凌子风的神情已近于癫狂，喃喃地说：“那么是我杀了他？实际上是我杀了他？”

陌生人已经不耐烦了：“怎么能这样说呢？从概率上说，你和无数女人都有结合并生儿育女的机会。但这无数个可能的组合中只有一个会成为既定事实。当你的生活发生这么一次‘坍缩’后，也就斩断了其他婴儿的出生之路。你能说这无数有可能出生但未能出生的婴儿都是你杀死的？”

“我知道，我知道，但田田毕竟已经出生并活到七岁了呀！”

陌生人冷冷地说：“很抱歉，我不能帮你什么忙，我劝你不要有太多的欲望，下决心挑选一种生活，心无旁骛地过下去吧。另外，请你记住，不想再拥有它时，要为它找一个新的主人。凌先生，我要同你说再见了。”

凌子风彷徨无路。他很想按陌生人所说，挑选仅仅一种生活。但挑选哪一种？几种生活已经揉来搓去，弄得皮破肉烂，不堪入目。更要命的是，不论挑选哪一种生活，他都不可能“心无旁骛”，他都要操心另一种生活中亲人的命运，牵肠挂肚，摧心裂肝，一直到他疯狂。

他如果挑选第一种生活，就要认可若男的死亡；

他如果挑选第二种生活，就要扼杀田田的生命。

十年前，若男的不幸使他痛不欲生，但毕竟那是一个不可抗拒的意外。而现在，若男或者田田是否死去却是取决于他的决定，他该如何选择？该留下哪一个而“杀死”哪一个？

陌生人看见了他的绝望和无奈，作为一个过来人，他当然能深深理解，但是爱莫能助。他叹口气，又说了一遍：

“凌先生，再见。”

便转身走开。走了十几步后，他才听到凌子风的回答，像是答话，又像是自语：“再见。我要把这个不祥的东西送回原地，不让它再害人。”

陌生人立即领悟到这句话的含义：如果他想把魔环留在唐朝，那他自己也不可能返回了，他是以这种自我牺牲来求得解脱。陌生人觉得内疚，毕竟是他造成这种局面，他想尽力劝劝凌子风，扭回头，那个地方已经空无一人，只有空气还在微微振荡。

凌子风已经走了。

陌生人默默地等了一会儿。如果凌子风是在一时冲动下做出这个决定，也许他随后会后悔，会使用魔环返回这里。十秒后他仍没有返回。他永远不会再回来了。陌生人忽然想到天福寺地宫中那封短柬，直到这时，他才恍然悟到短柬的含义：

“仙人凌风子自言亦中土人氏，仗此琢修行凡一千九百九十九年，方能脱体飞升，知过去未来之事。”

当时他就纳闷，为什么凌风子修行的时间有零有整，是如此准确的一千九百九十九年？现在他明白了，仙人并不是什么凌风子，而是凌子风；他于 1999 年得到魔环，在绝望中回到唐朝并死在那里。临死前他肯定对某人（很可能是位僧人）讲述了自己的经历，留下魔环；而那位对高科技一窍不通的唐朝和尚把这些话半生不熟地吞下去，写出那封短柬，与魔环一起葬在天福寺地宫。

然后，魔环在 20 世纪 80 年代被发现，几经辗转，来到凌子风手里。这是一个闭口的时间循环，周而复始，没有开头和结尾。至于外星人的这件宝物是何时添加在这个循环中，恐怕只能是一个解不开的谜。

远处出现了汽车灯光，一辆黄色的出租车开过来，停在河边。一高一低两个人影从车上下来，然后出租车转过灯光，把大灯对准岸边，那两个人影在光柱中蹒跚地走过来，边走边喊：

“子风！你在哪儿？”

“爸爸！你在哪儿？”

听得出一个是女人，一个是小孩。小孩的声音很尖，无法辨出是男孩还是女孩。陌生人知道这是凌子风的家人来寻找他，但究竟是若男和点点，还是田茹和田田，他不得而知。

他知道自己留在这儿将会很尴尬，凌子风的妻子肯定不会相信她的丈夫已经到了唐朝，说不定，她会把这个可疑的陌生人当成杀人凶手。陌生人苦笑一声，悄悄离开岸边，走了很远，还听见两人焦急绝望的喊声。

太空清道夫

道德献祭

增压室的气密门锁“咔嗒”一声响，女主人站在门口迎接：“欢迎，从地球来的客人。”

门口的不速之客是一对年轻人，明显是一对情侣，穿着雪白的太空服，取下头盔和镀金面罩后露出两个娃娃脸，大约25岁。两人都很漂亮，浑身洋溢着青春气息。他们的小型太空摩托艇停靠在这艘巨大的X－33L空天飞机的进口，X－33L则锚系在这个形状不规则的黑色的小行星上。

女主人再次邀请:“请进,可爱的年轻人。”气密门在他们身后“咔嗒”一声锁上。小伙子站在门口,多少带点窘迫地说：“徐阿姨，请原谅我们的冒昧来访。上次去水星观光旅行时，途中我偶然见到这颗小行星，看到你正在小行星上用激光枪雕刻着什么。蛮荒的小行星，暗淡的天幕，绚烂的激光束，岩石气化后的滚滚气浪，一个勇敢的孤身女子……我对此印象极深。我从一个退休的飞船船长索罗先生那儿知道了你的名字……索罗船长你认识吧？”

主人笑道：“当然，我们是好朋友。”

“可惜当时时间仓促，他未能向我们详细介绍。回到地球后我仔细查阅了近几年的新闻报道，很奇怪，竟然没有你的任何消息。我，不，是我们两个，感到很好奇，所以决定把我们结婚旅行的目的地定在这儿。我们要亲眼看看你的太空雕刻。”

姑娘亲密地挽着女主人的胳臂，撒娇地说：“士彬给我讲了这次奇遇，我当时就十分向往！我想您一定不会怪我们打搅的，是吧，徐阿姨？”

女主人慈爱地拍拍她的手背："当然不会，请进。"

她领着两人来到内舱，端出两包软饮料。两位年轻的客人好奇地打量着主人。她大约40岁，服饰很简朴，白色宽松上衣，一袭素花长裙。但她的言谈举止有一种只可意会的高贵气质，发自内心的光辉照亮了她的脸庞。姑娘一直盯着她，低声赞叹着："天哪，你简直就像圣母一样光彩夺目！"

女主人难为情地笑道："你这个小鬼头，胡说些什么呀，你们才漂亮呢。"

几分钟以后，他们已经很熟了。客人自我介绍说，他们的名字叫杜士彬和苏月，都是太空旅游学院的学生，刚刚毕业。主人则说她的名字叫徐放，待在这儿已经15年了。客人们发现，主人在船舱中飘飞着招呼客人时，动作优雅如仙人，但她在裙中的两条腿分明已经有一点萎缩了，这是多年太空生活的后遗症。

女主人笑着说："知道吗？如果不包括索罗、奥尔基等几个熟人的话，你们是第一批参观者。观看前首先请你们不要见笑，要知道，我完全是一个雕刻的门外汉，是在26岁那年心血来潮突然决定搞雕刻的。现在是否先去看看我的涂鸦之作？"

他们乘坐小型摩托艇绕着小行星飞行。这颗小行星不大，只相当于地球上一座小型的山峰。小行星上锚系的X－33L几乎盖住了它表面的四分之一。绕过X－33L，两个年轻人立即发出一声低低的惊叹。太阳从小行星后方斜照过来，逆光中这群浅浮雕镶着一道金边，显得凹凸分明。一个身材瘦小的中年男子穿着肥大的工作服，手执一把扫帚低头扫地，长发长须，目光专注。一位老妇提着饭盒立在他侧后，满怀深情地盯着他，她的脸庞上刻满岁月的沧桑。从他们的面容特征看，男子分明是中国人，妇人则高鼻深目，像是一个白人。两个年轻人在面罩后惊讶而好奇地看着，这组雕像的题材太普通了，似乎不该安放到太空中。雕刻的技法也略显稚拙，不过，即使以年轻人的眼光，也能看出雕刻者在其中贯注的深情。雕像平凡的外貌中透出宁静淡泊，透出宽厚博大，透出一种只可意会的高贵。女主人痴痴地看着这两座雕像，久久不语不动。良久，她才在送话器中轻声说：“看，这就是我的丈夫。”

两个年轻人不解地看看那对年迈的夫妇，再看看美貌犹存的女主人。女主人显然看出他们的怀疑，轻轻叹息一声：“不，那位女士不是我，那是我丈夫的前妻，她比丈夫早一年去世了。你们看，那才是我。”

她指着画面上，有一名豆蔻年华的姑娘半掩在一棵梧桐树后，偷偷地仰视着他们，目光中满怀崇敬和挚爱。这部分画面还未完成，一台激光雕刻机停放在附近。女主人说：“我称他是我的丈夫，这在法律上没有问题。在我把他从地球轨道带到这儿以前，我已在地球上办好结婚手续。不过，也许我不配称他的妻子，他们两人一直是我仰视的偶像——而且，一直到去世，我丈夫也不承认他的第二次婚姻。”

这番话更加深了年轻人的怀疑。晚餐（按时间说应该是地球上的晚餐时间）中，他们狼吞虎咽地吃着食物循环机制造的精美食品。苏月委婉地说：“如果方便的话，能否请徐阿姨讲讲雕像上三个人的故事？我们猜想，这个故事一定很感人。”

晚餐之后，在行星的低重力下，女主人轻轻地浮坐在太空椅上，两个年轻人偎在她的膝下，听她娓娓地讲出下面这个故事。

女主人说，15 年前，我和苏月一样青春靓丽，朝气蓬勃。那天，我到太空运输公司去报到，刚进门就听见我后来的太空船船长喊我：“小丫头，你叫徐放吗？你的电话。”

是地球轨道管理局局长的电话，从休斯敦打来的。他亲切地说：“我的孩子，今天是你第一天上班，向你祝贺。我知道，你们这些年轻人喜欢讲自立，我支持你离开家庭的荫蔽。不过，万一遇到什么难处，不要忘了邦克叔叔哇。”

我看见索罗船长目光阴沉地斜睨着我。看来，刚才索罗船长接电话时，邦克叔叔一定没有忘记报他的官衔。我也知道，邦克局长在百忙中不忘打来这个电话，是看在我父亲的面子上。我脑子一转，对着电话笑道：“喂，你弄错了吧，我叫徐放，不叫苏芳。”

我放下电话，虽然知道邦克叔叔一定在电话那边大摇其头，但仍若无其事地对船长说：“弄错了，那个邦克先生是找一个叫苏芳的人。”

不知道这点小花招是否能骗住船长，他虽然怀疑地看着我，没有再深究。转过头，我看见屋里还有一个人，是一名白人妇女，却穿着中国式的裙装，大约 70 岁了，满头银发，面容有些憔悴，她正谦恭地同船长说话，这会儿转过脸，微微笑着向我点头示意。

这就是我与太炎先生前妻的第一次会面。玛格丽特给我的印象很深。虽然韶华早逝，又不事装扮，从衣着看是个地道的中国老妇，但她雍容沉静，有一种天然的贵胄之气。她用英语和船长交谈，声音悦耳，很有教养。她说："再次衷心地谢谢你，10 年来你一直这么慷慨地帮助我丈夫。我真不知道怎样才能表达我的感激之情。"

澳大利亚人索罗一挥手说："不必客气，这是我们应该作的。"

随后船长叫上我，到老玛格丽特的厢式货车上卸下一个小巧的集装箱，玛格丽特再次致谢后就走了，索罗客气地同她告别。但即使以我 25 岁的毫无城府的眼光，也看出船长心中的不快。果然，玛格丽特的小货车一消失，船长就满腹牢骚地咕哝几句。我奇怪地问："船长，你说什么？"

船长斜睨我一眼，脸色阴沉地说："如果你想上人生第一课的话，我告诉你，千万不要去做那种滥好人。她丈夫李太炎先生定居在太空轨道，10 年前，因为年轻人的所谓正义或冲动，我主动把一具十字架扛到肩上，答应在她丈夫有生之年免费为他运送食物。现在，每次太空运输我都要为此额外花上数万美元，这且不说，轨道管理局的那帮老爷们还一直斜着眼瞅我，对这些'未经批准'的太空飞行物耿耿于怀。我知道他们不敢公开制止这件事——让一个 70 岁的老人在太空饿死，未免太犯众怒。但说不定他们会把火撒到我身上，哪天吊销我的营运执照。"

那时，我以 25 岁的幼稚咯咯笑道："这还不容易？只要你不再想做好人，下次拒绝她不就得了！"

索罗摇摇头："不行，我无法开口。"

我不客气地抢白他："那就不要在她背后说怪话。既然是你自己允诺的事，就要面带微笑地干到底。"

索罗瞪我一眼，没有再说话。

三天后，我们的 X－33B 型空天飞机离开地球，去水星运送矿物。玛格丽特的小集装箱已经放到摩托艇上，摩托艇则藏在巨大的船腹里。船员只有三人，除了船长和我这个新手外，还有一个 32 岁的男船员，叫奥尔基，乌克兰人。七个小时后，船长说："到了，放出摩托艇吧。"

奥尔基起身要去船舱，索罗摇摇头说："不是你，让徐放小姐去。她一定会面带微笑地把货物送到那个可怜的老人面前——而且终生不渝。"

奥尔基惊奇地看看船长。船长嘴角挂着嘲弄，不过并非恶意，目光里满是揶揄。我知道这是对我冲撞他的小小报复，便气恼地离开座椅："我去！我会在李先生有生之年坚持做这件事——而且不会在背后发牢骚的！"

事后我常回想，也许是上帝的安排？我那时并不知道李太炎先生为何许人，甚至懒得打听他为什么定居在太空，但我却以这种赌气的方式作出一生的允诺。奥尔基笑着对我交代了应注意的事项、清道车此刻的方位等，还告诉我："把货物送到那辆太空清道车后先不要返回，等空天飞机从水星返回时，我们会提前通知你，再把你接回来。"巨大的后舱门打开了，太空摩托艇顺着斜面滑下去，落进广袤的太空。我紧张地驾驶着，顾不上欣赏脚下美丽的地球。半个小时后，我的心情才平静下来。就在这时，我发现了那辆"太空清道车"。

这辆车的外观并不漂亮。它基本上是一个呆头呆脑的长方体，表面上除了一圈小舷窗外，全部蒙着一种褐色的蒙皮，这使它看起来像只癞蛤蟆那样丑陋。在它的左右侧张着两只极大的耳朵，也蒙着那种褐色的蒙皮。后来我才知道，这种蒙皮是超级特夫纶和陶瓷薄板的黏合物，它是为了保护清道车不受太空垃圾的破坏，也能尽量减缓它们的速度并最终俘获它们。

几乎在看到清道车的同时，送话器中有了声音，一个悦耳的男人声音在叽里咕噜说着什么，我辩出“奥尔基”的名字，听到话语中有明显的卷舌音，恍然大悟，忙喊道：“我不是奥尔基，我不会说俄语，请用汉语或英语说话！”

送话器中改成汉语：“欢迎你，地球来的客人。你是一位姑娘？”

“对，我的名字叫徐放。”

“徐放小姐，减压舱的外门已经打开，请进来吧。”

我小心地泊好摩托艇，钻到减压舱里。外门缓缓合拢，随着气压升高，内门缓缓打开。在离开空天飞机前，我曾好奇地问奥尔基：“那个独自一人终生待在太空轨道的老人是什么样子？他孤僻吗？性格古怪吗？”奥尔基笑着让我不要担心，说那是一个慈祥的老人，只是模样有点古怪，因为他 40 年没有理发剃须，他要尽量减少太空的遗留物。“一个可怜的老人。”奥尔基黯然说。

现在，这个老人已经站在减压舱口，他的须发几乎遮住了整个脸庞，只余下一双深陷的但十分明亮的眼睛。他十分羸瘦，枯干的皮肤紧裹着骨骼，让人无端想起那些辟食多日的印度瑜伽大师们。我一眼就看见他的双腿已经萎缩了，在他沿着舱室游飞时，两只细弱无力的仙鹤一样的腿一直拖在后面。但他的双手十分灵活，熟练地操纵着车内的小型吊车，吊下摩托艇上的小集装箱，把另一只集装箱吊上去。“这里面是我一年的生活垃圾和我捕捉的太空垃圾。”他对我说。

我帮着他把新集装箱吊进机舱，打开小集装箱的铁门。玛格丽特为她的丈夫准备了丰富的食品，那天午餐我们尽情享用着这些食品——不是我们，是我。这是我第一次在太空的微重力下进食，对那些管状的、流质的、奇形怪状的太空食品感到十分新鲜。说来好笑，我这位淑女竟成了一个地道的饕餮之徒。老人一直微笑着劝我多吃，把各种精美的食品堆在我面前。肚满肠圆后，我才注意到老人吃得很少，简直太少了，他只是象征性地往嘴里挤了半管流质食物。我问：“李先生，你为什么不吃饭？”他说已经吃好了，我使劲摇头说，你几乎没吃东西嘛，哪能就吃好了？

老人真诚地说：“真的吃好了。这20多年来我一直是这样，已经习惯了。我想尽量减少运送食品的次数。”

他说得很平淡，在他的下意识中，一定认为这是一件人人皆知的事实。但这句平淡的话立刻使我热泪盈眶！心中塞满又酸又苦的东西，堵得我难以喘息。他一定早已知道妻子找人捎送食物的艰难，20年来，他一直是在死亡的边缘徘徊，用尽可能少的食物勉强维持生命的存在！

看着我大吃大嚼之后留下的一堆包装，我再也忍不住，眼泪刷刷地淌下来。李先生吃惊地问：“怎么啦？孩子，你这是怎么啦？”我哽咽地说，“我一个人吃了你半月的食物。我太不懂事了！”

李先生爽朗地笑起来，我真不相信这个羸瘦的老人会笑得这么响亮：“傻丫头，傻姑娘，看你说的傻话。你是难得一见的远方贵客，我能让你饿着肚子离开吗？”

吃第二餐时，我固执地拒绝吃任何食物：“除非你和我吃同样多。”老人没办法，只好陪我一块吃，我这才破涕为笑。我像哄小孩一样劝慰他：“不用担心，李先生，我回去之后就去想办法，给你按时送来足够的食物。告诉你一个秘密，是我从不示人的秘密，我有一个有钱有势的爸爸，而且对我的要求百依百从。我拒绝了他给我的财产，甚至拒绝了他的名声，想按照普通人那样独立地生活。但这回我要去麻烦他啦！”

老人很感动，也没有拒绝，他真诚地说：“谢谢你，我和我妻子都谢谢你。但你千万不要送太多的东西，还像过去那样，一年送一次就够了，我真的已经习惯了。另外，”他迟疑地说，“如果这件事在进行中有困难，就不要勉强。”

我一挥手：“这你就不用管了！”

此后的两天里，我时时都能感受到他生活的清苦，即使在他爽朗地大笑时，我也能品出苦涩的余味。这种苦味感染了我，一日之内使我从一个任性淘气的小女孩成人了。我像久未归家的女儿那样照顾他，帮他准备饭食，帮他整理卫生。为了不刺伤他的自尊心，我尽可能委婉地问他，为什么他们会落到如此窘迫的地步。李先生告诉我，他的太空清道夫工作完全是私人性质的，这辆造价昂贵的太空清道车也是私人出资建造。“如果冷静地评价历史，我承认那时的决定太匆忙，太冲动，我和妻子没有很好地宣传，把这件事变成公共的事业，完全是个人奋斗。妻子从英国的父母那儿继承了一笔相当丰厚的遗产，但我上天后她已经一文不名——不过，我们都没有后悔。”

说这些话时，他的神态很平静，但两眼炯炯放光，一种圣洁的光辉漫溢于脸上。我的心隐隐作痛，赶紧低下头，不让他看见我的怜悯。第三天，收到了母船发来的信号，我穿上太空服，在减压舱口与老人拥别：“老人家，千万不要再这样自苦了，三个月后我就会为你送来新的食品，如果那时你没把旧食物吃完，我一定会生气的，我一定不再理你了！”

那时我没有意识到，我这些幼稚的话，就像一个七八岁的女孩在扮演小母亲。老人慈爱地笑了，再次与我拥别，并郑重交代我代他向索罗船长和奥尔基先生致谢：“他们都是好人，为我惹了不少麻烦。我难以表达对他们的感激之情 。”

太空摩托艇离开清道车，我回头张望，透过摩托艇橘黄色的尾光，我看见那辆造型丑陋的太空清道车孤零零地行进在轨道上，越来越小，很快隐于暗淡的天幕。往前看，X — 33B 已经在天际闪亮。

奥尔基帮我脱下太空衣，来到指挥舱，索罗船长的嘴角仍挂着揶揄的微笑，他一定在嘲笑，徐小姐，你把那具十字架背到身上了吗？我微笑着一直没有开口。我觉得自己已经受到李先生的感化，有些东西必须包在沉默中才更有力量。

一个月后，我驱车来到李先生的家里，他家在北京近郊的一个山脚下，院子十分宽敞，低矮的篱笆参差不齐，是一个典型的中国式的农家院落。 只有院中一些小角落里，偶然露出一些西方人的情趣，像凉台上悬挂的白色木条凉椅，院中的鸽楼，在地上静静啄食的鸽群……玛格丽特热情地接待我。在中国生活 40 年，她已经相当中国化了，如果不是银发中微露的金色发丝，和一双蓝色的眼睛，我会把她当成一个地道的中国老太太。看着她，我不禁感慨中国社会强大的同化力。

40 年的贫穷在她身上留下了明显的印记，她的身体很瘦弱，容貌也显得憔悴，但她的拥抱却十分有力。“谢谢你，真诚地感谢你。我已经和太炎通过电话，他让我转达对你的谢意。”

我故意嘟着嘴说：“谢什么？我一个人吃了他一个月的口粮。”

玛格丽特笑了：“那么我再次谢谢你，为了你这样喜欢我准备的食品。”

我告诉玛格丽特，我已经联系好下一次的“顺车”，是三个月后往月球的一次例行运输，请她事先把要送的东西准备好。“如果你在经济上有困难的话，”我小心地说，希望不会刺伤她的自尊心，从她家中的陈设看，她的生活一定相当窘迫，“要送的物品我也可以提供一些帮助，你只用列一个清单就行了。”

玛格丽特笑着摆手：“不，不，谢谢你的慷慨，不过确实用不着，你能为我们解决运输问题，我已经很感激了。”

那天，我在她家中吃了午饭，饭菜很丰盛，既有中国的煎炸烹炒，又有英国式的甜点。饭后，玛格丽特拿出十几本影集让我观看。在一本合影上，两人都带着博士方帽，玛格丽特正当青春年华，美貌逼人，李先生则多少有些拘谨和少年老成。玛格丽特说：“我们是在北大读文学博士时认识的，他那时就相当内向，不善言谈。你知道吗？他的父亲是一个清道夫，就在北大附近的大街上清扫，家庭条件比较窘迫，恐怕这对他的性格不无影响。在同学的交往中，他会默默地记住别人对他的点滴恩惠，认真到迂腐的地步。你知道，这与我的性格并不相合。但不知道为什么，我不知不觉地开始和他的交往，直到成为恋人。他有一种清教徒般的道德光辉，可能是这一点逐渐感化了我。”

我好奇地问：“究竟是什么契机，使你们选择了共同的生活和共同的终身事业？”

玛格丽特从文件簿中翻出两张发黄的报纸，她轻轻抚摸着，沉湎于往事。良久她才回答我的问话：

“说来很奇怪，我们选择了一个终生的事业，也从没有丝毫后悔，但我们却是在一时冲动下作出的决定，是很轻率的。你看这两张剪报。”

我接过两份剪报，一份是英文的，一份是中文的，标题都相同：“太空垃圾威胁人类安全”。文中写道：

“最近几十年来，人们不仅把地球弄得肮脏不堪，而且在宇宙中也有3000吨垃圾在飞，到2010年，垃圾会增加到一万吨。仅直径10厘米的大碎块就会有7500吨，其中一些我们用望远镜就能看到。

“考虑到这些碎块在地球轨道上的速度，甚至直径仅为1厘米的小铁块都能给宇宙飞船带来真正的灾难。飘荡在地球上空的核动力装置具有特别的危险性。到下个世纪，轨道上将有上百个核装置，其中含有1吨多的放射性物质。这些放射性物质总有一天会掉到人们的头上，就像1978年苏联的‘宇宙—954’掉在加拿大北部。

“科学家提出，用所谓的‘宇宙扫雷舰’即携带激光炮的专门卫星来消灭宇宙中最具危险性的放射性残块。但这项研究也遭到强有力的反对，怀疑者认为，在环地球空间使用强力激光会导致这个空间发生不可逆的化学变化，引起空间变暖。

“我们已经在地球上进行了许多破坏性的工作，今天它已在对我们进行报复：肮脏的用水、不断扩大的沙漠、被污染的空气等。太空何时开始它的报复？可以肯定的是，这种报复比起地球的报复要厉害得多。”

玛格丽特说：

“那天，太炎带着这张报纸到我的研究生宿舍，我从来没见过他这样激动。他喃喃地说，人类是宇宙的不肖子孙，人类发展到现在，已经成了急功近利的技术动物。我们污染了河流，破坏了草场，污染了南北极，现在又去糟蹋太空。我们应该站出来大声疾呼，不要再去戕害地球母亲和宇宙母亲。我说：人类已开始认识到这一点了，世界范围内的环境保护运动已经蓬蓬勃勃，即使在中国这样的发展中国家，也逐渐树立了环保意识。但太炎说的一番话使我有如遭锥刺，那是一种极为尖锐的痛觉。”

我奇怪地问：“他说什么？”

“他说，这不够，远远不够。人类有了环保意识是一个进步，但坦率地说，这种意识仍是建立在功利主义基础上的——我们要保护环境，这样才能更多地向环境索取。不，我们对大自然必须有一份赤子之爱，有一种对上帝的敬畏才行。”

这番话使我很茫然，可能我在下意识地摇头，玛格丽特看看我，微笑着说：“当时我也不理解这些话，甚至奇怪在宗教气息淡薄的中国，他怎么会有这种宗教般的虔诚？后来，我曾随他到他的家乡小住，亲眼看见两件事，才理解他这番话的含义。”

她在叙述中常沉湎于回忆，我那时已听得入迷，孩子气地央求：“哪两件事？你快说嘛。”

玛格丽特娓娓说道：“离他家不远，有一个年近60，靠拾破烂为生的老妇人。十几年来，她一共拾了12名残疾弃儿，全带回家中养起来。新闻媒介报道之后，我和太炎特意去看过。那是怎样一种凄惨的情形呀。看惯北京的高楼大厦，我想不到还有如此赤贫的家庭。12名弃儿大多在智力上有残疾，他们简直像一群肮脏的猪崽，在这个猪窝一样的家里滚来爬去。那时我确实想，如果放任这些痴傻的弃儿死去，也许对社会、对他们自己，都未尝不是件好事。太炎特意去问那个鲁钝的农村妇女，她为什么把这么多非亲非故的弃儿都领养起来。那位老妇在极度的赤贫和劳累中已经麻木了，低着头，表情死板，嗫嚅着说，她也很后悔的，这些年全靠邻居们你帮一把，他给两口，才强勉没让这些娃儿们饿死，日子真难哪。可是只要听见垃圾箱里有婴儿在哭，她还是忍不住要捡回来，也许是女人的天性吧。”玛格丽特叹息道，“我听过多少豪壮的话，睿智的话，但都比不上这句话对我的震撼。我们悄悄留了一笔款子走了，这位‘有女人天性’的伟大女性始终留在我的记忆中。”

她停下来，很久很久不说话，我催促道：“另一件事呢？”

“也是在他家附近。一个男人在50岁时突然决定上山植树，于是一个人搬到荒山上，一去就是20年。在他71岁时，新闻媒介才发现他，把他树为绿化的典型。我和太炎也去采访过他，问他，是什么力量支持他独居山中 20 年，没有一分钱的酬劳。那人皮肤粗糙，满手老茧，整个人就像一株树皮皴裂的老树，但目光中是知识分子的睿智。他淡淡地说：你可以说是一种迷信吧。老辈人说，这座山是神山，山上的一草一木、走兽飞虫都不敢动的，动了就要遭报应。祖祖辈辈都相信，都怀着敬畏，这儿也真的风调雨顺。大跃进时，我们破除了迷信，对这些传说嗤之以鼻，雄赳赳气昂昂地砍光满山的古树——后来也真的遭了报应。痛定之后我就想，人类真的已经如此强大，可以伤天害理并且不怕报应吗？当然，所谓神山，所谓现世报，确实是一种浅薄的迷信。但当时谁能料到，这种迷信恰好暗合我们今天才认识到的环保理论？在我们嗤笑先人的迷信时，后人会不会嗤笑我们的幼稚狂妄、上帝会不会嗤笑我们的不自量力呢？我想，我们还是对大自然保留一份敬畏为好。当年砍树时我造了孽，那就让我用种树当作忏悔吧。”

玛格丽特说：“我生长在一个天主教家庭，过去对没有宗教信仰的中国人多少有点偏见，有点异己感，但这两件事让我发现了中国社会中的‘宗教’，那是延续了 5000 年、弥漫无形的人文思想和伦理观念。太炎在这两次采访后常陷入沉思，喃喃地说他要为地球母亲尽一分孝心。”她笑道，“说来很简单的，在那之后，我们就结婚了，也确立了一生的志愿：当太空清道夫，实实在在为地球母亲做一点事。我们想办法建造了那辆清道车，太炎乘坐那辆车飞上太空，从此再没有回来。”

她说得很平淡，但我却听得热泪盈眶。我说：“我已经知道，正是你倾尽自己的遗产，为李太炎先生建造这辆太空清道车，此后你一贫如洗，不得不迁居到这个山村。在新闻热过后，国际社会把你们彻底遗忘了，你不得不独力承担太空车的后勤保障，还得应付世界政府轨道管理局明里暗里的刁难。玛格丽特，社会对你们太不公平！”

玛格丽特淡淡地说：“轨道管理局本来要建造两艘太空扫雷艇，因为有了清道车的先例，国际绿色组织全力反对，说用激光清除垃圾会造成新的污染，扫雷艇计划因而一直未能实施。轨道管理局争辩说，单是为清道车送给养的摩托艇所造成的化学污染，累积起来已经超过激光炮所造成的污染了！也许他们说的不无道理。”她叹息道：“可惜建造这辆车时没有考虑食物再生装置，这是我最大的遗憾。”

我在她的平淡下听出苦涩，便安慰道：“不管他们，以后由我去和管理局的老爷们打交道——对了，我有一个主意，下次送给养时，我代替李先生值班，让他回到地球同你团聚三个月。对，就这样干！”

我为自己想到这样一个好主意眉飞色舞，玛格丽特略带惊异地看看我，苦涩地说：“原来你还不知道？……他已经不能回到地球了！我说过，这件事基本上是私人性质的，由于缺乏经验，他没有经过系统的训练，没有医生的指导，太空停留的时间太长，这些加起来，对他的身体造成了不可逆的伤害。你可能已经看到他的两腿萎缩了，实际更要命的是，他的心脏也萎缩了，已经不能适应有重力的生活了！”

我觉得一盆冰水劈头浇下来……只有这时我才知道，这对夫妇的一生是怎样的悲剧。他们就像中国神话中的牛郎织女，可以听到对方的声音，却终生不得相逢。我呆呆地看着她，泪水开了闸似地汹涌流淌。玛格丽特手足无措地说：“孩子，不要这样！不要哭！……我们过得很幸福，很满足，是真的！不信，你来看。”

她拉我来到后院。在一片茵茵绿草之中，有一座不算太高的假山，近前看，原来是一座垃圾山，堆放的全是从太空中回收的垃圾，各种各样的铝合金制品、钛合金制品、性质优异的塑料制品，堆放多年之后仍然闪亮如新。玛格丽特欣喜地说：

“看吧，全是40年来太炎从太空中捡回来的。我仔细统计过，截至今天有13597件，共计1298吨。要是这些东西还在太空横冲直撞，会造成多大损坏？所以，你真的不必为我们难过，我们两人以自己的微薄之力为地球母亲尽了一分心力，一生是很充实的，一点都不后悔！”

我慢慢安静下来，真的，在这座垃圾山前，我的心灵被彻底净化了，我也像玛格丽特一样，感到心灵的恬静。回到屋里，我劝玛格丽特：“既然李先生不能回来，你愿意到太空中去看看他吗？我能为你安排的。这并不是太困难的事情。”

玛格丽特凄然一笑：“很遗憾早几年没碰到你，现在恐怕不行了，我的身体已经太差，不能承受太空旅行，我想尽量多活几年以便照顾太炎。不过我仍然感谢你，你是一个心地善良的好姑娘。”她拉着我的手说：“如果我走到他前边，你能不能替我照顾他呢？”

我从她的话语中听出了不祥，忍住泪说：“你放心吧，我一定记着你的托付。”也许那时我已经在下意识中作出自己的人生抉择，我调皮地说：“可是，我该怎么称呼你呢？我既不想称你李奶奶，也不想叫你阿姨。请你原谅，我能唤你一声麦琪姐姐吗？”

玛格丽特可能没有猜中我的小心眼，她慈爱地说：“好的，我很喜欢能有这样一个小妹妹。”

四个月后，我再次来到李先生的太空清道车上。这次业务是我争取来的，索罗船长也清楚这一点。他不再说怪话，也多少有些难为情，张罗着把太空摩托艇安置好，脸红红地说：“请代我向李先生致意，说心里话，我一直都很钦佩他。”

我这才向他转达上次李先生对他的致意。我笑道：“船长，我知道你是一个好人，天下最好的好人，这是上次李先生告诉我的。”索罗难为情地挥挥手。

当我在广袤的太空背景下用肉眼看见那艘清道车时，心里甜丝丝的，有一种归家的感觉。李先生急不可耐地在减压舱门口迎接我：“欢迎你，可爱的小丫头。”

在那之前我同他多次通话，已经非常熟稔了。我故意嘟着嘴说：“不许喊我小丫头，玛格丽特姐姐已经认我作妹妹，你也要这样称呼我。”

李先生朗声大笑：“好，好，有这样一个年轻漂亮的小妹妹，我会觉得年轻的！”

我刚脱下太空服，就听见响亮的警报声。李先生立即说：“又一块太空垃圾！你先休息，我去捕捉它。”

在那一瞬间，他好像换了一个人，精神抖擞，目光发亮，动作敏捷。电脑屏幕上打出这块太空垃圾的参数：尺寸 230 毫米 ×54 毫米，估重 2.2 公斤，速度每秒 8.2 公里，轨道偏斜 12 度。然后电脑自动调整方向，太空车开始加速。李先生全神贯注地盯着屏幕，回头简单解释说：“我们的清道车使用太阳能作能源，交变磁场驱动，对环境是绝对无污染的。这在 40 年前是最先进的技术，即使到今天也不算落后。”他的语气中充满自豪。

我趴在他身后，紧紧地盯着屏幕。现在离这块卫星碎片只有两公里的距离了。李先生按动一个电钮，两只长长的机械手刷刷地伸出去，他把双手套在机内的传感手套上，于是两只机械手就精确地模拟他的动作。马上就要与碎片相遇了，李先生虚握两拳凝神而待，就像虚掌待敌的武学大师。

我在他的身后不敢喘气。虽然清道车已经尽量与碎片同步，但它掠过头顶时仍如一个流星，我几乎难以看清它。就在这一瞬间，李先生疾如闪电地一伸手，两只机械手一下子抓住那块碎片，然后慢慢缩回来。它们的动作如此敏捷，我的肉眼根本分辨不出机械手指的张合。

我看得目醉神迷。他的动作优雅娴熟，巨大的机械手臂已经成了他身体的外延，使用起来是如此得心应手。我眼前的李先生不再是双腿萎缩、干瘪瘦小的垂垂老人，而是一只颈毛怒张的敏捷雄狮，是一个有通天彻地之能的宇宙巨人。多日来，我对他是怜悯多于尊敬，但这时我的内心已被敬畏和崇拜所充溢。

机械手缩回机舱内，捧着一块用记忆合金制造的卫星天线残片。先生喜悦地接过来，说："这是我的第 13603 件战利品，算是我送给麦琪的生日礼物吧。"

他仍是那样瘦弱，枯槁衰老的面容藏在长发长须里。但我再也不会用过去的眼光看他了。我知道盲人常有特别敏锐的听觉和触觉，那是他们把自己被禁锢的生命力从这些孔口迸射出来。我仰视着这个双腿和心脏萎缩的老人，这个依靠些微食物维持生命的老人，他把自己的生命力点点滴滴地节约下来，储存起来，当他作出石破天惊的一抓时，他那被浓缩的生命力在一瞬间作了何等灿烂的迸射！

面对我的专注目光，李先生略带惊讶地问："你在想什么？"我这才从冥思中清醒过来，没来由地羞红了脸，忙把话题岔开。我问，今天是玛格丽特姐姐的生日么？老人点点头：

"严格说是明天。再过半个小时我们就要经过日期变更线，到那会儿我给她打一个电话祝贺生日。"他感叹地说，"这一生她为我吃了不少苦，我真的感激她。"

之后他就沉默了，我屏声静息，不敢打扰他对妻子的思念。等到过了日期变更线，他挂通家里的电话。电话铃一遍又一遍地响着，却一直没人接。老人十分担心，喃喃地重复着："现在是北京时间早上6点，按说这会儿她应该在家呀。"

我尽力劝慰，但心中也有抹不去的担心。直到我快离开清道车时才得到确实的消息：玛格丽特因病住院了。在离开太空清道车前，我尽力安慰老人："你不用担心，我一回地球马上就去看她。我要让爸爸为她请最好的医生，我会每天守在她身边。即使你回去，也不会有我照顾的好。你放心吧。"

"谢谢你了，心地善良的好姑娘。"

回到X－33B，索罗船长一眼就看见我红红的眼睛，他关切地问："怎么啦？"我坐上自己的座椅，低声说："玛格丽特住院了，病一定很重。"索罗和奥尔基安慰几句，回过头驾驶。过了一会儿，船长忽然没头没脑地骂了一句："这些混蛋！"

我和奥尔基奇怪地看看他。他沉默很久才说："听说轨道管理局的老爷们要对太空清道车实行强制报废。理由是它服役期太长，万一在轨道上彻底损坏，又要造成一大堆太空垃圾。客观地说，他们的话不无道理，不过……"

他摇摇头，不再说话。

回到地球，我不折不扣地履行了对老人的承诺，但医生们终于未能留住玛格丽特的生命。

弥留的最后两天，她一定要回到自己的家。她婉言送走了所有的医护，仅留我一人陪伴。在死神降临前的回光返照中，她的目光十分明亮，面容上蒙着恬静圣洁的柔光。她用瘦骨嶙峋的手轻抚我的手背，两眼一直看着窗外的垃圾山，轻声说："这一生我没有什么遗憾，我和太炎尽自己的力量回报了地球母亲和宇宙母亲。只是……"

那时我已经作出了自己的人生抉择，我柔声说："麦琪姐姐，你放心走吧，我会代你照顾太炎先生，直到他百年。请你相信我的承诺。"

她紧紧握住我的手，挣扎着想坐起来。我急忙把她按下去，她喘息着，目光十分复杂，我想她一定是既欣慰，又不忍心把这副担子砸在我的肩上。我再一次坚决地说："你不用担心，我一旦下了决心就不会更改。"

她喃喃地说："难为你了啊。"

她紧握住我的手，安详地睡去，慢慢地，她的手指失去了握力。我悄悄抽出手，用白色的布单盖住她的脸。

第三天，她的遗体火化已毕，我立即登上去休斯敦的飞机，那儿是轨道管理局的所在地。

秘书小姐涂着淡色的唇膏，长长的指甲上涂着银色的蔻丹，她亲切地微笑着说：

“女士，你和局长阁下有预约吗？请你留下姓名和住址，我安排好时间会通知你的。”

我笑嘻嘻地说：“麻烦你现在就给老邦克打一个电话，就说小丫头徐放想见他。也许他正好有闲暇呢。”

秘书抬眼看看我，拿起内线电话机低声说了几句。她很快放下话筒，笑容更亲切了：“徐小姐请，局长在等你。”

邦克局长在门口迎候我，慈爱地吻吻我的额头：“欢迎，我的小百灵，你怎么想起了老邦克？”

我笑着坐在他面前的转椅上：“邦克叔叔，我今天可是来兴师问罪的。”

他坐到自己的转椅上，笑着把面前的文件推开，表示在认真听我的话：“说吧，我在这儿恭候——是不是李太炎先生的事？”

我惊奇地看看他，直率地说：“对。听说你们要强制报废他的太空清道车？”

邦克叔叔耐心地说：“一点儿不错。李太炎先生是一个虔诚的环境保护主义者，是一个苦行僧式的人物，我们都很尊敬他。但他使用的方法未免太陈旧。我们早就计划建造 1 — 2 艘太空扫雷舰，效率至少是那辆清道车的 20 倍。只要有两艘扫雷舰，两年之内，环地球空间不会再有任何垃圾了。但是你知道，绿色组织以那辆清道车为由，搁浅了这个计划。这些只会吵吵嚷嚷的蠢不可及的外行！他们一直叫嚷扫雷舰的激光炮会造成新的污染，这种指责实际上并没有多少科学根据。再说，那辆清道车已经投入运行近 40 年，太陈旧了，一旦彻底损坏，又将变成近百吨的太空垃圾。还有李太炎先生本人呢！我们同样要为他负责，不能让他在这辆危险的清道车上待下去了。”

我抢过话头：“这正是问题所在。在 40 年的太空生活之后，李先生的心脏已经衰退，已经不能适应有重力的生活！”

邦克叔叔大笑起来：“不要说这些孩子话，太空医学发展到今天，难道还能对此束手无策？我们早已做了详尽的准备，如果医学无能为力，我们就为他建造一个模拟太空的无重力舱。放心吧，孩子！”

来此之前，我从索罗船长和其他人那儿听到过一些闲言碎语，窝着一肚子火来找老邦克干架。但听了他合情入理的解释，我又欣慰又害羞地笑了。邦克叔叔托我劝劝李先生，不要太固执己见，希望他快点回到地球，过一个温馨的晚年。“他能听你的劝告吗？”他笑着问。我自豪地说：“绝无问题！他一定会听从我的劝告。”

下了飞机，我没有在北京停留，租了一辆车便直奔玉泉山，那里有爸爸的别墅。我想请爸爸帮我拿个主意，把李先生的晚年安排得更妥当一些。妈妈对我的回家可以说是惊喜交加，抱着我不住嘴地埋怨，说我心太狠，四个月都没有回家了：“人家说嫁出去的闺女泼出去的水，你还没嫁呢，就不知道往家里流了！”爸爸穿着休闲装，叼着烟斗，站在旁边只是笑。等妈妈的母爱之雨下够一个阵次，他才拉着我坐到沙发上：“来，让我看看宝贝女儿长大了没有。”

我亲亲热热地偎在爸爸怀里。我曾在书上读过一句刻薄话，说人的正直与财富成反比。也许这句愤世之语不无道理，但至少在我爸身上，这条定律是不成立的。我自小就钦服爸爸的正直仁爱，心里有什么话也从不瞒他。我唧唧呱呱地讲了我的休斯敦之行，讲了我对李太炎先生的敬慕。我问他，对李先生这样的病人，太空医学是否有绝对的把握？爸爸的回答在我心中留下阴影，他说他知道有关太空清道车报废的消息，恰巧昨天太空署的一位朋友来访，他还问到这件事，“那位朋友正是太空医学的专家，他说只能尽力而为，把握不是太大，因为李先生在太空的时间太长了，40年啊，还从未有过先例。”

我的心开始下沉，勉强笑道：“不要紧，医生无能为力的话，他们还准备为李先生特意造一间无重力室呢。”

爸爸看看我，平静地问：“是否已经开始建造？——太空清道车强制退役的工作下周就要实施了。”

我被一下子击懵了，目光痴呆地瞪着爸爸，又目光痴呆地离开他。回到自己的卧室，我立即给航天界的所有朋友拨电话，他们都证实了爸爸的话：那项计划下周就要实施，但没有听说建造无重力室的消息或计划。索罗说：

“不可能吧，一间无重力室造价不菲，管理局的老爷们会为一个垂暮老人花这笔钱？”

我总算从梦中醒过来了。邦克叔叔唯一放在心上的，是让这个惹人讨厌的老家伙从太空中撤下来，他们当然会为他请医生，为他治疗——假若医学无能为力，那不是他们的本意。他们也曾计划为受人爱戴的李先生建造一间无重力室，只可惜进度稍慢了一点儿。一个风烛残年的垂垂老人嘛，有一点意外，人们是可以理解的。

我揩干眼泪，在心底为自己的幼稚冷笑。在这一瞬间，我作出人生的最后抉择，或者说，在人生的天平上，我把最后一颗小小的砝码放到了这一边。我起身去找父亲，在书房门外，我听见他正在打电话，从听到的片言只语中判断，他显然是在同邦克通话，而邦克局长也承认了（至少是含糊地承认了）我刚刚明白的事实。爸爸正在劝说，但显然他的影响力这次未能奏效。我推门进去时，爸爸正好放下听筒，表情阴郁。我高高兴兴地说：

“爸爸，不必和老邦克磨牙了，我已经作出自己的决定。”

我唤来妈妈，在他们的震惊中平静地宣布，我要同太炎先生结婚，代玛格丽特照顾他直到百年。我要伴他到小行星带，找一个合适的小行星，在那儿生活。希望爸爸把他的私人空天飞机送给我，这是我唯一想得到的遗产。父母的反应是可想而知了，在整整三天的哭泣、怒骂和悲伤中，我一直平静地重复着自己的决定。最后，睿智的爸爸首先认识到不可更改的结局，他叹息着对妈妈说：

“不必再劝了，随女儿的心意吧。你要想开一点，什么是人生的幸福？我想不是金钱豪富，不是名誉地位，是行自己的心愿，织出心灵的恬静。既然女儿主意已定，咱们何必干涉呢。”他语重心长地对我说："放儿，我们答应你，也请你许诺一件事。等太炎先生百年之后，等你生出回家的念头，你要立即告诉我们，不要赌气，不要爱面子，你能答应吗？"

"我答应。"我感动地扑入父母的怀抱，三人的热泪流淌在一起。

爸爸出面让轨道管理局推迟了那个计划的实施时间。三个月后，索罗驾驶着他的X－33B，奥尔基和我驾驶着爸爸的X－33L，一同来到李先生身边，告诉他，我们不得不执行轨道管理局的命令。李先生已经有了思想准备，只是悲伤地叹息着，看着我们拆掉清道车的外围部件，连同本体拖入X－33B的大货舱，他自己则随我来到另一艘飞船。然后，在我的飞船里，我微笑着说了我的安排，让他看了我在地球上办好的结婚证。李先生在极度震惊之后是勃然大怒：

"胡闹！你这个女孩实在胡闹！"

他在激怒中气喘吁吁，脸庞涨红。我忙扶住他，真情地说："太炎先生，让我留在你的身边吧，这是我对玛格丽特姐姐的承诺啊。"

在索罗和奥尔基的反复劝说下，在我的眼泪中，他总算答应我"暂时"留在他身边。但他却执意写了一封措辞坚决的信件，托索罗带回地球。信中宣布，这桩婚姻没有征得他的同意，又是在他缺席的情况下办理的手续，因而是无效的。索罗船长询问地看看我，我点点头："就照太炎先生的吩咐办吧，我并不在乎什么名分。"

我们的飞船率先点火启程，驶往小行星带。索罗和奥尔基穿着太空服漂飞在太空，向飞船用力挥手。透过面罩，我看见那两个刚强的汉子都泪流满面。

“我就这样来到了小行星带，陪伴太炎先生度过他最后的两年。”徐放娓娓地说，她的面容很平静，没有悲伤。她笑着说：“我曾以为，小行星带一定熙熙攘攘的尽是飞速奔跑的小石头，不知道原来这样空旷寂寥。这是我们见到的第一颗小行星，至今我还不知道它的编号哩。我们把飞船锚系在上面，便开始我们的隐居生活。太炎先生晚年的心境很平静，很旷逸——但他从不承认我是他的妻子，而是一直把我当作他的爱女。他常轻轻捋着我的头发，讲述他一生的风风雨雨。也常望着地球的方向出神，回忆在太空清道车上的日日夜夜。他念念不忘的是，这一生他没能把环地球空间的垃圾清除干净，这是他唯一的遗憾。我精心照顾着他的饮食起居，这次我在 X — 33L 上可没忘记装食物再生机，不过先生仍然吃得很少，他的身体也日渐衰弱。我总在想，他的灵魂一半留在地球轨道上，一半已随玛格丽特进了天国。这使我不免懊丧，也对他更加钦敬。这样直到两年后的一天，先生突然失踪。”

那对入迷的年轻人低声惊呼道：“失踪？”

“对。那天，我刚为他庆祝了 75 岁生日。第二天应是玛格丽特去世两周年的忌日。一觉醒来，他已经不见了，电子记录簿上写着：我的路已经走完。永别了，天使般的姑娘，快回到你的父母身边去！我哭着奔向减压舱，发现外舱门仍开着，他一定是从这儿回到了宇宙母亲的怀里。”

苏月止不住猛烈地啜泣着，徐放把她揽到怀里说：“不要这样，悲伤哭泣不是他的希望。我知道，太炎先生这样做，是为了让我早日回到人类社会中去。但我至今没有回地球，我在那时突然萌生一个志愿：要把两个平凡人的伟大形象留在宇宙中。于是我就开始在这颗行星上雕刻，迄今已经 15 年了。”

在两个年轻人的恳请下，他们乘摩托艇再次观看了雕像。太炎先生仍在神情专注地扫地，在太空永恒的静谧中，似乎能听见这对布衣夫妇的低声絮语。徐放轻声笑道：“告诉你们，这可不是我最初的构思。那时我总忘不了太炎先生用手抓流星的雄姿，很想把他雕成太空超人之类的英雄。但我最终雕成现在这个样子，我想这种平凡更符合太炎夫妇的人格。”

那对年轻夫妇很感动，怀着庄严的心情瞻仰着。回到飞船后，苏月委婉地说：

“徐阿姨，对这组雕像我只有一点小小的意见：你应从那株树后走出来，我发现你和玛格丽特奶奶长得太像了！你们两人身上都有圣母般的高贵气质。”

很奇怪，听了这句话后，杜士彬突然之间也有了这种感觉，而且越来越强烈。实际上，她们一人是金发深目，一人是黑发圆脸，两人的面貌根本不像。徐放摆摆手，开心地笑起来。她告诉二人，这幅画很快就要收笔了，那时她将告别两位老人，回到父母身边去：“他们都老了，急切地盼着见我，我也一样，已经归心似箭了！”

苏月高兴地说：“徐阿姨，你回去时一定要通知我，我们到太空站接你！”杜士彬也兴奋地说：“我要赶到这儿来接你！”徐放笑着答应。

他们收到了大飞船发来的信号，两位年轻人与她告别，乘太空摩托艇返回。当他们回头遥望时，看见那颗小行星上闪亮着绚丽的激光。

天下无贼

诡术当道

举办过多届的中、韩、日三国围棋擂台赛又要开始了，这次三国各派五名最有实力的棋手上阵。人们普遍认为这是一场空前激烈的比赛，因为在棋坛上称霸多年的韩国二李（李昌镐、李世石）最近已经受到中国棋手罗洗河、常昊的强力冲击，沉闷多年的日本棋坛也已经强力复苏，像依田依基、山下敬吾和赵治勋等最近都有不俗的战绩。不过这些棋坛名人的大名，还有棋赛的具体进程，与本文的内容没有什么实质关系，尽可虚化。以下用中、韩、日的 A、B、C、D、E 代替。

此次擂台赛最大的亮点在于中国博彩业的强力参与。中国最负盛名的博彩公司诚信公司主办，采用累进式计分，具体办法是这样的：每股彩注为200元，彩民一次性投注后可以在网上参加每次比赛的竞猜，赢一次得一分。总的比赛场数是不定的，取决于各方的战绩，如果每方都战到“老将对面”，则共比赛 14 次。届时，得 14 分（即每次竞猜全对）、13 分和 12 分的彩民将分别获一、二、三等奖，其余人被淘汰。按博彩业惯例，所得彩金的 40% 用于营运费用、税金及慈善事业，其余 60% 由中奖者分享，其中一等奖获得者将分得其中的 50%。

大致做一个估算，假如共投 500 万注，彩金总额为 10 亿，其中一等奖可得 3 亿。又假如共有 100 个一等奖得主，则每人分得 300 万。无疑这是个很有吸引力的数字。

该博彩活动的最大困难，是如何克服国人根深蒂固的“怀疑一切”心理。这也难怪，虽然西安宝马博彩大弊案已是陈年旧事，但坑灰未冷，众彩民心有余悸。须知该弊案是一位最无畏的受害彩民以生命做赌注，激醒新闻界的注意，才最终得以水落石出。但一般彩民掂量掂量自己的勇气，怕是不大能做到这一点，所以也就退避三舍了。诚信公司为了唤醒国人的勇气，采取了不少措施，特别是聘请瑞士著名公证机构若曼逊公证处作监督。这个措施非常有效地恢复了国民对社会的信任，最终诚信公司卖出了 1000 万注，大获成功。

后来的事实证明，诚信公司在此次博彩中确实是清清白白，童叟无欺。此后仍有人在网上骂他们欺骗、做套子，说一等奖得主都是公司的关系人，等等，但这些指责并无根据。这些骂街者多半是那些猜对了 11 次或 10 次的彩民，即那些“只差一两步就能获奖”的人，他们的心情是可以理解的，骂几句泄泄心火，不久也就风平浪静了。

但既然本文的题目是“天下无贼”，读者都不傻，自然会猜到文中必然涉及骗子和受害者。这要从一个外国人的参与说起。

话说北京高华盛证券公司的美籍职员切尼姆斯也参加了投注，这主要是缘于他对中国围棋的兴趣。切尼姆斯是有名的中国通，北京话说得倍儿棒，熟读《孙子兵法》《三国演义》和《左传》《史记》，也会下围棋，水平不高，只是业余三段。他知道，自从 1997 年电脑“深蓝”战胜了国际象棋特级大师卡斯帕罗夫之后，电脑棋手已经在国际象棋、中国象棋、印度象棋、各类跳棋等所有棋类运动中横扫人类棋手——除了围棋。在这个领域里，电脑与人相比只相当于一个智障孩童！即使最优秀的电脑程序，在与最低段位的棋手比赛时，还要后者让十子才能勉强战平。偏偏围棋规则又是各种棋类中最简约的，基本上只有一条：排除四面被对方围着而没有空隙的状态。最简约的棋规却成就了最深奥的棋理，可以说，至少在发明棋类博弈方面，中国古人的智慧是世界第一，甚至多出了几个数量级。所以，尽管中国目前的科学成就有限，他仍对中国人的智慧心存敬畏。

与中国彩民的心态不同，切尼姆斯在投注时根本没有考虑过其中是否会有猫腻。原因很简单，在美国，即使最无耻最胆大的赌业老板也不敢出老千。因为美国法律在这方面有非常严格有效的条文，严格的法律造就了美国博彩业的绝对诚信。美国人只把“老千”用到政治博弈上而且用得炉火纯青，像罗斯福为了唤醒不愿参战的美国公民，明知日本将轰炸珍珠港而保持沉默（注一）、里根以“星球大战”为诱饵拖垮苏联经济、克林顿以“误炸”为由摧毁中国驻南斯拉夫大使馆（美国军方认为南军把秘密通讯中心设到了中国大使馆内）等，均是政治计谋的杰作，可以载之史册的。

切尼姆斯参加投注有一个非常有利的条件。他因为自己的工作性质，可以很方便地收集到所有参赛棋手的详细资料，诸如某两位选手之间的历史战绩、某人的心理素质、甚至未来某次比赛时双方棋手的身体状况，等等，他都能轻易弄到。把这些详尽资料输到电脑中，再用一个专用博弈软件来预测胜负。当然预测结果不会绝对准确——宇宙中永远没有绝对准确的预测或占卜——但无疑可大大提高胜算。虽说这样占用了一点工作资源，多少有点假公济私的味道，但——300 万元人民币，是一笔不小的业余收入啊。

三国擂台赛的第一场比赛，按抽签结果是中国的 E 对阵日本的 E。这场比赛悬念不大，因为从历次战绩看，中方棋手占有很大优势。在切尼姆斯的个人电脑预测中，胜负比率达到 9 比 1。所以他当然是对中方下注，而且赢了第一分。

不久他收到一封奇怪的电子邮件，故事就从这里开始了。

先生 / 女士：

我们已经得知（当然是用了某种不大合法的技术手段啦，敬请原谅）您参与了三国围棋擂台赛的第一次竞猜，并赢了第一分。向你祝贺！谨通知你，下次比赛即中国 E 对阵韩国 E 时，比赛结果是韩方取胜。我们的预测铁定准确，绝无失误，建议你一定按我们的预测投注，以确保您的积分。

对不起，我们窥探了你的小小隐私，再次致歉！以后你就会知道，你在这件事上的所得必然大于所失。

两个游戏风尘之大虾。

某年某月某日。

接到这封邮件之前，切尼姆斯已经用自己的方法做了观测，结果倒是和信中说的一样。尽管这样，他对这封来信根本没有重视，他不相信任何人的预测能比他的资料和软件更准确。至于这封邮件的动机，可能是行骗，也可能是哪个网虫的捣蛋，现在网上有很多这样的好事之人。他没有理睬它。

这次比赛果然韩方胜，切尼姆斯又赢了一分。然后，他又收到那两个匿名者的邮件：

先生 / 女士：

我们得知你按我们的通知下了注，从而赢了第二分，谢谢你对我们的信任！谨通知你，下次比赛即韩国的 E 对日本的 D 时，比赛结果将是日本取胜。我们的预测铁定准确，绝无失误。相信你这一次仍会按我们的预测投注，以确保您的积分。

两个游戏风尘之大虾。

某年某月某日。

切尼姆斯看了这个预测结果，不免摇头。日本的 D 先生是一位旅日华人，曾是日本的超一流选手，但今天已经廉颇老矣。围棋其实也是吃青春饭的一种残酷运动，这里可不是老人的天堂。切尼姆斯用自己的资料和软件做了预测：D 的胜负比率仅为二比八。那两个大侠这次肯定看走眼了，要不就是有意骗人。他打开诚信博彩公司的网站，就要为韩国选手下注——但他敲击键盘时却临时改了主意。为什么？他说不清，但直觉告诉他，也许这些邮件中有戏，值得循迹追踪下去。而且，说到底，即使这次上了当，损失不过是 200 元人民币嘛，不值一提。

事后他非常庆幸，他按直觉行事是做对了。第三场比赛结束，爆了一个大冷门，日本的 D 老人竟然中盘战胜了韩国的小 E！据说大部分彩民都痛失这一分，而切尼姆斯在庆幸之余，不禁对那两个大侠产生了兴趣。他急切地盼着下一封邮件。

先生 / 女士：

非常感激你再一次信任我们！可以说我们已经是知音啦。谨通知你：下次比赛即日本的 D 对中国的 D 时，仍是日方取胜。

再透露一点小机密：我们两人发明了一种算法，暂时命名为“鬼谷子算”。它可以基于不完备的资料，在进行多重可公度计算后，得出理论上准确的预测。坦率地说，我们的算法尚不完备，但用来对付围棋擂台赛这样简单的两参数博弈，绝对是小菜一碟。我们很想找一个陌生人来试一试这个算法的威力，就随机地选中了你。所以请尽管放心地按我们的预测投注，你一定会夺得一等大奖。

哲学家们说，不可能绝对准确地预测未来，因为一个能准确预测的世界没有“自由意志”的存身之地，二者构成了哲学层面上的悖论。但你会看到，我们将挑战这个结论。前提是：你不要把我们的预测透露出去，也就是说，不要过于强烈地干扰世界的本来进程。古代的算命先生说“天机不可泄露”，实际是同样的道理。

我们相信你会保密的，毕竟你也不愿意让更多的人来分享你的大奖彩金，对不对？

邮件的署名也变成了“两个小有才气的年轻数学家，某年某月某日”。到这时，切尼姆斯已经对他们产生了浓厚的兴趣。虽然按他的电脑预测，第四场打擂中国选手胜面较大，但他没有犹豫，立即按信中的预测投了注。此时他关心的已经不是投注的收益，而是这两个想“挑战哲学家的年轻人”。他决定一直按他们预测投下去，看看最后会是什么结果。

第四场比赛结束，那位已经是过气明星的日本华裔老棋手又灿烂了一次，以一目半战胜了中国的 D 选手。切尼姆斯的账上也因此增加了宝贵的一分。

这么着一直到了第十场比赛结束，切尼姆斯十次竞猜全中。他的兴趣越来越浓，并把有关情报向上级作了汇报。所以，他对“鬼谷子算法”的关注，已经从“副业创收”的层面上升到职务研究，以后再占用工作资源也就理直气壮了。等第十一次邮件发来时，切尼姆斯使用技术手段进入中国网通的资料库，查出邮件发自这个国家 H 省省会 Z 市某家宽带用户，户主叫张仪，住在某街某号。

因为他的工作性质，他在中国有相当广泛的交往。第二天他约见了一个籍贯是 H 省 Z 市的中国朋友李士诚。切尼姆斯确实按那两人的嘱咐，未把预测结果向任何人扩散，但李士诚是例外。因为切尼姆斯知道，在今后的工作中需要李的参与。

约见是在北京饭店。听了切尼姆斯的介绍，李士诚没有丝毫迟疑，决然地说：

“一定是骗子！你尽管相信我的话，他们一定是骗子！”他甚至对切尼姆斯先生的幼稚轻信十分惊奇，“你——竟然相信他们？”

切尼姆斯笑道：“我并未相信他们，也没有不相信他们。这取决于他们以后的预测是否准确。如果次次都准，那必定有什么值得探究的原因。”他分析道，“如果这是个骗局，那只有一种可能：比赛组织者已经事先设定了每一局的输赢，这个结果又被那两人窃得，想转卖给我。但我相信，三个国家的 15 位围棋名家绝不会通同作弊吧？”

“那当然不会。但给你发邮件的人肯定是骗子，这一点也不用怀疑。只说一个反驳理由就够了：如果他们能准确预测，为什么不严守秘密而自己去投注？他们和钞票有仇？几个亿的彩金啊。”

切尼姆斯点点头：“你说的确实是一个非常有力的理由。但——凡事都有例外。”

李士诚对他的迂腐大摇其头，觉得保护这个天真的外国友人不上当，是他义不容辞的责任。为了充分说服朋友，他坦率地说：

“这句话说出来很让人脸红的——我的家乡可是盛产骗子的地方。这些骗子常常能进行超常思维，让你防不胜防。举一个我经历过的例子吧。大约是 30 年前，我上小学。有一天放学回家，街口的人群中，一位气功师正炫耀他能用指头钻穿砖头，并请在场哪一位到附近随便找一块砖头来，交他当场表演。我那年 10 岁，正是好奇兼好事的年龄，立即钻出人群，跑了很远，捡到一块半截砖，跑回来交给那人。那人运运气，用食指刷刷地钻砖，顿时砖屑横飞，砖头很快就钻透了。我佩服得了不得，心想今天碰上真正的武林高人了。以后再有人怀疑，我就会挺身而出加以反驳——怎么可能是骗子呢，那块砖头可是我亲自在路上捡到的！实际上呢，你猜是咋回事？”他停一下，问切尼姆斯，后者笑着摇头。“这个骗局非常简单：那位气功师在每次扎场子之前，先把方圆 200 米之内的砖头仔细清理走——他知道找砖的人不会走得太远的。然后放上几块做过假的砖。这些砖都用钻头钻了洞，把洞壁打磨光滑，再用糨糊掺砖屑仔细堵好，外表上看不出来。就这么着，我心甘情愿地为那骗子做了一回托儿，还是免费。”

切尼姆斯哈哈大笑。“有意思，真有意思。”

“再说一种我亲身经历过的骗局。喂，麻烦小姐给我找一根软带，一两米长就行。”服务小姐听他摆龙门阵也来了兴趣，很快找到一根布带，含笑送来了，李士诚把软带对折，再以对折点为中心把软带盘成圆，圆心处形成颇似太极图的形状，出现了两个对折点。“这是中国民间非常普遍的骗局，俗称‘扎圈’。可以说中国凡有井水处就有‘扎圈’，还发展成不同的变型。骗子是这样干的：先把绳子盘好，请参赌人判断出真正的对折点，用筷子扎住那片空间，然后庄家捏着两根绳尾向外拉。如果你扎对了，软绳就会卡到筷子上，你就赢了。如果扎错，软绳就会沿着筷子滑走，你就输了。但实际上呢，你永远都不会赢。看出来这是如何捣鬼吗？”

切尼姆斯认真揣摸一会儿，摇摇头。他的智商颇高——干他这一行，没有高智商不行，但他一半会儿没能破开这个“局”。李士诚笑了：

“其实也非常简单。如果你扎错了，庄家就按正常动作，捏着两个绳尾向外抽绳，软绳就会沿筷子滑走，你就输了；如果你扎对了，庄家就在手掌的掩护下，把小指最外圈的那段绳子拨走，再把第二圈和第三圈并起来一块儿往外抽，这时软绳仍会沿着筷子滑走。所以，除了骗子的托儿，外人永远赢不了的。我第一次见这种骗局时，蹲在那儿研究了将近一个小时，总算弄明白了。”

切尼姆斯钦服地说：“不错，你能勘破这样的骗局，我想你的智商一定很高。”

李士诚自嘲说：“嘿，小聪明而已，中国人常常把太多的聪明用到不该用的地方。喂，听了我说的故事，你还相信那两位‘年轻数学家’吗？”

切尼姆斯略略犹豫，他并没有被说服。“你举了很多超常思维的骗局，很有说服力。你还提出对那两人动机的怀疑，这点怀疑也很有力度。但相反的证据更有力度：不管以什么办法，反正这俩人已经在连续 11 次赛局中，全部猜对了结果，并在比赛之前就通知了我。这是我亲身经历的事实。对这点，你如何解释？”

李士诚摇摇头：“我暂时找不到解释。我说过，骗子们常常有超常思维，正常人很难勘破的。”

“那咱们拭目以待吧。如果余下 3 次比赛他们仍能预先料定的话，那这个鬼谷子算法就肯定是真玩意儿。14 次全部猜中的概率只有 1/214，即 16384 分之一。如此准确的预测，靠你刚才说的那些小骗术，无论如何是达不到的。”

“那好，往下看吧。有什么进展请及时告诉我。”他警告说，“估计他们很快就会要你掏钱了。凡是骗局，没有不牵涉到金钱的，这是我集多年经验而确立的骗术第一定律。”

两人把这个话题抛开，扯了一会儿闲话。切尼姆斯问李，他的孩子是不是到高二了？李士诚早先说过，让儿子上完高中就去美国上学，但美国目前对中国人的签证把关相当严，切尼姆斯早就答应过帮他疏通。“孩子办签证有困难的话，及时通知我。朋友的承诺永远有效。”

李士诚衷心地说：“谢谢。有困难我一定会去找你。”

切尼姆斯唤服务小姐过来，结了账。当然不会是西方的 AA 制付费，切尼姆斯早就熟稔了中国人情交往的规矩。

两个月后，即擂台赛的决赛之前，切尼姆斯给李士诚发了一封邮件，其中转发了那两人的第 13 封邮件：

先生／女士：

已经是最后一次竞猜了，如果你再按我们的预报投注，就会把一等奖稳稳收入囊中。这会儿我们忍不住说两句心里话：我们也很想参

加投注啊，自打有了鬼谷子算法，我们很难抵制发财的诱惑。但是不行。武侠小说中有一条道德准则：绝顶高手都不会轻易使用武功。这个定律实际上是真正的自然之定律：凡是拥有某种超常的力量、能轻易获得太大的利益时，拥有者都会严格自律，否则就会造成社会的剧烈失衡，最终反弹到这些高手本身。所以我们只好怀揣宝器而安贫守穷了。

不过我们至少有权弥补操作中的费用。所以，请您对我们做一点小小的补偿：向下边的账号中打入2000元（区区2000元！），随后我们就会把第14次比赛的预测结果通知你。

实在不好意思！不过，相比我们奉送给你的大礼，这点补偿你肯定会乐意付出的。

两位腆颜的穷数学家

某年某月某日

李士诚看了邮件后立即把电话打过来："哈哈，我说对了吧，凡是设骗局，肯定会牵涉到金钱。他们的狐狸尾巴已经露出来了。"

切尼姆斯也有同感，这封邮件大大降低了那两个"天才数学家"在他心目中的形象："对，你可能说对了。其实他们根本不用这么小家子气，一定要我先付2000元才能换来预测结果。假若他们真能帮我赢得数百万元大奖，事后我会心甘情愿地送他们一半。这种做法——太小家子气了。"

"但你肯定会付这2000元的，对吧？"

"当然。不管怎样，他们已经预测准了13次，我仍然相信，他们手里确实有些真东西。”

李士诚思索一会儿：“你是否有手段查出，有多少人向那个账号汇款？”

切尼姆斯立即说：“对，你的提醒很对！只要是网上交易，我都可以查出的，我的一个朋友年轻时是美国有名的黑客，搞定这些对他很容易，虽然他远在美国。”

一个星期后，切尼姆斯在北京饭店再次约见了他的中国朋友。擂台赛已经尘埃落定，中国的 A 选手战胜了韩国的常胜将军 A，算是又爆了一次冷门。但切尼姆斯又赢了。投注的结果已经公布，彩民中有 602 个一等奖（比切尼姆斯预测的多），平分了 6.2 亿的一等奖彩金，每人得到 103 万。这个数目比切尼姆斯的预期要低，但也相当可以了。

根据李士诚的提醒，切尼姆斯请他的上级（并不是黑客朋友，在这点上他没对李士诚说实话）查出，在 602 个一等奖中有 597 名向那个账号汇过款。也就是说，那两位操守高洁的穷数学家并不仅仅对切尼姆斯通报了预测结果，还至少向另外的 596 人发过类似的邮件，并从中得到将近 120 万的收益，比一等奖得主还多一点。所以，李士诚此前的断言至此得到了验证：这仍是一次基于金钱利益之上的骗局。但令切尼姆斯百思不得其解的是：他们为什么采用如此迂曲的办法来得到 120 万，而不是直接投注？那样的话，他们得到的利益会远远多于这个数（因为一等奖得主的人数可能大大减少）。

另一点难解的疑点也仍然存在：尽管他们的目的是骗钱，但他们如何做出 14 次准确的预测？这可是硬碰硬的事，玩不得一点儿虚。602

个一等奖中有 597 名是借那两人的预测而成功的——这个事实更让切尼姆斯相信，他们的鬼谷子算法确实是真玩意儿。

“李，我想请你帮忙做一件事。”酒席上切尼姆斯说，“这个谜底不解开我会寝食难安。我想到 H 省 Z 市面见那两人，探出真情。如果是一个巧妙的骗局，我会一笑了之；如果那个鬼谷子算法是真东西，我想经过合法的程序，出重金把它买下，相信它对高华盛公司的经济预测大有裨益。办这件事，一个外国人有诸多不便之处，也许中国国家安全部会怀疑我是在搞间谍活动呢。”他笑着说，“所以想请一位中国人陪我一块儿去。我会付你足够的佣金。”

李士诚笑着摆手：“朋友之间别说什么佣金不佣金的，我正打算探家，顺便帮你办了这件事。但我得事先申明，我怀疑鬼谷子算法本身也是骗局。你如果上当，不要埋怨我。”

“当然不会。至于你的佣金数……”

李士诚摇摇手打断他：“我说过不要佣金，你只用承担我的路费就得。”

切尼姆斯没有勉强，笑着说：“好吧，就按你说的。噢，这样吧，你儿子将来办签证的所有花销全部由我承担。你别推辞了，按中国的规矩，朋友有通财之义，对不？”

李士诚没有再推辞，笑着说：“那我替儿子谢谢你啦。”

第二天他们就出发到 Z 市去。他们没有乘飞机，而是坐火车，普通快车硬座。在这趟普快车上大都是口袋比较瘪的乘客，入耳尽是 H

省的地方话。乘普快列车是李士诚的提议，他说让切尼姆斯提前感受H省人的大众社会，也许对他把握此后的交易有好处。果然他们很快就目睹了一次简易的骗局。一个农村人模样但穿着铁路制服的乘客上车时带着一个大麻袋，轻飘飘鼓囊囊的，好像装着空瓶。火车一开，他就带着麻袋钻到厕所里，半天不出来。等他终于出来时，空瓶已经装满了水，他用小篮挎着其中十几瓶，开始在车厢里叫卖“雪碧”，每瓶五元。李士诚和切尼姆斯的座位离厕所不远，亲眼看到了“雪碧”的生产过程，好奇加好笑，看他能否卖得出去。竟然真有人买！正是热天，这种普快车中没有空调，茶水也供应不足，热坏了的乘客畅饮着雪碧，竟然没人指责这是假货。李士诚对着切尼姆斯笑：

“怎样，不虚此行吧。”

切尼姆斯可劲儿点头：“对，不虚此行。”

火车经过H省的某油田，田野里的抽油机不紧不慢地上下俯仰。李士诚说，看见抽油机又想起一件事，虽说不牵涉骗局，但也能从中感受到下层民众的超常思维，我对你讲一讲吧。是这样的，凡油田都管不住农民偷电，这是中国一大特色。法律对那些无知无识的穷人不起作用。抽油机又都位于旷野之地，更难防范。油田为了禁绝偷电，各种办法都用过了，无奈之中使出最后一招，把抽油机电压提高到660伏。这样高的电压足以把民用电器烧坏。但农民经过几次小挫折后，很快就想出最廉价的破解办法。“切尼姆斯，你能想到是什么办法吗？你绝对想不到的，任何思维正常的工程师都想不到。”

“不是用变压器？”

“当然不是！要是花钱买变压器，他们就犯不着偷电了。听着，他们发明了‘大地降压法’。把 660 伏电线插入地里，这片区域就成了高压带电区，但电压因土壤的降压作用，从中心向外逐渐降低。然后偷电者把一只 220 伏灯泡的两个插脚通过电线与两只铁棍相连，其中一只铁棍先插在带电区之外，然后偷电者穿上胶鞋——这是为了绝缘——来到带电区内，把另一根铁棍从外向里试插。如果灯不亮或灯光太弱，就再向中心移一点，一直到该灯泡能正常发光时，此处的电压就大约是 220 伏，就能引回家里用了。”

“但那片高压区很危险啊，再者，大部分电流都白白流到土地中了。”

“所以你还是不行啊，摆不脱正常思维的桎梏。超常思维的偷电者不必考虑这些与他们无关的东西！”

切尼姆斯笑着摇头：“嗯，一个绝妙的故事，这样的超常思维——真不可思议。”

切尼姆斯对李士诚说，已经查出发信人叫张仪。听到这个名字后，李士诚一愣，然后笑了。切尼姆斯问，你笑什么？李士诚说没什么，不过这个名字恰好与中国战国时期一个有名的骗子重名。

两人到 Z 市后，在张家附近的金海饭店定下两套房间。切尼姆斯先在饭店里等候，李士诚带上美国朋友的带望远镜头的数码相机，当天就匆匆出去做调查。晚上他风尘仆仆地回来，一进门就笑着说：

“全都搞清了，非常顺利。”

他把相机与电脑联上，调出里面的照片和录像。有远照有近照，非常清晰。三个人，一个人是弟弟张诚，二十四五岁，身体单薄，长得白白净净，近视镜片后是一双聪慧的眼睛，不脱学生气质；另一个是哥哥张仪，三十四五岁，身体粗壮，目光狡诈，一眼就看出不是良善之辈；第三个是他们的母亲，白头发，衣着简朴，正在挎篮买菜。他们的家位于一条小巷，路边摆满小摊，房屋比较简陋，是典型的城市贫民之家。李士诚说：

“我借口在附近租房，向邻居从侧面打听了这家的情况。邻居说他们比较穷，老娘已经退休，当哥的上过中专，没正式职业，平时给各报社打杂，写个社会版的花边新闻，赚几个稿费。弟弟刚从某大学计算机系毕业，似乎还没有找到正式职业，常常白天睡觉，晚上熬夜打电脑。不过他家最近好像得了什么横财，连着置买了很多家电，两兄弟还带老娘去云南玩了一趟，前天才回来——不用说，他们花的钱中肯定有你那 2000 元。”他笑着，“喂，你看这三人中，哪位是你说的天才数学家？”

切尼姆斯仔细看着这些照片，认真地说：“不能以相貌论人。这两兄弟是通过黑客手法得到了投注的详细情况，包括投注者的邮箱。这至少能说明他们中有一个不错的黑客——说不定他也是一个不错的业余数学家呢。”

“看来你是不撞南墙不回头了。下边怎么进行？”

“我要见他们一面。我想直接到他们家里去，来一次不加预约的突然访问，也许这样比较容易看到他们真实的一面。”

当晚他们就去了。果然是一个比较寒碜的家，但屋里有崭新的 34

寸彩电、全自动洗衣机、柜式空调等，与屋子的基调很不协调。两兄弟看到两个陌生人来访，其中一个还是老外，立时满眼戒备之色，频频地互相交换眼色，待客的言语也显得生硬。当妈的倒是十分热情：

“稀客呀，还是老外客人呢。快请贵客坐，我去泡茶。”

客人们坐下，接过老人沏的热茶。然后当妈的就走了，让他们谈正事。两个客人事先已约定，在这儿切尼姆斯假装不会中国话，由李士诚出面。这会儿他用英语说了几句，李士诚翻译说：

“这是高华盛公司的切尼姆斯先生，是来向你们道谢的。多亏你们的帮助，他才赢得这次围棋擂台赛的 103 万彩金。”他笑着说，“不要奇怪我们能找到这儿，既然你们能用技术手段得到投注者的邮箱，我们也能反过来查到你家的地址。”

两兄弟的神色稍微放松一些，也颇有点好奇——他们在向外发邮件时从来都是“一视同仁”的，一直不知道自己的“顾客”中竟然有一个老外！哥哥说：

“不必客气，这位先生已经向我们做了小小的补偿，对我们来说足够了。我们兄弟俩研究鬼谷子算法本来就不是为了金钱。钱嘛，身外之物，生不带来死不带去。我们喜欢这个只是为了满足人类的探索天性。”

李士诚毫不客气地打断了他的表白：“2000 元补偿恐怕不够买这些家电，外加到云南的旅游吧。我们已经知道，那个账号上共寄去 597 个 2000 元，合计将近 120 万。”

两兄弟的脸色刷地变白了，惊惧地瞪着客人。哥哥似乎老练一些，很快镇静下来，向弟弟使了一个眼色，勉强笑着说：“看来俺俩今天是遇上真人了，真人面前我也不用说假话。没错，是 120 万。但俺们于心无愧，这些钱是真本事挣来的。我们只向每人收了 2000 元，却奉送每人 103 万。对你们来说，这个交易太便宜了。”

切尼姆斯有意消除他们的紧张，笑着说了几句，李士诚翻译道：“切尼姆斯先生同意你的意见，所以今天他是来感谢而不是问罪的。虽然有一点小小的遗憾——如果你们少制造几个一等奖，他的收益会成倍、成几十倍地翻番。不过他已经知足了，能有 596 个人和他分享喜悦，这么着也不错。”

几个人都笑起来，屋里气氛马上缓和了。但两兄弟只是把戒备藏得更深一些——鬼才相信这个大鼻子用尽手段找到这儿来，只是为了向他们道谢！不过——他总不会带着公安来这儿吧，他是受益者而非受害者，没有告密的动机啊。随着谈话的进行，两兄弟慢慢放心了——甚至有了新的战略构想，因为很明显，两个客人的话头一直绕着一个圆心打转：鬼谷子算法，看来这才是他们的兴趣所在。张仪来了精神，先避开客人对弟弟使了一个眼色，然后对客人笑着说：

“说句透底的话吧，这个鬼谷子算法与我没一点关系，都是我弟弟鼓捣出来的。我弟弟是个被埋没的数学天才、奇才，现在虽然不出名，总有一天他会成为 21 世纪的欧拉或高斯。你们信不？不信你们等着，也就十年八年吧。”

张诚淡然一笑，说：“别听我哥胡吹。这个鬼谷子算法还不成熟，只能用于预测两参数博弈，累进次数不大于 20。”

张仪立即说："对，暂时只能用于这种场合，但在这类简单博弈中它是百分百的管用。这点你们想来不会怀疑吧，你们已经亲自体验过它的威力啦。"

李士诚点点头："切尼姆斯先生说，他知道中国历史上这位鬼谷子先生，是著名军事家孙膑的老师。你们的'鬼谷子算法'不愧于这个名字。相信它不仅能预测博彩的输赢，对商战博弈的预测也大有裨益。"

张仪说："可不光是商战，真刀实枪的战争也用得上。你知道，再复杂的战争也都可以分解成战役，也就是两参数博弈，累进次数不会大于十几。"他哈哈一笑，"我是个痛快人，咱们就不用绕圈子啦。你们来这儿恐怕不光是为了感谢；俺兄弟俩呢，鼓捣出这个玩意儿也不想带到坟里去。要是你们——要是这个大鼻子先生感兴趣，俺乐意让他一次买断。只要价钱合适。"

李士诚同切尼姆斯用英语说了几句，回头说："切尼姆斯先生很欣赏张先生的直爽，但首先要确认是真货色。"

张仪真诚地惊愕："还用得着确认？不是真货色你们也不会来我家了。至少这个算法已经经过了一次成功的实战检验。14 次预测全中的概率只有 16384 分之一啊，这可玩不得一点假。"

"你说得不错，但在掏出一大把美元前，我的老板肯定还需要更确凿的证明。"

张仪勃然作色："信不过俺？那就请你 bye-bye。你信不过俺，俺还信不过你呢。我们把鬼谷子算法拿出来，让他鉴定，他鬼精鬼精的美国人，看一眼就学会了，然后一拍屁股走人，俺俩找谁要钱去？"

李士诚平静地说：“商业交易中有很多成熟的办法，比如，请这次参与擂台赛的瑞士若曼逊公证处作中介。”

张仪决然说：“不行！一句话，信得过，你就隔布袋买猫，信不过就走人。”

李士诚回头看看切尼姆斯。张仪如此决然的拒绝加重了李的怀疑，不知道是否切尼姆斯先生也开始怀疑了？切尼姆斯想了想，平静地对李士诚说：

“请你直接询问张诚先生。刚才哥哥说这个算法是弟弟研究出来的，也许他更有发言权。”

在两人争吵时，张诚一直面色平静地保持沉默。这会儿他显然听懂了切尼姆斯的英语，没等李士诚问，就止住哥哥的争吵，干脆地说：

“可以。就按李先生所说，请若曼逊公证处作中介。”

哥哥显然很吃惊，生气地瞪着弟弟。但弟弟也瞪他一眼，说：“就这么定了！谈价钱吧。”他自信地加一句，“是我搞出来的鬼谷子算法，我相信它经得起验证。”

哥哥对他的决定简直是气急败坏，但强忍着不再说话，显然，在两兄弟中真正当家的是那位沉默寡言的弟弟。双方开始谈价，假装不懂中国话的切尼姆斯只是静静听着，价钱的事他已经全权交给李士诚，因为昨晚李士诚曾问他：

“切尼姆斯先生，如果你信得过我的话，能否告诉我，你打算出的最高价是多少？”

“我的上级给我的标底是300万美元。”

李士诚直摇头：“太高了，太高了。据我今天调查的印象，这位张仪是个只知道搂小钱的家伙。我想，100万，最多150万美元就能谈下这笔生意。”

切尼姆斯当然知道李士诚的心意，立即说：“那我就把价格洽谈全权委托给你。如果能以你说的价格谈成，省下的金额中将有你15%的佣金。这个比例是商业上的惯例。但压价要适可而止，能谈成是最主要的。如果那是真东西，我的上级不在乎一二百万。”

李士诚很爽快地答应了，这回没有再说“朋友之间不要佣金”的话。如果他能砍下200万，佣金就是30万美元！按他的话说，谁和钱都没仇，不会把到手的大把美元推出去。

这会儿李士诚向两兄弟先开出100万的价码，张仪立即满脸轻蔑之色，喊道：

“100万？你这个老板是不是抠门的犹太人？100万！俺们光这一次就赚了两百四——不，120万。”

李士诚不动声色地说：“我说的是美金。”

张仪的脸色马上缓和了，看看弟弟，弟弟眸子深处也露出一丝笑意。这边的两个客人都不是傻瓜，立即看出，他们对这个价格很满意的。李士诚甚至后悔，开始叫价时应该再压低一些。他笑着夯了一句：

“这可是我老板能出的最高价，但我一下子就给透了底。谁让咱们都是中国人呢，咱们合着伙儿蒙他个聋子老外。不过我也把话说白了，这是一口价，你们要是嫌低，我们立马去买回京机票。”

价钱很快谈妥了，合同上有关“质量保证”的条款也最终敲定：以瑞士若曼逊公证处作为中介方，售买双方各把鬼谷子算法的光盘和100万美元提交公证处，如果公证处验证该算法符合合同要求，则将款项划给售方，否则就向买方退回款子，向卖方退回光盘并负保密义务。至于“鬼谷子算法是不是真货色”的标准，讨论起来比较麻烦。双方字斟句酌，最终同意了张诚拟的条款：

“售方声明，鬼谷子算法并不符合正统的科学和数学理论，因此对于它的验证只能使用类比法，以此次三国围棋擂台赛的实际预测结果为类比基准。买方对此表示认可。

售方承认鬼谷子算法尚不成熟，但郑重承诺：在两参数、累积次数不超过15次的博弈预测中，其预测准确度不低于此前三国围棋擂台赛的实际预测结果。”

双方在其他条款，如买方买断后售方如何保证不泄密、不向第三方出售等，没有一点争论，仅在公证费上发生了争执。据若曼逊公证处回电，由于这笔交易含有特殊条款，需要组织资深专家组对鬼谷子算法进行鉴定，中介费要按交易额的8%收取。李士诚说，按照惯例这笔费用应由售方负担。但张仪强烈反对，他说100万美元的价码不包括这么高的中介费，由售方负担可以，请买方把价钱加上去。李士诚做了让步，同意各负担一半，张仪仍不松口。张诚显然厚道一些，把哥哥拉到一边，低声劝说着。但这次弟弟的权威不管用了，听见张仪骂他：

“你个傻瓜！4%也是30多万人民币，他们要是中途撕毁合同，你白出这 30 多万？”

李士诚冷冷一笑，看看切尼姆斯。他没说错，张仪这号人，天生是只会搂小钱的角色。他用英语同切尼姆斯低声商量一会儿，大度地说：

“这样吧，双方各负担一半，但你们那一半先由买方垫付。这样，即使合同不能履行，你们也毫无损失，这样总可以了吧。”他冷笑道，“对张先生的精明，我佩服得五体投地。生意做成后我打算送你一只玉貔貅，就是咱中国传说中那个只进不出的聚财灵兽。”

张仪并不以为忤，嘿嘿笑着，同两位客人大幅度握手，祝贺交易谈成。

一个月后，若曼逊公证处给切尼姆斯寄来了那张光盘，并一封复函：

“我公证处聘请的资深专家组认定，所谓‘鬼谷子算法’只是一个巧妙的骗局，但它完全满足贵公司与张氏兄弟所签合同中的有关条款。因此我们已将贵公司的 100 万美元划给售方。”

张仪兄弟的这次豪赌赢了。其实他们的豪赌并无风险。即使没有这次豪赌，他们也不会再有借此赚钱的机会，因为鬼谷子算法的真相总归会暴露出来，瞒不了多久的。所以赢了固然好，是一次大撤退前的意外胜仗；输了也算不上损失。值得庆幸的是，张诚精心拟定的措辞巧妙的合同条款保证了这次的成功。瑞士人虽然明知道这是骗局，也没法不付钱——不过瑞士人确实守信，不服也不行。

兄弟俩立即取出现金，带上老娘后人间蒸发。李士诚仅在一年后接到过兄弟俩的一封邮件：

“李先生：

非常感谢你成全一年前那笔生意。可惜你在小事上不大守信。你答应过，生意做成后送我们一只玉貔貅，就是咱中国传说中那个只进不出的聚财灵兽。一年过去了你也没送。

希望你能按照承诺，把玉貔貅寄给我们。就按那个老地址就行。

张仪、张诚”

“什么？美国间谍？中央情报局的？”李士诚脸色煞白，震惊地瞪着面前的两个人——中国国家安全部的张先生和王先生。张先生纠正道：

“应该说是美国国家安全局的。他的任务是搜集中国的军事情报。”

“但我的工作和军事科技一点都不搭界呀。”

“醉翁之意不在酒。他是想通过你，接近你的舅舅。”

李士诚的脸更白了，他的舅舅是解放军一位正师级技术专家，研究方向是用于隐形飞机的雷达。“但我从没有在他面前提过我舅舅的工作，你们要相信我。”

张先生笑着说：“我们相信，也很赞赏你能自觉履行一个公民的义务。但切尼姆斯通过其他渠道早就知道你有这样一个亲戚了。他曾试图通过你邀请你舅舅赴宴，对吧。”

李士诚很吃惊。某次切尼姆斯邀他吃饭时，他说这两天正招待来京的舅舅，不能前去。切尼姆斯说有比较紧要的事务想见他，要不这样吧，把你舅舅一块儿请来，也算为他老人家接风。舅舅当然不会去，委婉地谢绝了。这事过去就过去了，李士诚没想到一次普通的邀请竟然内藏诡计。现在回想起来，那次邀请确实可疑，因为此后切尼姆斯并没有说明有什么非要见面的要紧事。李士诚越想越后怕，断然说：

“谢谢你们的提醒，我以后不会再同他来往。”

“啊，不必这样。他的公开身份是高华盛公司的职员，你同他是正常的商业和私人往来，何必要中断呢。你只要提高警觉，发现可疑迹象立即报告就行。”他笑着告诫，“记着啊，一定要保持正常往来，绝不能让他看出什么苗头。也许以后我们会通过你，给他一些他感兴趣的东西。”

“好的，我一定按你们的吩咐做。”

王先生说：这次来找你，主要是想了解一下，他上次Z市之行到底是为了什么。公安机关已经查明，那对张氏兄弟只是两个普通的骗子，至多会一点黑客手法。切尼姆斯为什么对他们如此感兴趣？而且通过若曼逊公证处向他们汇了96万美元，张氏兄弟提出这笔钱后，立即带着老娘销声匿迹，公安部门到现在还没有抓到他们。李士诚详细叙述了这件事的全过程，从切尼姆斯开始投注，到收到13次预测通报，到中大奖，到他起意去购买那个“鬼谷子算法”，两位先生听得津津有味。最后李士诚苦笑着说：

“聪明的切尼姆斯这回可是上大当了，在两个普通骗子身上白花了100万美元。其实我早就怀疑那个‘鬼谷子算法’，曾一再向他提醒，但他因为有‘亲身经历’而坚信不疑。对了，这次活动中，我在他那儿拿了 30 万美元，但这是正当的中介收入，因为我为他节约了 200 万。”

王先生微嘲道：“你对那位切尼姆斯倒是尽心尽意呀。”

李士诚脸红了，张先生忙解围：“李先生你别在意，我的伙伴只是开玩笑。你那时是做他的中介人，当然应该维护委托人的利益，这是应有的职业道德嘛。不过，”他忍俊不禁地说，“打心眼里说，我也巴不得这个财大气粗的家伙多花 200 万给中国人，哪怕花给骗子。”

三个人都大笑起来，不过李士诚的笑容免不了带点儿尴尬。虽说那 30 万美元是“正当”收入，但不管怎么说，给予者是位美国间谍！还有他答应负担的签证费用！也许没有这两位安全部官员的警告，他会不知不觉被美国“朋友”拖入泥沼中。想想真是后怕啊，他曾经鄙视“搂小钱”、“耍小聪明”的人，现在看来，自己是五十步笑百步吧。

切尼姆斯给上级的报告：

这次我确实是上当了。所谓“鬼谷子算法”只是一个骗局，当然它很巧妙，就其原理来说并无超出中学数学的东西。他们的行骗步骤是这样的：

1　通过技术手段进入博彩公司的资料库，得到投注人的邮箱。筛选出第一次投注赢了的人，这大约是 1000 万彩民的一半，即 489 万人。这一步也是这个骗局中唯一需要高科技手段的一步。

2　把 489 万人随机地平均分成 A、B 两群，用群发手段发去对围棋擂台赛的预测，邮件内容同我收到的第一封信一样，但预测结果却是相反的：对 A 群预测某棋手赢，而对 B 群则预测该棋手输，这样他们总有 50% 的赢面。

由于网络的便利，虽然他们在这次骗局中总共发了近千万封邮件，但基本没有花什么成本。这是一次非常成功的低成本高收益的骗局。换句话说，互联网的“无成本”通信是这次骗局得以实施的技术基础，两个骗子的高明之处就在于敏锐地发现了这一点。

3　他们知道了第二次比赛结果后，把曾发去错误预测的那一半人弃之不管，再把曾发去正确预测的那一半人重新随机分为 A、B 两群，仍然发去预测完全相反的邮件。依此重复进行。

这里应指出一点：在前边几次，有不少人并未按信中预测投注，不过这一点不影响骗局的推进。到了后来，随着一次次“预测”全都“正确”，接信人大都开始按信中预测投注。

4　决赛之前尚剩下 1195 个幸运者。向他们都发去索要 2000 元付费的信件。这些投注人在连获 13 分之后已经对他们的预测绝对信服，所以全都爽快地付了费。然后骗子照旧把他们随机分成两群，发去相反的预测。

所以，张氏兄弟骗得的金钱并不是 120 万，而是 240 万（在和我见面时，张仪曾脱口说出这个数目，可惜未能引起我的警觉）。有 597 人付钱后赢得了彩金，而 598 人则白白损失了 2000 元。在这儿，张氏兄弟非常聪明地采取了一个预防措施：给 A 群投注人和 B 群投注人的账号是不同的。如果不是这样，如果我事先知道在 1195 个汇款者中只有一半获胜，我会立即猜想到事情的真相，就不会上当了。

这种行骗方法其实适用范围很有限，即张诚一再强调的“两参数博弈，累积次数不大于 15”。因为骗子第一步必须撒一个大网，其发信人数与累进次数成指数关系。如果超出上述范围，那网就太大了，或最后剩下的幸运者太少了（影响到骗子的收益），实际上不可操作。

这个骗局在真相大白后太简单了，但在之前确实难以识破，它巧就巧在充分利用了人的潜意识。人人都有“以我为中心”的潜意识，只是平时不易被察觉罢了。所以，在你接到一封封“特意为你做出的预测”时，肯定不会想到，自己只不过是从几百万不幸者中被偶然筛选出来的。换句话说，即使没有他们的预测，从正常概率上说，仍有大约 600 个人能获一等奖（即 1000 万人的 214 分之一），他们所起的作用只是把幸运者名单重新分配了一下——但重新分配的办法同样是随机的，取决于投注人的运气。从这个角度上说，所有大奖得主的幸运都是固有的，与他们的预测没有任何关系。

知道了真相，也就解开了当时的难解之谜：为什么那两人自己不投注。当然啦，如果他们投注，只能像普通彩民一样，去企盼 16384 分之一的幸运。这次骗局之所以能成功还有一个前提，就是中国公众对骗子的麻木。要知道，有数百万彩民接到过错误的预测，其中还有 598 人白白多付了 2000 元！但众多受骗人却都没有声张，至少没有在网络上公开披露，可能是面子问题吧。如果有人提前披露，骗子就不会得逞了。

但不管怎么说，我的工作仍有粗疏之处。如果我能事先查一下，那个邮箱中一共向外发出过多少邮件（这是非常容易的），我就不会上当了。对于我的过失，我向上级自请处分。

值得一提的是我的临时雇员李士诚，正是由于他，我们才少损失了 170 万美元（扣除李的佣金）。而且他一直坚持对“鬼谷子算法”的怀疑。虽然他当时无法解释那连续 14 次的准确预测，但他最强有力的反对理由是：如果它真有这个能力，那两人肯定会自己投注，“谁和钱都没仇”。事后证明，他的直觉非常锐敏，完全正确，这种直觉对间谍工作是十分可贵的。而且据我的观察，李在金钱方面并无洁癖。如有可能，我打算把他发展为我们的人。

不久切尼姆斯收到了安全局的回函，令他大跌眼镜的是，回函中竟然满篇褒辞！

“你的报告已经转给军方，军方高层对其评价甚高，认为该报告具有前瞻性，展示了中国人的超常思维，它们暗合《孙子兵法》的核心思想：‘以正合，以奇胜。’‘战势不过奇正，奇正之变，不可胜穷也。’军方认为，在两个大国未来的军事博弈中，你的报告具有很高的参考价值。军方和国家安全局随后将对你做出嘉奖。

又，同意你对李的意见。”

注：关于珍珠港事件的政治档案已经解密。一位中国密码人员、“日帝陆军密电研究组”的池步洲确实破译了日本的 LA 密码，提前得到了日本偷袭珍珠港的情报，并由蒋介石亲自下令通知美方。

作者又注：文中所述的骗人方法，见于谈祥柏先生发表的一篇科普文章中（可惜篇名忘了），我只是把科普转换成科幻小说。谨此声明。

一生的故事

宿命种种

题记：

一个时间旅行的旧画框，嵌着一幅新颖的画作。小说以痛定后的平静口吻讲述了三个亲人的一生。而且——并非是在展现个人的宿命，而是人类的宿命。

我的一生，作为女人的一生，实际是从30岁那年开始的，又31年后结束。30岁那年是2007年，一个男人突然闯进我的生活，又同样突然地离去。又31年后，2038年的8月4日，是你离开人世的日子，白发人送黑发人，这是我早就预感的结局。

此后，我只靠咀嚼往日的记忆打发岁月。咀嚼你的一生，你父亲的一生，我的一生。

还有我们的一生。

那时我住在南都市城郊的一个独立院落。如果你死后有灵魂；或者说，你的思维场还能脱离肉体而存在，那么，你一定会回味这儿，你度过童年和少年的地方。院墙上爬满了爬墙虎，硕大的葡萄架撑起满院的荫凉，向阳处是一个小小的花圃，母狗灵灵领着它的狗崽在花丛中追逐蝴蝶。瓦房上长满了肥大的瓦粽，屋檐下的石板被滴水敲出了凹坑。阳光和月光在葡萄叶面上你来我往地交接，汇成时光的流淌。

这座院落是我爷奶（你曾祖父母）留给我的，同时还留下一些存款和股票，足够维持我简朴自由的生活。我没跟父母去外地，独自在这儿过。一个30岁的老姑娘，坚持独身主义。喜欢安静，喜欢平淡。

从不用口红和高跟鞋，偶尔逛逛时装店。爱看书，上网，听音乐。最喜欢看那些睿智尖锐的文章，体味“锋利得令人痛楚的真理”，透过时空与哲人们密语，梳理古往今来的岁月。兴致忽来时写几篇老气横秋的科幻小说（我常用的笔名是“女娲”，足见其老了），挣几两散碎银子。

与我相依为伴的只有灵灵。它可不是什么血统高贵的名犬，而是一只身世可怜的柴狗。我还是小姑娘时，一个大雪天，听见院门外有哀哀的狗叫，打开门，是一只年迈的母狗叼着一只狗崽，母狗企盼地看着我，那两道目光啊……我几乎忍不住流泪，赶忙把母子俩收留下来，让爷爷给它们铺了个窝。冰天雪地，狗妈妈在哪儿完成的分娩？到哪儿找食物？一窝生了几个？其他几只是否已经死了？还有，在它实在走投无路时，怎么知道这个门后的“两腿生物”是可以依赖的？我心疼地推想着，但没有答案。

狗妈妈后来老死了，留下灵灵。我在它身上倾注了全部的母爱，为它洗澡，哄它吃牛奶，为它建了一个漂亮的带尖顶的狗舍，专用的床褥和浴巾常换常洗，甚至配了一大堆玩具。父亲有一次回家探亲，对此大摇其头，直截了当地说：陈影，你不能拿宠物代替自己的儿女。让你的独身主义见鬼去吧。

我笑笑，照旧我行我素。

但后来灵灵的身边还是多了你的身影，一个蹒跚的小不点儿，然后变成一个精力过剩的小男孩。变成明朗的大男孩。倜傥的男人。离家。死亡。

岁月就这样水一般涌流，无始也无终。没有什么力量能使它驻足或改道。河流裹挟着亿万生灵一同前行，包括你，我，他，很可能还有“大妈妈”，一种另类的生灵。

30岁那年，一个不速之客突然出现在我家院子里。真正意义上的不速之客。晚上我照例在上网，不是进聊天室，我认为那是少男少女们喜爱的消遣，而我（从心理上说）已经是千年老树精了。我爱浏览一些“锋利”的网上文章，即使它们有异端邪说之嫌。这天我看了一篇帖子，是对医学的反思，署名“菩提老祖”的（也够老了，和女娲有得一比）。文章说：几千年的医学进步助人类无比强盛，谁不承认这一点就被看成疯子，可惜人们却忽略了最为显而易见的事实——

“……动物。所有动物社会中基本没有医学（某些动物偶尔能用植物或矿物治病），但它们都健康强壮地繁衍至今。有人说这没有可比性，人类处于进化最高端，越是精巧的身体越易受病原体的攻击；何况人类是密集居住，这大大降低了疫病暴发的阈值。这两点加起来就使医学成为必需。不过，自然界有强有力的反证：非洲的角马、瞪羚、野牛、鬣狗和大猩猩，北美驯鹿，南美的群居蝙蝠，澳洲野狗，各大洋中的海豚，等等。它们和人类一样属于哺乳动物，而且都是密集的群居生活。这些兽群中并非没有疫病，比如澳洲野狗中就有可怕的狂犬病，也有大量的个体死亡。但死亡之筛令动物种群迅速进行基因调整，提升了种群的抵抗力。最终，无医无药的它们战胜了疫病，生气勃勃地繁衍至今——还要繁衍到千秋万代呢，只要没有人类的戕害。”

文章奚落道：“这么一想真让人类丧气。想想人类一万年来在医学上投入了多少智力和物力资源！想想我们对灿烂的医学明珠是多么自豪！但结果呢，若仅就种群的繁衍、种群的强壮而言（不说个体寿命），人类只是和傻傻的动物们跑了个并肩。大家说说，能否得出这样一个结论——医学能大大改善人类个体的生存质量，但对种群而言并无益处？！

“——或许还有害处呢。医学救助了病人，使许多遗传病患者也能生育后代，终老天年，也就使不良基因逃过了进化之筛；药物尤其是抗生素的滥用，又使人类免疫系统日渐衰弱。总的说来，医学干扰了人类种群的自然进化，为将来埋下了定时炸弹。所以，在上帝的课堂上，人类一定是个劣等生，因为那位老考官关注的恰恰是种群的强壮，从不关心个体寿命的长短。”

这些见解真算得上异端邪说了，不过它确实锋利，让我身上起了寒栗。文章的结尾说：

“这么说，人类从神农氏尝百草时就选了一条错路？！——非常可惜，即使我们承认这个观点的正确，文明之河也不会改变流向。医学会照旧发展。药物广告继续充斥电视节目。你不会在孩子高烧时不找医生，我也不会扔掉口袋里的硝酸甘油。原因无它：基因的本性是自私的，对每个人而言，个体的生存比种群的延续分量更重。而对个体的救助必然干扰种群的进化，这是无法豁免的，是一枚硬币的两个面。所以——读到这篇文章的人只当我是放屁。人类还将沿着上帝划定之路前行，哪管什么淙淙作响的声音。”

我把这个帖子看了两遍，摇摇头——我佩服作者目光之锐利，但它充其量不过是一篇玄谈而已。我把它下载，归档，以便万一哪篇小说中用得上。

灵灵已经在腿边蹭了很久，它对每晚的洗澡习惯了，在催促我呢。我关了电脑，带灵灵洗了澡，再用吹风机吹干，然后把它放出浴室。灵灵惬意地抖抖皮毛，信步走出屋门。我自己开始洗澡。

不久我听到灵灵在门口惊慌地狂吠，我喊：灵灵！灵灵！你怎么啦？灵灵仍狂吠不已。我披上浴巾，出屋门，拉开院中的电灯。灵灵对之吠叫的地方是一团混沌，似乎空气在那儿变得黏稠浑浊。浑浊的边缘部分逐渐澄清，凸显出中央一团形状不明的东西。那团东西越来越清晰，变得实体化，然后在两双眼睛的惊视中变成一个男人。

一个浑身赤裸的男人，或者说是大男孩，很年轻，大约二十一二岁。身体蜷曲着，犹如胎儿在子宫。身体实体化的过程也是他逐渐醒来的过程，他抬起头，慢慢睁开眼，目光迷蒙，眸子晶亮如水晶。

老实说，从看到这双目光的第一刻起我就被征服了，血液中激起如潮的母性。我想起灵灵的狗妈妈在大雪天叫开我家院门时就是这样的目光。我会像保护灵灵一样，保护这个从异相世界来的大男孩——他无疑是乘时间机器跨越时空而来，作为科幻作家，我对这一点有足够的心理准备。

他目光中的迷蒙逐渐消去，站起身。一具异常健美的身躯，是古希腊的塑像被吹入了生命。身高大约一米八九，筋腱清晰，皮肤光滑润泽，剑眉星目。他看见我，没有说话，没有打招呼的意愿，也不因自己的裸体而窘迫，只是面无表情地看着我。刚才狂吠的灵灵立时变了态度，欢天喜地扑上去，闻来闻去，一窜一蹦地撒欢儿。灵灵在我的过度宠爱下早把野性全磨没了，从不会与陌生人为敌，在它心目中，只要长着两条腿、有人味的都是主人，都应该眷恋和亲近。灵灵的态度加深了我对来客的好感——至少说，被狗鼻子认可的这位，不会是机器人或外星恶魔吧。

那时我并不知道，这个大男孩竟然是从300年后来的一个杀手，而目标恰恰是——我、我未来的丈夫和儿子。

我裹一下浴巾，笑着说："哟，这么赤身裸体可不符合作客的礼节。从哪来？过去还是未来？我猜一准是未来。"

来人只是简单地点点头，然后不等邀请就径直往屋里走，吩咐一声："给我找一身衣服。"

我和灵灵跟在他后边进屋，先请他在沙发上坐下。我到储藏室去找衣服，心想这位客人可真是不见外啊，吩咐我找衣服都不带一个"请"字。我找来爸爸的一身衣服，客人穿肯定太小，我说你先将就穿吧，明天我到商店给你买合体的衣服。来人穿好，衣服紧绷绷的，手臂和小腿都露出一截，显得很可笑。我笑着重复：

"先将就吧，明天买新的。你饿不饿？给你做晚饭吧。"

他仍然只点点头。我去厨房做饭，灵灵陪着他亲热，但来人对灵灵却异常冷淡，不理不睬，看样子没把它踢走已经不错了。我旁观着灵灵的一头热，很替它抱不平。等一大碗肉丝面做好，客人不见了，原来他在院中，躺在摇椅上，双手枕头，漠然地望着夜空。好脾气的灵灵仍毫不生分地陪着他。我喊他回来吃饭：

“不知道未来人的口味，要是不合口味你尽管说。”

他没有说话，低头吃饭。这时电话响了，我拿起听筒，是一个陌生女人，声音很有教养，很悦耳，不大听得出年龄。她说：

“你好，是陈影女士吧。戈亮乘时间机器到你那儿，我想已经到了吧？”

这个电话让我很吃惊的，它是从“未来” 打到我家，它如何通过总机中转——又是通过哪个时代的总机中转，打死我也弄不明白。还有，这个女人知道我的名字，看来这次时间旅行开始就是以我家为目的地，并不是误打误撞地落在这儿。至于她的身份，我判定是戈亮的妈妈，而不是他的姐妹或恋人，因为声音中有一种只可意会的宽厚的慈爱，是长辈施于晚辈的那种。我说：

“对，已经到了，正在吃饭呢。”

“谢谢你的招待。能否请他来听电话？”

我把话机递过去：“戈亮——这是你的名字吧。你的电话。”

我发现戈亮的脸色突然变了，身体在刹那间变得僵硬。他极勉强地过来，沉着脸接过电话。电话中说了一会儿，他一言不发，最后才不耐烦地嗯了两声。以我的眼光看来，他和那个女人肯定有什么不愉快，而且是相当严重的不愉快。电话中又说了一会儿，他生硬地说：“知道了。我在这边的事你不用操心。”便把电话回交给我。

那个女人：“陈女士——或者称陈小姐更好一些？”

我笑着说："如果你想让我满意，最好直呼名字。"

"好吧，陈影，请你关照好戈亮。他孤身一人，面对的又是 300 年前的陌生世界，要想在短时间适应肯定相当困难。让你麻烦了。拜托啦，我只有拜托你啦。"

我很高兴，因为一个 300 年后的妈妈把我当成可以信赖的人。"不必客气，我理解做母亲的心——哟，我太孟浪了，你是他母亲吗？"

我想自己的猜测不会错的，但对方朗声大笑："啊，不不，我只是……用你们时代的习惯说法，是机器人；用我们时代的习惯说法，是量子态非自然智能一体化网络。我负责照料人类的生活，我是戈亮、你和一切人的忠实仆人。"

我多少有些吃惊。当然，电脑的机器合成音在 300 年后发展到尽善尽美——这点不值得惊奇。我吃惊的是"她"尽善尽美的感情程序，对戈亮充满了母爱，这种疼爱发自内心，是作不得假的。那么，为什么戈亮对她如此生硬？是一个被惯坏的孩子的逆反心理？其后，等我和戈亮熟识后，他说，在 300 年后的时代，他们一般称她为"大妈妈"，"一个无所不在、无所不能、无所不管的大妈妈。她的母爱汪洋恣肆，想躲开片刻都难。"戈亮嘲讽地说。

大妈妈又向我嘱托一番，挂了电话。那边戈亮低下头吃饭，显然不想把大妈妈的来电作为话题。我看出他和大妈妈之间的生涩，很识相地避而不谈，只问了一个纯技术性的问题：从 300 年后打来电话使用的是什么技术，靠什么来保证双方通话的"实时性"，而没有跨越时空的迟滞。没想到这个问题也把戈亮惹恼了，他恼怒地看我一眼，生硬地说：

“不知道！”

我冷冷地翻他一眼，不再问了。如果来客是这么一个性情乖张、在人情世故上狗屁不通的大爷，我也懒得伺候他。素不相识，凭什么容他在我家发横？只是碍于大妈妈的嘱托，还有……想想他刚现身时迷茫无助的目光！我的心又软了，柔声说：

“天不早了，你该休息了，刚刚经过300年的跋涉啊。”我笑着说，“不知道坐时间机器是否像坐汽车一样累人。我去给你收拾床铺，早点休息吧。”

但愿明早起来你会可爱一些吧，我揶揄地想。

过后，等我和戈亮熟悉后，我才知道那次问起跨时空联络的原理时他为啥发火。他说，他对这项技术确实一窍不通，作为时间机器的乘客，这让他实在脸红。我的问题刺伤了他的自尊心。这项技术牵涉到太多复杂的理论、复杂的数学，难以理解的。他见我没能真正理解他的话，又加了一句：

“其复杂性已经超过人类大脑的理解力。”

也就是说，并不是他一个人不懂，而是人类全体。所有长着天然脑瓜的自然人。

60年前，二次世界大战中，美国在太平洋深处的某个小岛上修了临时机场。岛上有原住民（我忘了他们属于哪个民族），还处于蒙昧时代。自然了，美国大兵带来的20世纪的科技产品，尤其是那些小玩意儿，像打火机啦，瓶装饮料啦，手电筒啦，让这些土人们眼花缭乱，更不用说那只能坐人的大鸟了。二战结束，临时机场撤销，这个小岛暂时又被文明社会遗忘。这些土人们呢？他们在酋长的带领下，每天排成两行守在废机场旁，虔诚地祈祷着，祈祷“白皮肤的神”再次乘着“喷火的大鸟”回来，赐给他们美味的饮食、能打出火的宝贝，等等。

无法让他们相信飞机不是神物，而是人（像他们一样的人）制造的。飞机升空的原理太复杂，牵涉到太多的物理和数学知识，超出了土人脑瓜的理解范围。

不到三岁时你就知道父亲死了，但你不能理解死亡。死亡太复杂，超出了你那个小脑瓜中已灌装的智慧。我努力向你解释，用你所能理解的词语。我说爸爸睡了，但是和我们不一样，我们呢是晚上睡觉早晨就醒，但他再也不会醒来了。你问：爸爸为什么不会醒来，他太困吗？他在哪儿睡？他那儿分不分白天黑夜？这些问题让我难以招架。

等到你五岁时亲自经历了一次死亡，灵灵的死。那时灵灵已经15岁，相当于古稀老人了。它病了，不吃不喝，身体日渐衰弱。我们请来了兽医，但兽医也无能为力。那些天，灵灵基本不走出狗舍，你在外边唤它，它只是无力地抬起头，歉疚地看看小主人，又趴下去。一天晚上，它突然出来了，摇摇晃晃走向我们。你高兴地喊：灵灵病好了，灵灵病好了！我也很高兴，在碟子里倒了牛奶。灵灵只舔了两口，又过来在我俩的腿上蹭一会儿，摇摇晃晃地返回狗窝。

我想它第二天就会痊愈的。第二天，太阳升起了，你到狗舍前喊灵灵，灵灵不应。你说：妈妈，灵灵为啥不会醒？我过来，见灵灵姿态自然地趴在窝里，伸手摸摸，立时一道寒意顺着我的手臂神经电射入心房：它已经完全冰凉了，僵硬了，再也见不到今天的太阳了。它昨天已经预知了死亡，挣扎着走出窝，是同主人告别的呀。

你从我表情中看到了答案，又不愿相信，胆怯地问我：妈妈，它是不是死了？再也不会醒了？我沉重地点点头。心里很后悔没有把灵灵生的狗仔留下一两个。灵灵其实很孤独的，终其一生，基本与自己的同类相隔绝。虽然它在主人这儿享尽宠爱，但它到底是幸运还是不幸呢?

我用纸盒装殓了灵灵，去院里的石榴树下挖坑。你一直跟在我身边，眼眶中盈着泪水。直到灵灵被掩埋，你才知道它“确实”再也不会醒了，于是号啕大哭。此后你才真正理解了死亡。

没有几天，你的问题就进了一步，你认真地问：“妈妈，你会死吗？我也会死吗？”我不忍心告诉你真相，同样不忍心欺骗你。我说：“会的，人人都会死的。不过爸妈死了有儿女，儿女死了有孙辈，就这么一代一代传下去，永远没有尽头。”

你苦恼地说：“我不想你死，我也不想死。妈妈你想想办法吧，你一定有办法的。”

我只有叹息。在这件事上，连母亲也是无能为力的。

你的进步令我猝不及防。到十岁时你就告诉我：“其实人类也会死的。科学家说质子会衰变，宇宙会坍塌，人类当然也逃不脱。人类从蒙昧中慢慢长大，慢慢认识了宇宙，然后就灭亡了，什么也留不下来，连知识也留不下来。至于以后有没有新宇宙，新宇宙中有没有新人类，我们永远不会知道了。妈妈，这都是书上说的，我想它说得不错。”说这话时你很平静，很达观，再不是那个在灵灵坟前号哭的小孩子了。

我能感受到你思维的锋利，就像奥卡姆剃刀的刀锋。从那时我就怀着隐隐的恐惧：你天生是科学家的胚子，长大后走上科研之路就像水往低处流一样自然。但那恰恰是我要尽力避免的结果呀，我对你父亲有过郑重的承诺。

在我的担忧中，你一天天长大了。

大妈妈说戈亮很难适应300年后的世界。其实，戈亮根本不想适应，或者说，他在片刻之间就完全适应了。从住进我家后，他不出门，不看书，不看电视，不上网，没有电话（当然了，他在300年前的世界里没有朋友和亲人），而且只要不是我挑起话头，他连一句话都懒得说，算得上惜言如金。每天就爱躺在院里的摇椅上，半眯着眼睛看天空，阴沉沉的样子，就像第一天到这儿的表现一样。这已经成了我家的固定风景。

他就这么心安理得地住下，而我也理所当然地接受。几天后我才意识到，其实我一直没有向这个客人发出过邀请，他也从没想过要征求主人的意见，而且住下后颇有些反客为主的架势。我想这是怎么了？我为什么会对这个陌生人如此错爱？一个被母亲惯坏的大男孩，没有礼貌，把我的殷勤服务当成天经地义，很吝啬地不愿吐出一个“谢”字。不过……我没法子不疼爱他，从他第一次睁开眼、以迷茫无助的目光看世界时，我就把他揽在我的羽翼之下了。生物学家说家禽幼仔有“印刻效应”，比如小鹅出蛋壳后如果最先看见一只狗，它就会把这只狗看成至亲，它会一直跟在狗的后面，亦步亦趋，锲而不舍。看来我也有印刻效应，不过是反向的：戈亮第一次睁开眼看见的是我，于是我就把他当成我的崽崽了。

我一如既往，费尽心机给他做可口的饭菜，得到的评价却令我丧气，一般都是：可以吧，我不讲究，等等。我到成衣店挑选衣服，把他包装成一个相当帅气的男人。每晚催他洗澡，还要先调好水温，把洗发香波和沐浴液备好。

说到底，戈亮并不惹人生厌，他的坏脾气只是率真天性的流露，我不会和他一般见识的。我真正不满的是他对灵灵的态度。不管灵灵如何亲热他，他始终是冷冰冰的。有一次我委婉地劝他，不要冷了灵灵的心，看它多热乎你！戈亮生硬地说：我不喜欢任何宠物，见不得它们的奴才相。

我被噎得倒吸一口气，再次领教了他的坏脾气。

时间长了我发现，他的自尊心太强，近于病态。他的坏脾气多半是由此而来。那天我又同他讨论时间机器。我已经知道他并不懂时空旅行的技术，很怕这个话题触及他病态的自尊心；但我又抑制不住自己的好奇——作为唯一亲眼看见时空旅行的科幻作家，这种好奇心可以理解吧，至少同潘多拉那个女人相比，罪过要轻一些。

我小心翼翼地扯起这个话题。我说，我一向相信时间机器在技术上是可行的，因为理论已经确认了时空虫洞的存在。虽然虫洞里引力极强，所造成的潮汐力足以把任何生物体撕碎，没有哪个宇航员能够通过它。但这只是技术上的困难，而技术上的困难不管再艰巨，总归是可以解决的。比如：可以扫描宇航员的身体，把所得的全部信息送过虫洞，再根据信息进行人体的重组。这当然非常困难，但至少理论上可行。

想不通的是哲理。时空旅行无法绕过一个悖论：预知未来和自由意志的悖逆。你从A时间回到B时间，那么AB之间的历史是“已经发生”的，理论上说对于你来说是已知的，是确定的；但你有自由意志，你可以根据已知的信息，非要迫使这段历史发生某些改变（否则你干吗千日迢迢地跑回过去？），那么AB之间的历史又不确定了，已经凝固的历史被搅动了。这种搅动会导致更典型的悖论：比如你回到过去，杀死了你的外祖父（或妈妈，爸爸，当然是在生下你之前），那怎么会有未来的一个你来干这件事？

说不通。没有任何人能说通。

不管讲通讲不通，时空旅行我已经亲眼见过了。科学的信条之一是：理论与事实相悖时，以事实为准。我想，唯一可行的解释是：在时空旅行中，微观的悖论是允许存在的，就像数学曲线中的奇点。奇点也是违犯逻辑的，但它们在无比坚实的数学现实中无处不在，也并没因此造成数学大厦的整体崩塌。在很多问题中，只要用某种数学技巧就可以绕过它。

我很想和阿亮（我已经用这个昵称了）讨论这件事，毕竟他是300年后的人，又亲身乘坐过时间机器，见识总比我强吧。阿亮却一直以沉默为回应。我对他提到了外祖父悖论，说：

“数学中的奇点可以通过某种技巧来绕过，那么在时空旅行中如何屏蔽这些‘奇点’？是不是有某种法则，天然地令你回避你的父母、祖父母、曾祖父母……使你不可能杀死你的直系亲属，从而导致自己在时空中的湮灭？”

这只是纯哲理性的探讨，我也没注意到措辞是否合适。没想到又一次惹得阿亮勃然大怒：

“变态！你真是个变态的女人！干吗对我杀死父母这么感兴趣？你的天性喜欢血腥？”

我恼火地站起来，心想这家伙最好滚得远远的，滚回到300年后去。我回到自己书房，沉着脸发呆。半个小时后戈亮来了，虽然装得若无其事，但眸子里藏着尴尬。他是来道歉的。我当然不会认真和他怄气，便笑笑，请他坐下。戈亮说：

“来几天了，还不知道该怎么称呼你。你的生理年龄比我大9岁，实际年龄大了309岁，按说是我的曾曾祖辈了，可你这么年轻，我不能喊你老姑奶吧。”

我响应了这个笨拙的笑话：“我想你不用去查家谱排辈分了，就叫我陈姐吧。”

“陈姐，我想出门走走。”

“好的，我早劝你出去逛逛，看看300年前的市容。是你自己开车，还是我开车带你去？噢，对了，你会不会开现在的汽车？300年的技术差距一定不小吧？”

“开车？街上没有Taxi吗？”

我说当然有，你想乘 Taxi 吗？他说是的。那时我不知道，他对 Taxi 的理解与我不同。而且我犯了一个很低级的错误——他没跟我要钱，我也忘了给他。戈亮出门了，半个小时后，我听见一辆出租车在大门口猛按喇叭。打开门，司机脸色阴沉，戈亮从后车窗里伸出手，恼怒地向我要钱。我忙说："哟哟，真对不起，我把这事给忘了，实在对不起。"急急跑回去，取出家中所有的现款。我问司机车费是多少，司机没个好脸色，抢白道：

"这位少爷是月亮上下来的？坐车不知道带钱，还说什么：没听说坐 Taxi 还要钱！原来天下还有不要钱的出租？我该当白伺候你？"

阿亮忍着怒气，一副虎落平阳被犬欺的憋屈。我想，不要钱的出租肯定有的，在 300 年后的街上随处可见，无人驾驶，乘客一上车电脑自动激活，随客人的吩咐任意来去……我无法向司机解释，总不能对他公开阿亮的身份。司机接过钱，仍然不依不饶：

"又不知道家里住址，哪个区什么街多少号，一概不知道。二十大几的人了，看长相满靓的，不像是傻子呀。多亏我还记得是在这儿载的客，要不你家公子就成丧家犬啦。"他低声说一句："废物。"

声音虽然小，我想戈亮肯定听见了，但他隐忍着。我想得赶紧把司机岔开，便问阿亮事情办完没有，他摇摇头。我问司机包租一天是多少钱：

"200？给你 250。啊，不妥，这不是骂你二百五吗？干脆给 300 吧。你带我弟弟出去办事，他说上哪儿你就上哪儿，完了把他送回家。他是外地人，不识路，你要保证不出岔子。"

司机是个见钱眼开的家伙，立时换了笑脸，连说：好说，好说，保你弟弟丢不了。我把家里地址、电话写纸上，塞到阿亮的口袋里，把剩余的钱也全塞给他。车开走了，我回到家，直摇头。不知道阿亮在 300 年后是什么档次的角色，至少在现在的世界里真是废物。随之想起他此行的目的，从种种迹象看，似乎他此来准备得很仓促，没有什么周密的计划。到底是干什么来了？纯粹是阔少的游山玩水？那为什么就认准了我家？

一会儿电话响了，是大妈妈的。我说："戈亮出门办事了，办什么事他没告诉我。"

那边担心地问："他一人？他可不一定认得路。"

如果这句话是在刚才那一幕之前说的，我会笑她闲操心，但这会儿我知道她的担心并不多余。我笑道："不仅不认路，还不知道付钱。不过你别担心，我已经安排好了。"

"谢谢，你费心啦。我了解他，没有一点儿生活自理能力，这几天里一定没少让你费心。你要多担待。"

还用得着你说？我早就领教了。当然这话我不会对大妈妈说。我好奇地问："客气话就不用说了，请问你如何从 300 年后给我打电话？能不能用最简单的话向我解释一下。"

大妈妈犹豫片刻，说，这项技术确实复杂，牵涉到很多高深的时空拓扑学理论、多维阿贝尔变换等，一时半会儿说不清。不知道会不会耽误你的时间。

我明白了——她知道我听不懂，这是照顾我的面子。“那就以后再说吧。”

对方稍停，我直觉到她有重要事要说。那边果然说：“陈影，我想有些情况应该告诉你，否则对你是不公平的。不过请你不必太吃惊，事情并没有表面情况那样严重。”

我已经吃惊了：“什么事？到底是什么事？”

“戈亮——回到300年前是去杀人的。”

“杀——人？”

“对。一共去了三个人，或者说三个杀手。你是戈亮的目标，这可能是针对你本人，或者是你的丈夫，你的儿子。”她补充道，“你未来的丈夫和儿子。”

我当然大为吃惊。杀手！目标就是我！这些天我一直与一个杀手住在一个独院内！如果让爹妈知道，还不把二老吓出心脏病。不过我不大相信，以我的眼光看，虽然戈亮是个被惯坏的、臭脾气的大男孩，但无论如何与“冷血杀手”都沾不上边。说句刻薄话，以他的道行，当杀手远不够格。大妈妈忙安慰：“我刚才已经说过，你不必太吃惊。这个跨时空暗杀计划实际只是三个孩子头脑发热的产物，不一定真能实行的。”

这会儿我忽然悟出，戈亮为什么对“外祖父悖论”那样反感。实际他才是变态，一个心理扭曲的家伙，本性上对血腥很厌恶，却违背本性来当杀手。也许（我冷冷地想）他行凶后，我的鲜血会使他到卫生间大呕一顿呢。

“我不吃惊的，我这人一向晕胆大。说说根由吧，我，或者我的丈夫，我的儿女，为啥会值得 300 年后的杀手专程赶来动手。”

大妈妈轻叹一声：“其实，真正目标是你未来的儿子。据历史记载，那个时代有三个最杰出的研究量子计算机的科学家，他是其中之一。这三个人解决了量子计算机的四大难题——量子隐性远程传态测量中的波包塌缩；多自由度系统环境中小系统的量子耗散；量子退相干效应；量子固体电路如何在常态（常温、常压等）中运行量子态——从此量子计算机真正进入实用，得到非常迅猛的发展，直接导致了——‘我’的诞生。现在一般称做量子态非自然智能一体化网络，这个名称包括了量子计算机、生物计算机、光子计算机等。”

“这是好事啊，我生出这么一个天才儿子，你们该赶到 300 年前为我颁发一个一吨重的勋章才对，干吗反而要杀我呢？”

大妈妈在苦笑（非自然智能也会苦笑）：“恐怕是因为非自然智能的发展太迅猛了。现在，我全心全意地照料着人们的生活。不过——人的自尊心是很强的。”

虽然她用辞委婉，语焉不详，我立即明白了。在 300 年后，非自然智能已经成了实际的主人，而人类只落了个主人的名分。大妈妈不光照料着人类的生活，恐怕还要代替人类思考，因为，按戈亮透露出来的点滴情况看，人类智力对那个时代的科技已经无能为力了。

大妈妈实际上告诉了我两点：1、人脑不如计算机，不是偶然的落后，而是无法逆转的趋势；2、人类（至少是某些人）已经后悔了，不惜跨越时空，杀死300年前的三个科学家以阻止它。

在我的时代，人们有时会讨论一个小问题，即人脑和电脑的一个差别：行为可否预知。

电脑的行为是确定的，可以预知的。对于确定的程序、确定的输入参数、确定的边界条件来说，运行结果一定是确定的。所谓模糊数学，就其本质上说也是确定的。万能的电脑所难以办到的事情之一，就是产生真正的随机数字（电脑中只能产生伪随机数字）。

人的行为则不能完全预知。当然，大部分是可以预知的：比如大多数男人见到裸体美女都会心跳加速；一个从小受仁爱熏陶的人不会成为杀人犯；如此等等。但是不能完全、精确地预知：一个姑娘参加舞会前决定挑哪件衣服；楚霸王在哪一刻决定自杀；爱因斯坦在那一瞬间爆发灵感；等等。

两者之间的这个差别其实没什么复杂的原因，只取决于两个因素：1、组织的复杂化程度。人们已经知道，连最简单的牛顿运动，如果是三体以上，也是难以预知的。而人脑是自然界最复杂的组织。2、组织的精细化程度，人脑的精细足以显示出量子效应。总之，人脑组织的复杂化和精细化就能产生自由意志。

旧式计算机在复杂化和精细化上没达到临界点，而量子计算机达到了。戈亮后来对我说，量子计算机的诞生完全抹平了人脑和电脑的差别——不，只是抹去了电脑不如人脑的差别，它们从此也具备了直觉、灵感、感情、欲望、创造力、我识、自主意识等这类本属于人类的东西。而人脑不如电脑的那些差别不但没抹平，相反被爆炸性地放大：比如非自然智能的规模（可以无限拓展）、思维的速度（光速）、思维的可延续性（没有生死接替）、接口的透明，等等。这些优点，自然智能根本无法企及。

量子计算机在初诞生时，只是被当作技术性的进步，并没被看作天翻地覆的大事件。但它的多米诺骨牌效应很快就显现。电脑成了大妈妈，完全操控着文明（注意，不再是人类文明）的航向。人类仍被毕恭毕敬地供在庙堂上，只不过成了傀儡或白痴皇帝。戈亮激愤地说：说白了，人类现在只是大妈妈的宠物，就像灵灵是你的宠物一样——我知道戈亮为什么讨厌灵灵了！

所以，三个热血青年决定，宁可毁掉这一切，让历史倒退300年，至少人类可以做自己的主人。

我紧张地思索着，不敢完全相信大妈妈的话。像戈亮一样，我在大妈妈面前也有自卑感，对她的超智力有深深的畏惧。她说的一切都合情合理，对我坦诚以待，对戈亮爱心深厚，毫无怨怼——但如果这都是假象？相信大妈妈的智力能轻易玩弄我于股掌之中。我尽量沉住气仔细探问：

“你说戈亮其实不是来杀我，而是杀我的儿子。”

“对，有多种方法，他可以杀掉将成为你丈夫的任何男人，可以破坏你的生育能力，可以杀掉你儿子，当然，最可靠的办法是现在就杀掉你。”

我尽量平淡地问：“为什么不早告诉我？戈亮已经来了一星期，也许你的警告送来时我已经变成一具尸体了。”

“我想他不一定会真的付诸实施，至少在一个月内不会。我非常了解他：善良，无私，软心肠。他们三人是一时的冲动，其实并不知道自己在干什么。恐怕是300年前的美国科幻片看多了吧。”她笑着说，有意冲淡这件事的严重性，“我希望这最好是一场虚惊，他们到300年前逛一趟，想通了，再高高兴兴地回来。我不想让他在那个时代受到敌意的对待。不过——为你负责，我决定还是告诉你。”

一个疑点从我心里浮上来：“戈亮他们乘时间机器来——他对时间机器一窍不通——机器是谁操纵的？他们瞒着你偷了时间机器？”

“当然不是。他们提出要求，是我安排的，是我送他们回去的。”

“你？送三个杀手回到300年前，杀掉量子计算机的奠基人，从而杀死你自己？”

“我永远是人类忠实的仆人，我会无条件地执行主人的一切命令。如果他们明说是返回过去杀人，我还有理由拒绝，但他们说只是一趟游玩。”她平静地说，“当然，我也知道自己不会被杀死。并不是我能精确预知未来，不，我只知道已经存在的历史，知道从你到我这300年的历史。但是，一旦有人去干涉历史，那个‘过去’对我也成未来了，不可以预知。我只是相信一点：一两个人改变不了历史的大进程。个人有自由意志，人类没有。”

停一停，她说：“据我所知，你在文章里表达过类似的观点，虽然你的看法还没有完全条理化。陈影，我很佩服你的。”

我没有被杀。你爸爸没有被杀。也没人偷走我的子宫摘除我的卵巢。你平安降生了。你不知道那一刻我心中是多么欣慰。

一个丑陋的小家伙，不睁眼，哭声理直气壮，嘹亮如歌。只要抱你到怀里，你就急切地四处拱奶头，拱到了就吧唧，如同贪婪的蚕宝宝。你的咂吸让我腋窝中的血管发困，有一种特殊的快感。我能感到你的神经和我是相通的。

你是小崽崽，不是小囡囡。这没有什么好奇怪的，本来生男生女有对等的概率，男女在科学研究中的才智也没有高下之分。但我对这一点一直不安——戈亮和大妈妈都曾明确预言我将生儿子的，这么说，历史并没有改变？

不，不会再有人杀你了，因为我已经对杀手做出了承诺：让你终生远离科学研究。人是有自由意志的，我能做到这点。

但我始终不能完全剜掉心中的惧意。我的直觉是对的，30 年后，死神最终追上了你，就在你做出那个科学突破之前。

大妈妈通报的情况让我心乱如麻。心乱的核心原因是：我不知道拿那个宝货怎么办。如果他是一个完全冷血的杀手倒好办了，我可以打 110，或者在他的茶饭里加上氰化钾。偏偏他不是。他只是一个想扮演人类英雄的没有经验的演员，第一次上舞台，很有点手足失措，刻薄一点说是志大才疏。但他不失为一个令人疼爱的大孩子，他的动机是纯洁的。我拿他怎么办？

我和大妈妈道别，挂断电话，站在电话机旁发愣。眼前就像立着戈亮的妈妈（真正的人类妈妈），50 岁左右的妇女，很亲切，很精干，相当操劳，非常溺爱孩子，对孩子的乖张无可奈何。我从直觉上相信大妈妈说的一切，但内心深处仍有一个声音在警告：不能这么轻信。

毕竟，甘心送戈亮他们回到过去从而杀死自己，即使是当妈妈的，做到这个份上也太离奇。至于我自诩的直觉——少吹嘘什么直觉吧，那是对人类而言，对人类的思维速度而言。现在你面对的是超智力，她能在一微秒内筛选 10G 种选择，在一纳秒内做出正确的表情，在和你谈话的同一瞬间并行处理十万件其他事件。在她面前还奢谈什么直觉？

我忽然惊醒：戈亮快回来了，我至少得做一点准备吧。报警？我想还没到那份儿上，派出所的警察大叔们恐怕也不相信什么时空杀手的神话。准备武器？屋里只有一把维吾尔族的匕首，是我去新疆旅游时买的，很漂亮，锃亮的刀身，透明有机玻璃的刀把，刀把端部镶着吉尔吉斯的金属币——只是一个玩具嘛，我从来都是把它当玩具，今天它要暂时改行回归本职了。我把它从柜中取出，压在枕头下，心中摆脱不了一种怪怪的感觉：游戏，好笑。我不相信它能用到戈亮身上。

好，武器准备好了，现在该给杀手做饭去了，今天给他做什么改样的饭菜？——想到这里，我忍不住神经质地大笑起来。

门口有喇叭声。这回司机像换了一个人，非常亲热地和我打招呼，送我名片，说以后用车尽管呼他。看他前倨后恭的样子，就知道他这趟肯定没少赚。戈亮手中多了一个皮包，进门后吩咐我调好热水，他要马上洗澡。他皱着眉头说外边太脏，21 世纪怎么这么脏？这会儿我似乎完全忘了他是杀手，像听话的女佣一样，为他调好温水，备好换洗衣服。戈亮进去了，隔着浴室门听见哗哗的水声。皮包随随便便留在客厅。我忽然想到，应该检查一下皮包，这不是卑鄙，完全是必要的自卫。

我一边为自己做着宽解，一边侧耳听着浴室的动静，悄悄打开皮包。里面的东西让我吃一惊：一把锋利的匕首，一把仿五四手枪！他真的搞到了凶器，这个杀手真要进入角色啦！不清楚凶器是从什么地方买的，听说有卖枪的黑市，一定是那个贪财的司机领他去的。

我数数包里的钱，只剩下 200 多元。走时塞给他 3000 多元呢。不知道一只手枪的黑市价是多少，估计司机没少揩油。这是一定的，那么个财迷，碰见这样的呆鹅还不趁机猛宰。

瞪着两把凶器，我不得不开始认真对待大妈妈的警告。想想这事也够“他妈妈”的了，这个凶手太有福气，一个被害人（大妈妈）亲自送他回来，远隔 300 年还在关心他的起居；另一个被害人（我）与他非亲非故，却要管他吃管他住，还掏钱帮他买凶器。而凶手呢，心安理得地照单全收。一句话，我们有些贱，而他未免脸皮太厚了！

但是很奇怪，不管心中怎么想，我没有想到报警，更没打算冷不防捅他一刀。我像是被魇住了。过后我对此找到了解释：我内心认为这个大男孩当杀手是角色反串，非常吃力的反串，不会付诸实施的。这两件刀枪不是武器，只是道具。连道具也算不上，只是玩具。

你很小就在玩具上表现出过人的天才。反应敏锐，思维清晰，对事物的深层联系有天然的直觉和全局观。五岁那年，你从我的旧书箱中扒出一件智力玩具：华容道。很简单的玩具，一个方框内挤着曹操（个头最大，是 2×2 的方块），四员大将（张飞、赵云，马超，黄忠，都是 2×1 的竖条），关羽（是 1×2 的横条）。六个人把华容道基本挤满了，只剩下 1×2 的空格，要求你想法借着这点空格把棋子挪来倒去，从华容道里救曹操出来。这个玩具看来简单玩起来难，非常难，当年曾经难煞我了，主要是关羽难对付，横刀而立，怎么挪他都挡着曹操的马蹄。半月后我最终走通了，走通的一刻曾欣喜若狂。

你拿来问我该怎么玩，我想了一会儿，发现已经把走法忘得干干净净。我只是告诉你规矩，说你自己试着来吧。我知道，对于一个五岁的孩子，这个玩具的难度是大了一些。你拿起华容道窝在墙角，开始认真摆弄。那时我还在暗笑，心想这个玩具能让你安静几天吧。但20分钟后你来了，说："妈妈，我走通了。"我根本不信，不过没把怀疑露出来，说："真的吗？给妈妈再走一遍，妈妈还不会呢。"你走起来，各步走法记得清清楚楚，挪子如飞，大块头的曹操很快从下方的缺口中漏出来。

你那会儿当然欣喜，但并不是我当年的狂喜。看来，这件玩具对你而言并不太难，你也没把它看成多大的胜利。

我看着你稚气的笑容，心中涌出深沉的惧意。我当然高兴儿子是天才，但"天才"难免和"科学研究"有天然的牵连。可我对杀手发过重誓的：决不让你研究科学，尤其是量子计算机。我会信守诺言，尽自己的最大能力来引导你。但——也许我拗不过你？我的自由意志改变不了你的自由意志？

在那之后有一段时间，你对智力玩具入了迷，催着我、求着我为你买来很多，魔方、七连环、九连环、八宝疙瘩、魔球、魔得乐，等等，没有哪一种能难倒你。我一向对智力玩具的发明者由衷钦佩，智力玩具不像那些系统科学，如解析几何、光学、有机化学，它们是系统的，是多少代才智的累积，后来者可以站在巨人的肩上去攀摘果实。所以，即使是中等才智，只要非常努力，也能达到足够的深度。而发明智力玩具纯粹是天才之光的偶然迸射，没有这份才气，再努力也白搭。或者是零，或者是100分，没有中流成绩。玩智力玩具也多少类似，我甚至建议拿它作标准来考察一个人的本底智力，我想那是最准确的。所以，你的每次成功都使我的惧意增加一分。

那些天我常常做一个相同的梦：你在攀登峭壁，峭壁是由千万件智力玩具垒成的，摇摇欲坠。但你全然不顾，一阶一阶向上攀爬。每爬上一阶，就会回头对我得意地笑。我害怕，我想唤你、劝你、求你下来。但我喊不出声音，手脚也不能稍动，只能眼睁睁地看着你往高处爬呀，爬呀，你的身影缩成了芥子，而峭壁的重心已经超出了底面的范围，很快就要訇然坍塌……然后我突然惊醒，嘴里发苦，额上冷汗涔涔。我摸黑来到隔壁房间，你在小床里睡得正香。

亲眼看到戈亮备好的凶器后，我还是一如既往地照料他，做饭，为他收拾床铺，同他闲聊。我问他，300年后究竟是怎样的生活？如果对时空旅行者没有什么职业道德的要求（科幻小说中常常设定：时空旅行者不得向“过去”的人们泄露“未来”的细节），请他对我讲一讲。我很好奇呢。他没说什么“职业道德”，却也不讲，只是懒懒地应了一句：没什么好讲的。

我问：“你妈妈呢？不是指大妈妈，是说你真正的妈妈。她知道你这趟旅行吗？”

我悄悄观察他对这个问题的反应。没有反应。他极简单地答：我没妈妈。

不知道他是孤儿，还是那时已经是机械化生殖了。我没敢问下去，怕再戳着他的痛处。

后来两人道过晚安，回去睡觉。睡在床上我揶揄自己：你真的走火入魔了啊！竟然同杀手言笑晏晏，和平共处。而且，我竟然很快入睡了，并没有紧张得失眠。

不过夜里我醒了。屋里有轻微的鼻息声，我屏住呼吸仔细辨听，没错。我镇静地微睁开眼，透过睫毛的疏影，看见戈亮站在夜色中，就在我的头顶，一动不动，如一张黑色的剪影。他要动手了！一只手慢慢伸过来，几乎触到我的脸，停住，近得能感觉到他手指的热度。我想，该不该摸出枕下的匕首，大吼一声捅过去？我没有，因为屋子的氛围中感觉不到丝毫杀气，相反倒是一片温馨。很久之后，他的手指慢慢缩回去，轻步后退，轻轻地出门，关门。走了。

留下我一人发呆。他来干什么？下手前的踩盘子？似乎用不着吧，可以肯定的是，他这次没有带凶器。我十分惊诧于自己的镇定，临大事有静气，泰山崩于前而色不变。这份胆气，便是去做职业杀手也绰绰有余了。怎么也比戈亮强。

我苦笑着摸摸自己的脸颊，似乎感到那个手指所留下的温暖和滑润。

一个人照料孩子非常吃力，特别是你两三岁时，常常闹病，高烧，打吊针。你又白又胖，额头的血管不好找，总是扎几次才能扎上。护士见你来住院就紧张，越紧张越扎不准。扎针时你哭得像头凶猛的小豹子，手脚猛烈地弹动。别的妈妈逢到这种场合就躲到远处，让爸爸或爷爷（男人们心硬一些）来摁住孩子的手脚。我不能躲，我只有含泪摁着你，长长的针头就像扎在我心里。

一场肺炎终于过去了，我也累得散了架。晚上和你同榻，大病初愈的你特别亢奋，不睡觉，也不让我睡，缠着我给你讲故事。我实在太困了，说话都不连贯，讲着讲着你就会喊起来：“妈妈你讲错啦！你讲错啦！你咋乱讲嘛！”我实在支撑不住，因极度困乏而暴躁易怒，凶狠地命令你住嘴，不许再搅和妈妈。你扁着嘴巴要哭，我恶狠狠地吼：不许哭！哭一声我捶死你！

你被吓住了，缩起小身体不敢动。我于心不忍，但瞌睡战胜了我，很快入睡了。不知道睡了多长时间，似睡非睡中有东西在摩挲我的脸。我勉强睁开眼，是你的小手指——那么娇嫩柔软的手指，胆怯地摸我的脸，摸我的乳房。摸一下，缩回去，再摸。在那一瞬间我回到了三年前，感受到戈亮的手指在我脸颊上留下的温暖和滑润。

看来你是不甘心自己睡不着而妈妈呼呼大睡，想把我搅醒又有点儿胆怯。我又好气又好笑，决定不睬你，转身自顾睡觉。不过，你的胆子慢慢大起来，摸了一会儿见我没动静，竟然大声唱起来！用催眠曲的曲调唱着：小明妈妈睡着喽！太阳晒着屁股喽！

我终于憋不住了，突然翻过身，抱着你猛亲一通：“小坏蛋，我叫你唱，我叫你搅我瞌睡！”你开始时很害怕，但很快知道我不是发怒，于是搂着我脖子，格格格地笑起来，笑得喘不过气。

真是天使般的笑声啊。我的心醉了，困顿也被赶跑了。我搂住你，絮絮地讲着故事，直到你睡熟。

第二天早饭，戈亮向我要钱。我揶揄地想：进步了啊，出门知道要钱了。我问他到哪儿去，他说看两个同伴，时空旅行的同伴。

两个同谋，同案犯。我在心里为他校正。嘴里却在问："在哪儿？我得估计需要多少费用。"他说一个在以色列的特拉维夫，一个在越南的海防市。我皱起眉头："那怎么去得了？出国得申请办护照，很麻烦的，关键是你没有身份证。"

"我有的，身份识别卡，在这儿。"他指着右肩头。

我在那儿摸到一粒谷子大小的硬物，摇摇头："不行的，那是300年后的识别卡，在这个时代没有相应的底档。而且，现在使用纸质身份证。"

我与他面面相觑。我小心地问（怕伤了他的自尊心）："难道你一点不知道300年前的情况？你们来前没做一点准备？"舌头下压着一句话："就凭这点道行，还想完成你们的崇高使命？总不能指望被杀对象事事为你想办法吧？"

戈亮脸红了："我们走得太仓促，是临时决定，随即找大妈妈，催着她立即启动了时间旅行器。"

我沉默了，生怕说出什么话来刺伤他。过了一会儿，他闷闷地说："真的没办法？"

"去以色列真的没办法，除非公开你的身份，再申请特别护照。那是不现实的。去越南可以吧，那儿边界不严，旅游团队很多。我给你借一张身份证，大样不差就能混过去。你可以随团出去，再自由活动，只要在日程之内随团回国，可以通融的。我找昆明的朋友安排。”

他闷闷地说：“谢谢。”扭头回自己屋。

我心中莞尔：这孩子进步了，知道道谢了。自从他到我家，这是第一次啊。

我很快安排妥当，戈亮第二天就走了。让这个家伙搅了几天，乍一走，屋里空落落的，我反倒不习惯了。现在，我可以静下心来想想，该如何妥善处理这件事？我一直在为他辩解：他的决定是一时冲动，是不切实际的空想，很可能不会付诸实施。而且——也要考虑到动机是高尚的，说句自私的话吧，如果不是牵涉到我的儿子，说不定我会和他同仇敌忾、帮他完成使命的。毕竟我和他是同类，而大妈妈是异类。即使现在，我相信也可以用爱心感化他，把杀手变成朋友。

但晚上看到的一则网上消息打破了我的自信：以色列特拉维夫市的一名天才少年莫名其妙地被杀害，他今年 13 岁，已经是耶路撒冷大学的学生，主攻量子计算机的研究。凶手随即饮弹自毙，身份不明，显然不是以色列人，但高效率的以色列警方至今查不到他进入国境的任何记录。

网上还有凶手的照片，一眼看去，我就判定他是戈亮的同伴或同谋。极健美的身躯，落难王孙般的高贵和郁郁寡欢，懒散的目光。我不知道大妈妈是否警告过被杀的少年或其父母，但看来，无所不能的大妈妈并不能掌控一切。

现在我真正感到了威胁。

七天后戈亮返回，变得更加阴沉少语。我想他肯定知道了在以色列发生的事。那位同伴以自己的行为、自己的牺牲树立了榜样，催促他赶快履行自己的责任。这会儿他正在沉默中淬硬自己的感情，排除本性的干扰，准备对我下手了。我像个局外人而非被杀的目标，冷静地观察着他。

我问他有什么打算，是不是要多住一段时间。如果他决心融入“现在”，那就要早做打算。戈亮又发怒了：“你是要赶我走吗？”

我冷冷地说：“你已经不是孩子了，话说出口前要掂量一下，看是否会伤害别人。你应该记住，别人和你一样也有自尊心的。”

我撇下他，回到书房。半个小时后他来了，认真地向我道歉。我并没有打算认真同他怄气，也就把这一页掀过去了。午饭时他直夸我做的饭香，真是美味。我忍住笑说：我叫你学礼貌，可不要学虚伪，我的饭真的比 300 年后的饭好吃？他说真的，一点不是虚伪，我真想天天吃你做的饭。我笑道：那我就受宠若惊啦。

就在那天下午，他突然对我敞开心扉，说了很多很多。他讲述着，我静静地听。他说 300 年后世界上到处是大妈妈的大能和大爱，弥天漫地，万物浸泡其中。大妈妈掌控着一切，包括推进科学，因为人类的自然智力同她相比早就不值一提了；大妈妈以无限的爱心为人类服务，从生到死，无微不至。人类是大妈妈心爱的宠物，比你宠灵灵更甚。你如果心情不好，可以踢灵灵一脚。大妈妈绝对不会的，她对每个人都恭谨有加。她以自己的高尚衬托出人的卑琐。生活在那个时代真幸福啊，什么事都不干，什么心都不用操。

“所以我们三个人再也忍不住了，决定返回 300 年前杀死几个科学家，宁可历史倒退 300 年。”他突兀地说。

他只是没明说，要杀的人包括我儿子。

我想再落实一下大妈妈说过的话。我问：“大妈妈知道你们此行的目的不？”

“我们没说，但她肯定知道，瞒不过她的。没有什么事能瞒过她。”

“既然知道，她还为你们安排时空旅行？”

戈亮冷笑：“她的誓言是绝对服从人类嘛。”

那么，大妈妈说的是实情。那么，三个大男孩是利用她的服从来谋害她，这种做法——总好像不大地道吧，虽然我似乎应该站在戈亮的立场上。

还有，不要忘了，他们杀死大妈妈，是通过杀我儿子来实现呢。

很奇怪，从这次谈话之后，戈亮那个行动计划的时钟完全停摆了。他把凶器顺手扔到墙角，从此不再看一眼。他平心静气地住下来，什么也不做，真像到表姐家度假的男孩。我巴不得他这样，也就不再过问。春天，小草长肥了，柳絮在空中飘荡，还有看不见的春天的花粉。戈亮的过敏性鼻炎很厉害地发作了，一连串的喷嚏，止不住的鼻涕眼泪，眼结膜红红的，鼻黏膜和上呼吸道痒得令他发疯，最厉害时晚上还会哮喘，弄得他萎靡不振。

他看似健美的身体实际中看不中用。戈亮说，300 年后 85% 以上的人都过敏，无疑人们太受娇惯了。当然，那时不用你担心，大妈妈会为你提供净化过的空气，提醒你服用高效的激素药物。还是有妈的孩子幸福啊。

我很心疼他，带他去变态反应科看病，打了针，又用伯克宁喷鼻剂每天喷着，总算把病情控制住了。这天北京来电话，北大和清华的科幻节定在两天后举办。我是特邀嘉宾之一，答应过要出席的，现在该出发了。灵灵我已安排好，让邻居代养着。现在的问题是戈亮怎么办。像他这样没有一点自理能力，留家里怕是要饿死的，烙个大饼套在脖子上也只知道啃前边那块。只好带他一块去了。当然我没说饿死不饿死的话，只是说："跟我去吧，你想，带一个未来人参加科幻节多有意义啊。不过你放心，我会把这意义埋在心底，绝不会透露你未来人的身份。"阿亮无可无不可的，说，行啊，跟你去。

两校科幻节的日程安排得很紧，本来可以合在一起开的，但（接待的肖苏说）北大和清华都很牛，会场放在哪家，另一家就会觉得没面子。这么着只好设两个会场。国内有名的科幻作家都来了，A 老师，B 老师，C 老师，我都很熟的。共三个女作者，其他两人家在北京，所以给我安排了一个单间，带套间的，于是我让戈亮也住这儿了。我是想省些住宿费，也方便就近照顾他。戈亮来我家后，已经让我的花销大大超支。我知道，这么安排，肯定有人用暧昧的眼光看我们，但我不在乎。

晚上，我照例为戈亮调好水温，他进去洗澡。学生们来了，有北大科幻协会会长刘度，清华科幻协会会长董明，负责此次会务的姑娘肖苏。刘度进来就笑："久仰久仰，没想到陈老师这么年轻漂亮。读你的小说，我总以为你是 80 岁的老人，男的，白须飘飘，目光苍凉，麻衣草履，在蒲团上瞑目打坐。”

我说：“你是骂我呢，我的小说一定非常沉闷、乏味、老气横秋，对吧。”

刘度笑：“不不，哪能呢，绝对说不上沉闷乏味，老气横秋倒是有一点。不过还是换个褒义词吧：那叫沧桑感。”

正说着，戈亮出来了，只穿着三角裤，一身漂亮的肌肉，对客人不理不睬的，径直回他的套间里去穿衣服。几个学生看看他，互相交换着目光，肯定是各有想法，屋里的谈话因此有片刻的迟滞。我忙说：

“我的表弟。非要跟我来看看北大、清华。这是所有年轻人心中的圣地。你们是天之骄子啊，13 亿人优中选优的精英。刘度，听说你考上北大前，高考期间还写了部 10 万字的科幻小说？董明，听说你在高中就精通两门外语？”他们笑着点头，董明纠正是“粗通而已”，“非常佩服你们的精力和才气。和你们比，我已经是老朽了。真的，到你们这里办讲座，我很自卑的。”

肖苏笑了：“我们才自卑呢。我们既勇敢又自卑：克服了自卑，勇敢地参加科幻协会。你知道，在大学里，尤其是在北大清华，科幻被认为是小毛头们才干的事。不过，我们舍不下从中学里就种下的科幻情结。”

我感叹着：“天哪，北大清华学生说自卑，还让我活吗？我这就自杀，你们别拦。”

他们都笑了。不过，第二天在会场上，我对他们的自卑倒是有了验证。那天是在北大的一个学术报告厅，参加的学生有近 300 人，北京各高校的科幻协会都派了代表。A、B、C 等作家全到场，在讲台上坐了一排。戈亮被安排到下边第一排坐下。可能是赴京途中受了刺激，他的过敏鼻炎又犯了，满大厅不时响起旁若无人的响亮的阿嚏声。

我们没料到，讲座刚开始就有一个“反科幻”的学生搅场，他第一个发言，说：

“我今天是看到你们的海报，顺便进来听听的。我从来不看科幻作品，我认为科幻就是胡说八道。”

满场默然，没有一个科幻迷起来反驳。科幻作家们也不好表态，只有 A 老师回了两句，但也过于温和了。我不知道满座的沉默是什么原因：是绅士风度，还是真的自卑？我忍不住要过话筒：

“对这位同学的话，我想说几句。王朔曾在一篇文章中说，他从来不看金庸的武侠小说，因为金庸的武侠小说如何如何糟糕。在此我想说，包括这位同学：你们完全可以决定不看什么作品，可以讨厌它，拿这些书覆瓮擦腚，那是你们的自由，没人会干涉。但如果你们想在文章中，或在大庭广众中，公开指责这些作品，那就必须先看过再批驳，否则就是对读者和听众的不尊重。也恰恰显露了你们的浅薄。”

会场中有轻微的笑声。没人鼓掌。我又在想那个问题：宽容还是自卑，也许两者都有吧。我看看戈亮，他在用目光对我表示支持(那一刻我真想把他的身份公之于众!)。不过那个搅场者还是有羞耻心的，几分钟后悄悄溜出了会场。

会场的气氛慢慢活跃了，学生们提了很多问题，不外是问各位作家的创作经历，软硬科幻的分别，等等，台上的作家轮流作答。有这几位大腕作家挡阵，我相对清闲一些。后来一个女生——是负责会务的肖苏——点了我的将：

“我有一个问题请陈影老师回答。杨振宁先生曾说过，科学发展的极致是宗教。请问你如何理解这句话？”

我有点慌乱，咽口唾沫：“这个问题太大，天地都包含其中了，换个人回答行不？我想请 A 老师或 B 老师回答，比较合适。”

那两人促狭地说：“啊不，不，你回答最合适，忘了你的笔名是女娲？补天的女娲肯定能回答这个问题。大家欢迎她，给她一点掌声！”

在掌声中，我只好理一理思路，说：

“杨振宁先生的原话是：科学发展的终点是哲学，哲学发展的终点是宗教。不过肖苏同学已经做了简化，那我也把哲学抛一边吧。我想，科学和宗教的内在联系，第一当然是对大自然的敬畏。科学已经解答了‘世界是什么样子’，但还没有解决‘为什么世界是这个样子’。我们面对的宇宙有着非常严格、非常简洁、非常优美的规律——为什么是这样？为什么不是一个乱七八糟毫无秩序的世界？谁是宇宙的管理者？在宇宙大爆炸之前，是谁事先定出宇宙演化必须遵循的规律？不知道。所以，科学越是昌明，我们对大自然越是敬畏，类同于信徒对上帝的敬畏。关于这一点有很多科学家诠释过，我不想多说了。”

我喝口水，继续：“我想说的倒是另一点，人们不常说的，那就是：科学在另一种意义上复活了宿命论。不对吧，科学就是最大程度地释放人的能动性，怎么能和宿命扯到一块儿？别急，听我慢慢道来。当科学的矛头对外(变革客观世界)时，没有宿命的问题。科学已经帮助人类无比强大，逐渐进入自由王国。当然也让人们知道了一些终生的禁行线，比如不能超越光速，不能有永动机，粒子的测不准，熵增不可逆，不能避免宇宙灭亡(这一点已经有点宿命论的味道了)，等等。但一般来说，这些禁行线对人类心理没有什么伤害。

"如果把科学的矛头对内，对着人类自己，麻烦就来了。自指就会产生悖论，客观规律与能动性的悖论。我们常说：随着科学的发展，人类终将完全认识人类文明的发展规律——这句话是什么意思？翻译过来就是：人类殚精竭虑，胼手胝足，劈开荆棘，推开浮沙，终于找到了正确的文明之路，它平坦，坚实，用整块花岗岩铺成。上面镌着上帝的圣谕：此路往达自由王国，令尔等沿此路前行，不得越雷池半步——这就是我们追求的自由？一个和宇宙一样大的玩笑。"

下面熙熙攘攘，嘈杂声中夹着响亮的阿嚏。我忽然想到，这次带戈亮来，带对了，我刚好可以把这个问题回答透彻，也许能解开他的心结。我笑着说：

"听下边的动静是不服？我继续说。以上是纯逻辑性的玄谈，下面说实证。实证太多，举不胜举。比如克隆人，大家都知道，克隆人的出现将极大地冲击人类的道德伦理体系。国际社会一致反对克隆人，联合国最近还通过了一个公约（虽然没有约束力）。但克隆人能挡得住吗？我敢打赌，绝对挡不住，人类意志之外的某种力量必将使我们走上'上帝划定之路'。其实有没有克隆人还是个小疥癣，如果对医学来个整体的反思，我们会发现一些根本性的悖逆。"我介绍了网上那位菩提老祖很异端的观点，“……这么说，医学实际上只对人类个体的生存质量有利，而对整个人类种族的繁衍无益，甚至有害。不过，即使我们承认这一点，文明之路也绝不会改变，我们‘命定’要走这条路，靠医学而不是靠自然选择来保障种群的繁衍。

“再说战争。战争是人类社会的怪胎，兽性随着文明的进步而同步强化。在这点上我们比野兽可强多了，兽类也有同性相残，偶尔有过杀行为，但哪里比得上人类这样专业，这样波澜壮阔！我是个和平主义者，我相信人类中的智者都憎恶战争。但是，人类意志之外的某种东西推着我们往这条路上走。作为个人，你尽可以反战、拒服兵役、甚至以自焚抗议战争。但作为整体，人类文明必然和战争密不可分。现在，假定有了时间机器——顺便宣布一则消息，人类在 2307 年前将发明时间机器，这是确实消息，请在场的人作好记录。说不定已经有人乘坐它来今天开会呢。”

大家以为我是幽默，哄堂大笑。我看看戈亮，他得意地目光闪动。

“假如有了时间机器，坚定的和平主义者作为强者回到过去，回到人类先祖走出非洲那一刻，对那些蒙昧人严加管束，谆谆教导，把战争两个字从他们头脑中完全挖出去，然后，一万年的人类历史便是一万年的和平史——可能吗？我想在座的各位没人会相信吧？

“也许有一天战争终能消灭，但其他罪行，如强奸、谋杀、盗窃、暴力、自杀等，就更不能根除了，它们将相伴人类终生。为什么会这样？如果人类没有原罪，一片光明，那该多么令人向往！不过，那只能是完美主义者的幻想。”

我停了片刻，“再说人工智能的发展。”我有意把这个话题放在最后。我看看第一排的阿亮，这番话主要是对他说的：

“我历来不认为人类智能比人工智能高贵。它们都是物质自组织的产物，当自组织的复杂化程度和精细化程度达到临界点，就会产生智慧，没有也不需要有一个外在的上帝为它吹入灵魂。所以，总有一天，非自然智能会赶上和超过人类，我对这一点毫不惊奇。当然，大多数人接受不了这一点，不愿意非自然智能代替人类成为地球的主人，这种看法算不上顽固保守，这是我们的生存本能决定的。那我们赶紧行动起来，来个全球大串联，砸碎全世界所有电脑，彻底根除后患，解放全人类——可能吗？你们说可能吗？谁都知道答案的。个人有自由意志，人类就整体而言并无自由意志。我们得沿着‘客观规律’所决定的、或者说上帝所划定的路前行。所谓‘人类的自由意志’只是一个完美的骗局。”

学生们显然不信服我的话，这从他们的目光中就能看到。不过我不在乎，我只在乎阿亮的反应。如果这番话多少能纾解他的心结，我就满意了。

命定之路是不能改变的，不管阿亮他们三位做出怎样的牺牲。但个人有自由意志。我可以让你远离科学。

这样做很难。你天生是科学家的胚子。记得童年到少年时你就常常提一些怪问题，让我难以回答。你问：妈妈，我眼里看到的山啦，云啦，大海啦，和你看到的是不是完全一样？你问：光线从上百亿光年远的星星跑到这儿，会不会疲劳？你问：男女的性染色体是XX和XY，为什么不是XX和YY呢，因为从常理推断，那才是最简洁的设计。

初中你迷恋上了音乐，但即使如此，你也是从“物理角度”上迷恋。你问：为什么各民族的音乐都是八度和音？这里有什么物理原因？外星人的音乐会不会是九度和音、十度和音？人和动物、甚至植物都喜欢听音乐，能产生快感，这里有没有什么深层面上的联系？

不管怎么说，我终于发现了音乐可以拴住你的心。我因势利导，为你请了出色的老师，把你领进音乐的殿堂。高考时你考上了中国音乐学院的作曲系。你在这儿如鱼得水，大二时的作品就已经有全国性的影响。音乐评论界说你的《时间与终点》（这更像物理学论文的篇名，而不像是乐曲的篇名）有“超越年龄的深沉和苍凉”，说它像《命运交响乐》一样，旋律中能听到命运的敲门声。

我总算吁了一口气。

从北大到宾馆路不远，我们步行回去，刘度他们同我告别，让肖苏送我俩。一路上阿亮仍没话，有点发呆，也许我在会场上说的话对他有所触动。肖苏一直好奇地观察着他，悄悄对我说：你表弟有一种很特殊的气质。我说什么气质？她说不好说，很高贵那种，就像是英国皇族成员落到非洲土人堆里那种感觉。又说：他比你小七八岁吧，这不算缺点。我有些发窘，说你瞎想什么嘛，他真是我的表弟。肖苏格格笑了：你不必辩白，我不打听个人隐私。

平心而论，我带着这么一个大男孩出门，又同居一室，难免令人生疑的。我认真说：“真不是你想象的姐弟恋。如果是，我会爽快承认的，我又不是歌星影星，要捂着自己的婚事或恋情，怕冷了异性歌迷的心。”

我笑着说，“实话说吧，他是300年后来的未来人，乘时间机器来的。”

“那好呀，未来人先生，让我们握握手。”

阿亮同她握手，问她：“今天会场上，我陈姐答出了你的问题吗？”

肖苏笑道：“非常有说服力，我决定退出科幻协会，正考虑皈依哪种宗教呢。”她转回头向我：“陈老师说得真好。”

我说，喊陈姐，我听着“老师”别扭。

“陈姐，你今天说的：个人有自由意志，人类整体没有自由意志，让我想起了量子效应的坍缩。微观粒子的行为不可预测，它们可以通过量子隧道到达任何地方，可以从真空中凭空出现虚粒子，等等。有时想想都害怕，原来我们眼前所有硬邦邦的实体，都是由四处逃逸的幽灵组成！但大量粒子集合之后，这些‘自由意志’就突然消失了，只能老老实实地遵照宏观物体的行为规则，一个弹子不会从真空中突然出现，我们的身体也不会穿过墙壁。你看，这和你说的人类行为是不是很类似？我知道量子行为和人类行为风马牛不相及，但两者确实相像。”

我说没什么难理解的，一点也不高深，都不过是一个概率问题。大量个体的集合，把概率较小的可能性抵消了，只有概率最大的可能性才能表现出来。

“不过陈姐，我总觉得你的看法太消极，如果人类走的是‘命定’之路，那我们都可以无所作为了，反正是命定的嘛。”

“恰恰相反。这条路‘命定’了大多数的人会积极进取，呕心沥血地寻找那条命定之路。看破红尘而自杀的只会是少数，就算它们是有‘自由意志’的‘量子’吧。”

“又一个悖论。一个怪圈。”

我们都笑。我说打住吧，不要浪费良辰美景了，这种讨论最终会陷入玄谈。阿亮停下来，仰面向天，一连串响亮的喷嚏喷薄而出。我担心地说：“哟，鼻炎又犯了吧，今天不该让你出来活动的。快用伯克宁。”

阿亮眼泪汪汪，说：“在宾馆里，忘带了。”

我暗自摇头，他连自己的事也不知道操心：“怪我忘了提醒你。快回去吧。”

肖苏奇怪地看着阿亮，小声对我说：“陈姐，也许他真是 300 年后来的人呢。你听他的口音，有一股特殊的味儿，特别的字正腔圆，比齐越、赵忠祥的播音腔还地道。我是在北京长大的，也从没听过这么纯正的口音。”

我用玩笑搪塞：“是吗？我明天推荐他到中央台，把主持人的饭碗抢过来。”

晚上我悉心照料他，先关闭了窗户。手边没有喷雾器，我就用嘴含水把屋里喷遍（降低空气中的花粉含量），又催着他使用伯克宁喷鼻剂。去宾馆医务室为他讨来地塞米松。到 11 点，他的发作势头总算止住了。阿亮半倚在床上，看着我跑前跑后为他忙碌，真心地说：“陈姐，谢谢你。”

我甜甜地笑："不用客气嘛。"心想自己算得上教导有方，才半个多月，就让一个被惯坏的大男孩学会了礼貌。想想很有成就感的。

阿亮还有些喘，睡不着觉，我陪着他闲聊。他说：没想到你对大妈妈篡位的前景看得这么平淡。我说：我当然不愿意看到，但有些事非人力所能扭转。再说，人类也不是天生贵胄，不是上帝的嫡长子，都是物质自组织的一种形式罢了。非自然智能和我们的唯一区别是，我们的智能从零起步，而大妈妈是从 100 起步（人类为她准备了比较高的智力基础）。也许还有一个区别：我们最终能达到高度 1000，而它能达到一万亿。阿亮沉重地说：

"那么我回来错了？我们只能无所作为？"

"不，该干吗你还干吗。生物进化史上大多数物种都注定要灭绝，但这并不妨碍该种族最后的个体仍要挣扎求生，奏完最后一段悲壮的乐曲。"我握住他的手，决定把话说透，"不过不一定非要杀人。阿亮，我已经知道了你返回 300 年前的目的。你有两个同伴，其中在以色列的那位已经动手了，杀了一位少年天才。"

阿亮苦涩地摇头："我不会再干那件事了，越南那位也不会干了。其实我早就动摇了，你今晚那些话是压垮毛驴的最后一根稻草。你说个人有自由意志，很对。我那时决定回来杀你的儿子——是自由意志，现在改变决定——也是自由意志。不杀人了，不杀你，不杀你丈夫。不过，我只是决定了不干什么，还不知道该干什么。"

"我丈夫还不知道在哪儿呢，我儿子还在外婆的大腿上转筋呢。"我笑，"不过我向你承诺，如果我有了儿子或女儿，我会让他（她）

远离科学研究。我这么做并不是指认科学有罪，我只是为了你，为了你的苦心。还有，我也不敢保证一定能做到——我的儿女也有自由意志呀——但我一定尽力去做。”

阿亮笑着说：“谢谢。这样我算没有白忙活一趟，也算多多少少改变了历史。我不再是废物了，对吧。”

他用的是玩笑口吻，不过玩笑后是浓酽的酸苦。我心中作疼，再次郑重承诺：“你放心，我会尽力去做。”

你在大三时突然来了那个电话，让我异常震惊。震惊之余心中泛起一种恍惚感，似乎这是注定要发生的，而且似乎是我早就预知的。你说：经过两个月的思索，你决定改行搞物理，要背弃阿波罗去皈依缪斯。我尽力劝你慎重。你在作曲界已经有了相当名气，前途无量，这么突兀地转到一个全新领域，很可能要失败的，弄得两头全耽搁。

你说：“这些理由我全都考虑过了，但说服不了自己。我一直是站在科学的殿堂之外看它的内部，越是这样，越觉得科学神秘、迷人，令我生出宗教般的敬畏。两个月前我听了科学院周院士的报告，对量子力学特别入迷。比如孪生光子的超距作用，比如人的观察将导致量子效应的坍缩，比如在量子状态中的因果逆动。我觉得它们已经越出了科学的疆界，达到哲学的领域，甚至到了宗教的天地……”

我不由想起杨振宁先生关于科学、哲学和宗教的那段话，觉得相隔 20 年的时空在这儿接合了。我摇摇头，打断你的话：“你是否打算主攻量子计算机？”

“对呀，妈妈你怎么知道？”

我苦笑：“你已经决定了吗？不可更改？”

“是的，其实这些年我一直在自学物理专业的基础课和专业基础课。我和周院士有过一次长谈，他是一位不蹈旧规的长者，竟然答应收我这个门外汉做研究生。他说我有悟性，有时候悟性比学业基础更重要。我的研究方向是量子计算机的退相干，你对这个课题了解吗？”

我了解。我不了解细节，但了解它的意义，深知它将导致什么，比你的导师还清楚。科学家都是很睿智的，他们能看到50年后的世界，也许能看到100年——而戈亮已经让我看到300年后了。我仍坚持着不答应你，不是一定要改变结局，而是为了对戈亮的承诺，我说：小明，你听我讲一个故事，好吗？这个故事我已经零零碎碎、旁敲侧击地对你说过，但今天我想完整地、清晰地讲给你。

我讲了戈亮的一生，你爸爸的一生。你一直沉默地听着，偶尔对时空旅行或“大妈妈”提一些问题。也许是我多年来的潜移默化，你对这个故事早有心理准备。最后我说：“妈妈只有一个要求：你把这个决定的实施向后推迟一年，如果一年后你的热情还没有熄灭，我不再拦你。不要怪妈妈自私，我只是不想让你爸爸的牺牲显得毫无价值。行吗？”

你在犹豫。你已经心急如焚，要向科学要塞发起强攻，一切牺牲早已置之度外。探索欲是人类最顽固的本性之一，一如人们的食欲和性欲。即使某一天，某个发现笃定将导致人类的灭亡，仍会有数不清的科学家们争先恐后、奋不顾身地向它扑过去。其中就有你。

你总算答应了：“好吧，一年后我再和妈妈谈这件事。”

我很宽慰："谢谢你，儿子，我很抱歉，让你去还父母的债。"

你平静地说："干吗对儿子客气，是我应该做的，不管是对你，还是对我从没见面的爸爸。妈妈再见。"

我就是在那个晚上从戈亮那儿接受了生命的种子，俗话说这是撞门喜。那晚我们长谈到两点，然后分别洗浴。等我洗浴后，候在客厅的戈亮把我从后边抱住，我温和地推开他，说："不要这样，我们两个不合适的，年龄相差太悬殊。"

戈亮笑："相差 309 岁，对不？但我们的生理年龄只差 9 岁，我不会把这点差别看到眼里。"

我说："不，不是生理年龄，而是心理年龄。咱们的交往从一开始就把你我的角色都固定了，我一直是长姊甚至是母亲的角色。我无法完成从长辈到情人的角色转换，单是想想都有犯罪感。"

戈亮仍是笑："没关系的，你说过我们相差 309 岁呢，别说咱们没有血缘，即使你是我的长辈，也早出五服、十服了。"

我没想到他又拐回去在这儿等我，被他的诡辩逗笑了："你可真是，正说反说都有理。"我发现，走出心理阴影的阿亮笑起来灿烂明亮，非常迷人。最终我屈服于他强势的爱情，我的独身主义在他的攻势前溃不成军。然后是一夜欢愉，戈亮表现得又体贴又激情。事后我说："糟糕，我可能怀孕的。今天正好是我的受孕期，咱们又没采取措施。"

戈亮不在乎地说："那不正好嘛，那就把儿子生下来呗。"

我纠正他："你干吗老说儿子，也可能是女儿的。"

戈亮没有同我争，但并不改变他的提法：“我决定不走了，不返回 300 年后了。留在这儿，同你一块儿操持家庭，像一对鸟夫妻，每天飞出窝为黄口小儿找虫子。”

我想起一件事：“噢，我想咱们的儿子（我不自觉受了他的影响）一定很聪明的，你想，300 年的时空距离，一定有充分的远缘杂交优势。你说对不对？”

戈亮苦笑：“让他像你吧，可别像我这个废物。”

我恼火地说：“听着，你如果想留下来和我生活，就得收起这些自卑，活得像个男人。”

阿亮没有说话，搂紧我，当作他的道歉。忽然我的身体僵硬了，一个念头电光般闪过脑际。阿亮感觉到我的异常，问我怎么了，我说没事，然后用热吻堵住他的嘴巴。再度缠绵后阿亮乏了，搂着我入睡。我不敢稍动，在暮色中大睁两眼，心中思潮翻滚。也许——这一切恰恰是大妈妈的阴谋？她巧借几个幼稚青年的跨时空杀人计划，把戈亮送到我的身边，让我们相爱，把一颗优良的种子种到我的子宫里，然后——由戈亮的儿子去完成那个使命，完成大妈妈所需要的科学突破。

让戈亮父子成为敌人，道义上的敌人。

我想自己是走火入魔了。这种想法太纡曲，太钻牛角尖，也会陷进“何为因何为果”这样的逻辑悖论（大妈妈的阴谋成功前她是否存在？）。这样的胡思乱想不符合我的思维惯式。但我无法完全排除它。关键是我惧怕大妈妈的智力，它和我们的智慧不是一个数量级的。所以——也许她会变不可能为可能。

阿亮睡得很熟，像婴儿一样毫无心事。我怜悯地轻抚他的背部，决心不把我的疑问告诉他。如果他知道自己竟然成为大妈妈阴谋的执行者，一定会在自责和自我怀疑中发疯的。我要一生一世守住这个秘密，自己扛起十字架。

第二天我俩返回南都市我的家——应该是我们的家了。第一件事当然是到邻居家里接回灵灵。灵灵立起身来围着我们蹦，狂吠不止，那意思是我们竟然忍心把它一丢五天，实在不可原谅。我们用抚摸和美食安抚住它。看得出戈亮对灵灵的态度起了变化，不再讨厌它了。

戈亮一连几天在沉思，还是躺在院子里的摇椅中，一只手捋着身边灵灵的脊毛。我问他想什么，他说：我在想怎样融入“现在”，怎样尽当爸的责任。可惜到现在还没有发现自己有什么生存技能。我笑着安慰：不着急的，不着急的，把蜜月度完再操心也不迟。

戈亮没等蜜月过完就出门了，我想他是去找工作，没有说破，也没有拦他。我很欣喜，做了丈夫（和准爸爸）的阿亮在一夜间长大了，成熟了，有了责任感。我没陪他出去，留在家里等大妈妈的电话，我估计该打来了，结果正如我所料。大妈妈问戈亮的情况。我说他的过敏性鼻炎犯了，很难受，不过这些天已经控制住。她歉然道：

“怪我没把他照看好。你知道，把 2307 年的抗过敏药，还有衣服，带回到 2007 年有技术上的困难。”

“不必担心了，我已经用 21 世纪的药物把病情控制住。”

我本不想说出我对大妈妈的怀疑，但不知道为什么没能管住舌头。也许（我冷笑着想）我说不说都是一回事，以大妈妈的智力，一定已经发明了读脑术，可以隔着300年的时空，清楚地读出我的思维。我说：

“大妈妈，有一个消息我想你已经知道了吧。我同戈亮相爱了，并且很可能我已经受孕。可能是男孩，一个具有远缘杂交优势的天才，能够完成你所说的科学突破。我说得对吗大妈妈？”

我隔着300年的时空仔细辨听着她的心声。大妈妈沉默片刻——以她光速的思维速度，不需要这个缓冲时间吧，我疑虑地想——叹息道：“陈影，你怎么会有这样的怪想法。你在心底还是把我当成异类，是不是？你我之间的沟通和互信真的这么难吗？陈影，没有你暗示的那些阴谋。你把我当成妖怪了，或是万能的上帝了。要知道既仁慈又万能的上帝绝不存在，那也是一个自由意志和客观存在之间的悖论。”她笑着说，显然想用笑话调节我们之间的氛围。

也许我错把她妖魔化了，或者我在斗智中根本不是她的对手。在她明朗的笑声中，我的疑虑很快消融，觉得难为情。大妈妈接着说：

“我确实不知道你们已经相爱，更不知道你将生男还是生女。我说过，自从有人去干涉历史，自那之后的变化就非我能预知。我和你处在同样的时间坐标上。我只能肯定一点：不管戈亮他们去做了什么，变化都将是很小的，属于‘微扰动’，不会改变历史的大趋势。”她又开了一个玩笑，“有我的存在就是一个铁证。我思故我在，我在故我对。”

我和解地说：“大妈妈，我是开玩笑。别放在心里。”

我告诉她，戈亮很可能不再返回，打算定居在“现在”。她说：“我也有这样的估计。那就有劳你啦，劳你好好照顾他。我把一副担子交给你了。”

“错！这话可是大大的错误。现在他是我的丈夫，男子汉大丈夫，我准备小鸟依人般靠在他肩膀上，让他照顾哩。”

我们都笑了，大妈妈有些尴尬地说：“在母亲心里，孩子永远长不大——请原谅我以他的母亲自居。我只是他的仆人，不过多年的老女仆已经熬成妈了。你说对吗？”

我想她说的对。至少在我心里，这个非自然智能已经有了性别和身份：女性，戈亮的妈妈。

大妈妈说她以后还会常来电话的，我们亲切地道别。

我为戈亮找到一份最合适的工作：科幻创作。虽然他说自己“不学无术”，远离300年后那个时代的科学主流和思想主流，但至少说，耳濡目染，他肯定知道未来社会的很多细节。在我的科幻创作中，最头疼的恰恰是细节的建造。所以，如果我们俩优势互补，比翼双飞，什么银河奖、雨果奖、星云奖都不在话下。

对我的巧舌如簧，他平静地（内含苦涩地）说：“你说的不是创作，只是记录。”

“那也行啊，不当科幻作家，去当史学家。写《三百年未来史》，更是盖了帽了，能写‘未来史’的历史学家是前无古人，后无来者。”

他在我的嬉笑中轻松了，说：好吧，听你的。

那个蜜月中我们真是如胶似漆。关上院门，天地都归我俩独有。

每隔一会儿，两人的嘴巴就会自动凑到一起，像是电脑的自动程序——其实男女的亲吻确实是程序控制的，是上帝设计的程序，通过荷尔蒙和神经通路来实现。我以前很有些老气横秋的，自认为是千年老树精了，已经参透了色即是空空即是色。没想到，戈亮让我变成了初涉爱河的小女孩。

我们都没有料到诀别在即，我想大妈妈也没料到。像上次的突然到来一样，阿亮又突然走了，而灵灵照例充当了唯一的目击者。一次痛快淋漓的作爱后，我们去冲澡。阿亮先出浴室，围着浴巾。我正在浴室内用毛巾擦拭，忽然听到灵灵的惊吠，一如戈亮出现那天。侧耳听听，外边没有戈亮的声音。这些天，戈亮已经同灵灵非常亲昵了，他不该对灵灵的惊吠这样毫无反应……忽然，不祥的念头如电光划过黑夜，我急忙推开浴室门。一股气浪扑面而来，带着那个男人熟悉的味道，他刚才裹的浴巾委顿在客厅的地板上，灵灵还在对着空中惊吠。我跑到客厅，跑到卧室，跑到院里。到处没有阿亮的身影，清冷的月光无声地落在我的肩头。

他就这样突兀地消失，一去不返。

他能到哪儿去？这个世界上他没有一个熟人，除了越南那位同行者，但他不会赤身裸体跑越南去吧。我已经猜到了他的不幸，但强迫自己不相信它。我想一定是大妈妈用时间机器把他强招回去了。虽然很可能那也意味着永别，意味着时空永隔，毕竟心理上好承受一些。其实我知道这是在欺骗自己，阿亮怎么可能这么决绝地离开我，一句告别都不说？不可能的，绝对不可能。

我盼着大妈妈的电话。恼人的是，我与她的联系是单向的，我没办法主动打过去。在令人揪心的等待中，更加阴暗的念头也悄悄浮上来。也许，大妈妈并不是把他招回去，而是干脆把他“抹去”了。她有作案动机啊，她借着三个热血青年的冲动，把他们送到现在，也为我送来了优秀的基因源。现在，“交配”已经完成，该把戈亮除去了，否则他一旦醒悟，也许会狠心除去自己的天才儿子……

我肯定是疯了。我知道这些完全是胡思乱想。但不管怎样，阿亮彻底失踪，如同滴在火炉上的一滴水。灵灵也觉察到了家中的不幸，先是没头没脑地四处寻找，吠叫，而后是垂头丧气。我坐卧不宁，饭吃不下觉睡不好，抱着渺茫的希望，一心等大妈妈的电话。60天过去了，我的怀孕反应已经很重，嗜酸，呕吐，困乏无力。那粒种子发芽了，长出根须茎叶了，而我的悲伤已经快熬干。每一次电话铃响我都会扑过去，连灵灵也会陪着我跑向电话，但都不是大妈妈打来的。有一次是肖苏的电话，我涕泪满面，第一句话就问：“你有戈亮的消息？”

她当然没有，阿亮怎么可能上她那儿去呢。她连声安慰我，要在网络上帮我查。我想起曾对她矢口否认同阿亮的关系，便哽咽着解释：“他已经是我的丈夫。他突然失踪了。”

肖苏只有尽力安慰我，但我和她都知道，这些安慰非常苍白无力。

大妈妈的电话终于来了，接电话时我竟然很冷静，连自己都感到意外。大妈妈一开口照例先问阿亮的情形，我冷静地说：

“他失踪了，在64天前突然失踪了。你对他的失踪一点也不知情，是不是？大妈妈，我已经怀孕两个月，阿亮非常疼爱他的儿子，绝不会拿儿子去交换什么历史使命……”

大妈妈当然听懂了我的话中话，打断我：“等一下，我立即在历史中查询，过一会儿再把电话打回来。不过，按说他不会回到300年后或其他时间的，任何时间机器都在我的掌控中。”

她挂了电话，几分钟后又打过来：“陈影，如我所料，在新的历史中没有他的踪影。请你相信，他的失踪和我无关，我真的毫不知情。陈影，我知道你的心境，但请你相信我。难道你信不过一个妈妈？”

她的声音非常真诚，不由我不信。我悲伤地说：“那他究竟到哪儿去了？他绝不会丢下妻子和胎儿一去不返的。”

“陈影你要挺住。我想，他可能已经不在人世了。时间旅行中旅行者要经过时空虫洞再行重组，个别情况下重组的个体会失稳，在瞬间解体并粒子化。历史中有这样的例子，但很少，我还没来得及把这项技术完善。请你想想，他突然消失时周围有什么异常吗？”

“我似乎觉察到一股气浪。”

“那就是了，我想阿亮已经遭遇不幸。绝不是谋害，只是技术上的失误。我很痛心，很内疚。但那已经不可挽回，除非用他的信息备份再次重组，但这是违禁的。陈影，你愿意这样做吗？你如果愿意，我可以提申请为你破例。”

我默然良久，最终拒绝了这种诱惑。我不想看到另一个阿亮，那是对原阿亮的亵渎。当然，重组的阿亮会和原来的阿亮（时空旅行前的阿亮）一模一样，但我能接受他吗？这个阿亮没有来到我家之后的经历，那么，把我和他之间的一切重来一遍？我怀着他的骨肉再和他初恋？

不。和阿亮的爱情只能有一次，即使是绝对完美的技术也不能让它复演。他不是三个月后的他，而我也不是三个月前的我了。

大妈妈对戈亮之死的解释合情合理。我想，用奥卡姆剃刀来评判，这应该是最简约最合逻辑的解释，而不是我那些阴暗的怀疑。即使如此，我也不敢完全相信她的话。因为……还是那句话，同这样的超智力说什么奥卡姆剃刀，就如一头毛驴同苏东坡谈禅打机锋。但我又没有任何根据来怀疑，最多是把怀疑深埋心底。我客气地同她道别，希望她在“冥冥中”保佑我的孩子，免遭他父亲的噩运。另外，如果有阿亮的消息一定尽早通知我——这是我唯一的希望了。

一直没有阿亮的消息，看来他确实已经悄然回归虚空，不带走一片云彩，不留下一丝涟漪。大妈妈倒是常打电话来，和我保持了 30 年的联系，一直到你去世后才中断。倒不是说你的死亡同大妈妈有什么关联，也不是我对她再度生疑，都不是的。不过从你去世之后，我再没有兴趣同她交谈了。和她再谈话，只能唤起痛苦的记忆，把伤口上的痂皮揭开。

舞台上的两个主角都过早下场，我扮演的角色也该结束了。

你很听我的话，又在音乐学院待了一年。一年后你仍坚持转行，我叹息着，没有再阻拦。10 年后，也就是你 30 岁那年，八月盛夏是科学界的喜日，量子计算机技术的那四个重要突破相继完成，成功者的名单中却没有你。听到这个消息后，我不由想起那个心酸的老掉牙的笑话：恋人结婚了，新郎不是我。

历史的结局没有变，变的是细节。但毕竟变了一点，我想阿亮九泉之下也该瞑目了——毕竟他阻止了自己的儿子去犯罪（他心目中的犯罪）。上帝挑选了另一个天才去完成“注定”要完成的突破，就像是在蜂房中，蜂群会在适当的时候在蜂巢中搭上两个王台，用蜂王浆喂王台中的幼虫，谁先爬出王台谁就是新王，晚出生者则被咬死。蜂群可以说是无意识的，但你放心，它们绝不会忘记搭筑王台；正像集体无意识的人群，绝不会让“应该出生”的科学家空缺。科学发现也像蜂王之争一样残忍，成者王侯败者成灰。历史只记得成功者，不记得失败者，尽管失败者也是智力超绝的天才，也曾为科学呕心沥血，燃尽智慧。

我犹豫着没打电话，不知道该如何安慰你。这是我心中终生的痛，因为那样也许能改变你的命运。不过也说不准，命运可能比一个电话的力量更强大吧。晚上，你的电话打来了，声音听不太清，里面夹杂着呼呼的风声，也许还夹带着酒气。你冲动地告诉妈妈：你的研究已经取得突破，正在整理，最多一个月后就会发表！是和那位成功者同样的结论！

我说：“孩子你要想开一点。你还年轻，以后还有机会的。”

你苦涩地说：“没有机会了，至少是很难了！我起步太晚，感觉上已经穷尽心智。今后恐怕很难做出突破，至少是难以做出这样重大的突破。”那晚你第一次对我敞开心扉，说出了久藏心中的话。你激愤地说：“我恨爸爸，那个从未见面的爸爸。他的什么承诺扭曲了我的一生！”

我黯然无语，实际上你该恨妈妈才对呀。不怪你爸，那完全是我对他的承诺。而且，如果我没有强劝你推迟一年转行，你已经走在所有人的前面了——但那又恰恰是你父亲的完全失败，他的努力和献身将变得毫无意义。一个两难选择，一个解不开的结。

我意识到你是在狂奔的车上打电话时已经太晚了，我焦急地说：“你是不是在开着车打电话？立即停下，停下，停在路边冷静半个小时，停下来咱娘儿俩再好好聊。听见了吗？”

你没有停下，话筒中仍是呼呼的风声，和车轮高速行走的沙沙声。然后是一声惊呼。猛烈的撞击声。你的手机一定撞坏了，听筒中一片沉寂。

我没有目睹你的死亡，但我亲耳听见了。2000 公里外的死亡，就像是发生在异相时空中。在你流着血走向死亡时，当你的灵魂向虚空中飞散时，我只能徒劳地按电话键，打北京的 110，催促他们尽快找到失事的汽车。我的心已经碎了，再也不能修复，因为我那一刻已经看见了你一生的结局。

星期日病毒

拒绝清醒

《参商号》宇宙飞船离反 E 星已经很近了，用肉眼就能看到暗色天空中悬着的蔚蓝色的星球。熬过 500 年枯燥的星际旅行，乍一看到这种美丽的蔚蓝色，令人心旷神怡，甚至带着浓烈的家乡亲情。师儒对海伦说："有一种说法，宇宙是镜面对称的，这个离地球 100 万光年的反 E 星是再好不过的证明。你看它的大小，自转公转周期，地轴倾斜角度，大气层和海洋，简直就是地球的镜像。我有一个强烈的直觉，我们甚至会在这个星球上遇到哺乳动物和绿色植物，看见电脑和核能。"

师儒今年 35 岁（生理年龄），黑发，两道浓眉，穿藏青色西服，脸部轮廓分明。他的同伴海伦小姐是 30 岁的绝色女子，一头金发在身后微微漂浮——飞船刚进入微重力环境。女子身上未着寸缕，显出诱人的曲线，皮肤像奶油一样细腻。海伦说："并非没有可能，相同的环境会产生大致相似的进化。既然在地球上孤立的澳洲也能进化出哺乳动物袋鼠和鸭嘴兽，那么在这个与地球十分相似的反 E 星上也有可能进化出哺乳动物。至于绿色植物和电脑更是一个盖然性问题，我相信电脑是任何文明的必经阶段，甚至断定反 E 星上也会存在电脑病毒，像黑色星期五病毒啦，幽灵病毒啦，让电脑专家数百年间束手无策。"

反 E 星显示着高度文明的无可怀疑的证据，它有不计其数的人造天体：空间站、人造太阳、同步卫星、空中微波电站等，它们秩序井然地忙碌运转。海伦出神地端详着反 E 星，轻声说："真的和地球十分相像。不过看起来它的文明程度要比地球高大约 500 年吧。"

师儒笑了："你莫忘了，参商号的航期正好是 500 年，也就是说，现在的地球比我们印象中的地球又发展了 500 年，正好与反 E 星大致相当。"

飞船已经在反喷制动，准备进入反 E 星大气层。这是高度自动化的飞船，主电脑已经把一切安排妥当，所以海伦悠闲地坐在转椅上嚼着口香糖，双腿高高跷起。师儒用眼角盯着她的裸体，讥讽地说：“是否请海伦小姐把衣服穿上？作为地球文明的使者，你总不能光着屁股走下旋梯吧。”

海伦“呸”地吐掉口香糖，对师儒这种无药可救的迂腐很不耐烦，她不屑地说：“陈腐的见解。要知道这是距地球 100 光年的完全不同的文明，你凭什么认为人家有‘衣服’的概念？即使有，很可能他们早已达到回归自然的阶段。我们启程时，回归自然已是地球风行二百年的时尚了。要知道人体是宇宙进化的精华，是美之极致，所谓穿衣遮体只是文明发展低级阶段的陋习……”

师儒急忙截断她的话头：“NO，NO，我绝不敢反对海伦小姐的回归自然。只是地球上冥顽不化的人毕竟是多数，比如我。”他嬉笑着说：“如果我们这样走下舷梯，我担心反 E 星的智能生物会误解，认为地球人的雌雄个体长着不同的毛皮。”他收起笑容，冷然道：“还是请海伦小姐更衣吧。”

海伦悻悻地站起身，咕哝道：“死板的中国人，乏味的旅程。上帝啊，回程的 500 年怎么熬过去！”

师儒笑着回敬一句：“颇有同感。”

海伦是一个很有造诣的电脑专家，在漫长的旅途中，只要不是休眠状态，她一直是赤身裸体，常拿那对硕大无比的乳房引诱师儒：“你难道不想尝尝失重下作爱的滋味？”师儒一直冷淡地拒绝。他并不是禁欲的清教徒，他知道凡是长途星际航行都特意安排男女同行，就是为了让爱情冲淡旅途的枯燥。如果是一个纯真的女孩，他会轻轻为她脱下内衣的。但是海伦小姐“回归自然”的狂热让他倒尽胃口。离开地球前，他曾偶然——真是不幸——目睹海伦一次回归自然的祭礼。吸足大麻后，她一个对付四个黑色雄性，在地上呻吟翻滚，就像一堆牛粪上有一条白色的蛆虫在扭动。此后，一看见海伦雪白细腻的皮肤他就恶心。

海伦对他的迂腐很怜悯，航程中不断开导讽劝，师儒一直不为所动。

别费心了，海伦小姐。你说的对，我是在为自己画地为牢，我战战兢兢不敢逾越的界限，实际上毫无约束力，一步就能迈过去。但我决不越过某些界限。

在导航信号的指引下，他们顺利着陆。很奇怪，飞船降落场没‘人’迎接他们。一架无人飞车悄无声息地降落，机舱门打开，把他们载上。路上他们看见到处是美轮美奂的建筑，反 E 星的智能生物似乎偏爱方锥和圆锥形，不少方锥高与天齐。还有一些龟壳形建筑，十分巨大，一座建筑就像一座城市，透过透明的穹盖能看到其中满溢的绿色。

这儿显然是生机勃勃的文明，奇怪的是，他们一直没有见到‘人’。飞船停下了，他们进入一座尖锥形的大厦。大厦巍峨壮观，厅内空旷寂寥。举目四顾，能感到一种无形的压力，那是高度文明造成的森严感和未知世界的神秘感。

面前是一堵钢青色的墙壁，空无一物。两侧的墙壁上设有一排排孔口，配有简洁明快的键盘——他们立即断定这必然是电脑键盘，这使他们有了安全感。

很长时间，厅内毫无动静。师儒不耐烦地在厅内踱步，咕哝着：“这可不是文明社会的待客之道。”他走近墙壁时，忽然——就如帷幕拉开一样，钢青色的墙壁缓缓地变得通体透明，墙后浓郁的绿色宣泄而来。

两人惊喜地欣赏墙后的风景，这正是在飞车上看到的龟壳形建筑，颇似地球上的热带森林自然保护区。巨大的阔叶植物郁郁葱葱，生机盎然，绿色的怀抱中是一块蓝宝石般的湖泊，不知名的鸟类在树林中喳喳穿行。湖旁是经过修剪的草坪，上面散布着一群赤身裸体，皮肤白皙细腻的动物——海伦立刻惊叫道：“哺乳动物！”

那群生物非常类似地球上的袋鼠，只是没有育儿袋。它们前肢短小，后肢强壮，有一条粗大的尾巴，也是跳跃行走，从乳房上可以清楚地分辨出雌雄个体。它们懒散地散卧在绿茵上，小袋鼠在嬉戏打闹，大袋鼠多是瞑目养神，也有不少雌雄个体一堆堆翻滚叠卧，干着那种古老的勾当。海伦惊叹道：“多豪华的动物园！多么美丽的动物！”

师儒情不自禁想刺她一下：“不，也许这正是我们要拜访的主人，他们已发展到回归自然的阶段了。”

海伦没有听出话中的讽刺。“不，不会。”她一个劲儿摇头。

“为什么？”

海伦觉得不好回答。凭她的感觉，这不会是高度文明的智能生物，他们在性交时（尤其是群交时）竟然不知道避开孩子。但她知道这条理由不甚有力，师儒一定会拿她的话来驳难：不避孩子有什么了不起？

这也是一条毫无意义很容易逾越的界限。

师儒忽然觉得自己无意间道出了事实的真相。他凝视着那群袋鼠，低声道:“海伦，你仔细看看他们，我觉得也许他们真的是反E星的主人。他们的脑容量很大，皮肤雪白细腻，光滑如缎，那绝不是野生动物的皮肤。再看看他们的目光，懒散，傲然，不带动物的猥琐和迷茫。”

海伦迟疑地说：“不会吧，也可能它们像猩猩一样，是智能动物的近亲，它们连尾巴还没有退化呢。”

师儒不屑地说：“海伦小姐今天为什么这样低能？竟然会犯这样的常识性错误。对于跳跃行走的动物，尾巴是重要的第三足，当然不会退化。”

忽然他急促地低声道：“你看，他们过来了！”

已经有十几只袋鼠不约而同地站起身，向这边走过来，透明的墙壁无声无息地分开。

海伦低声道：“我们该怎么办？躲避还是上去寒暄？”

“先不要动！”师儒低声喝道，盯着他们的眼睛。那些袋鼠用后肢纵跳着，动作异常优雅轻盈。它们从两人面前鱼贯越过，显然，它们看到两个地球人，但它们漠然视之，目光中激不起一丝涟漪。它们走到侧墙的孔口处，动作熟练地敲击键盘，然后式样各异的食物迅速推出来，香味浓郁，做工精致。几只小袋鼠则抱着孔口推出的奶瓶吮吸。

海伦似乎松一口气：“是动物，否则决不会对我们置之不理。不过它们肯定是智能生物的宠物。你看这些食物，我简直能叫出它们的名字：橘汁鲜蚝，樱桃果冻，烤乳猪……我都流出馋涎了！”

师儒仍紧紧地盯着，紧张地思考着。拿着食物的袋鼠很快返回到动物园，那儿似乎有巨大的磁力。一只小袋鼠看来还不会敲击键盘，它去找妈妈帮忙。但那只母袋鼠显然缺乏耐心，它匆匆把小袋鼠领到角落，取出一只头盔为它戴上，便自顾走了。小袋鼠戴着头盔静默须臾，然后取下头盔，跳到通道口，熟练地敲击键盘，取出一份满意的食物。

最后一只小袋鼠蹦蹦跳跳地走了，大厅又恢复寂静。等到透明墙壁合拢后，师儒大步走到角落，拿起头盔。海伦急喊：“你要干什么？”

师儒说：“这显然是学习机，它肯定是智能生物控制的。我试试看能否和他们取得联系。”

海伦多少有点担心。很显然反 E 星的科技水平已经能对生物脑直接输入程序，但这个过程中会不会有脑病毒，就像电脑病毒那样？那可比电脑病毒更难对付。当然，这只是一种想当然的臆测。没等她作出反应，师儒已把头盔戴上。头盔相当合适，看来袋鼠的脑容量与人类相近。

一排排光点像骤雨一样击打着师儒的大脑皮层。他的直觉告诉他，这是用反 E 星的语言向他提问，他无法作出反应。稍作停顿后，电脑又输入不同的光点，似乎是换了一种语言。突然意识中出现了熟悉的英语语句：“你是否理解这种地球语言？请回答！”

师儒惊喜地回答：“我理解！”少顷他又补充道：“不过这种英语并不是地球唯一的语言。”

电脑似乎未注意这个细节，又在师儒意识中打出一行字："请稍候。我把所有地球资料调过来。"

师儒取下头盔，欣喜地告诉海伦："他们会使用英语！"

"你好，欢迎地球文明的使者。我们在 100 年前——指地球年，反 E 星与地球年十分相近——收到并破译了地球的高密度图文信息。我们也早在 500 年前就向地球派出一艘飞船，据计算大约在 50 年前到达地球，有关信息只能在 50 年后才能回到这里。你们是反 E 星上第 13 名外星使者，不过你不必不安，在反 E 星上，13 是一个吉祥的数字。"

师儒似乎感到了对话者的笑意，但他没有响应对方的幽默，淡淡地说："在地球上，并不是所有民族都认为 13 是不祥的数字。"

"是吗？"对话者抱歉地说，"地球发来的图文信息中未包括这些细微差别。我是否有幸为你介绍一下反 E 星的概况？"

"非常感谢。"

"反 E 星的智能生物叫利希，利希文明的发展与地球文明十分相似。所以你只需闭上眼睛就能勾画出反 E 星文明的草图，不同的只是细节。"对话者笑道，"比如，反 E 星上的生命也是 45 亿年前孕育成功的，但利希人也曾相信过上帝在一周内创造万物的神话。"

师儒笑问："反 E 星也有上帝和星期的概念？"

"上帝无处不在，"对话者幽默地说，"不过我们的一星期是 9 天，你们是 7 天，看来你们的上帝更能干一些。"

师儒笑起来，他开始喜欢这个幽默的对话者。

“利希在700万年前脱离动物范畴，同样经历了石器、铁器时代和电脑时代。电脑大约是700年前问世的，使利希文明有了爆炸性的发展。也曾出现过几个电脑鬼才，他们捣鼓出的电脑病毒和脑病毒使科学家们数百年一筹莫展，直到100年前，也就是人脑电脑联网阶段，电脑病毒和脑病毒才完全消灭。现在每个利希婴儿出生后就输进万能抗病毒程序，使其对脑病毒终生免疫，就像你们消灭天花那样。”

师儒高兴地说：“很高兴你们战胜了顽固的电脑病毒。如果允许，我们在返回时想把你们的成就带回地球。”

“当然可以，不过据我们猜测，地球人也已达到同样阶段。现在请输入你们的本地时间，现在是地球的哪一年、月、日、星期？”

“2603年7月1日，星期日晚上11点30分。”

“好，为了便于同利希交流，我要向你的大脑输入一个星期日回归程序。这在E星是人人必备的。”

师儒不知道这是什么程序，似乎是某种宗教信仰？他彬彬有礼地说：“好吧。”

一排光点迅疾扫过他的脑海。师儒笑问道：“我们已经是朋友了，可是我还不知道你的模样呢。你为什么不露面？是怕我们受惊？请放心，即使你长着撒旦的犄角。”

“我的模样？”对话者忽然醒悟，“不，不，很抱歉使你产生误解。我是没有形体的，我是利希人忠实的机器人仆人，名叫保姆公。”

师儒多少有些惋惜。实际上他早该想到对方是机器人的，但是对它的好感影响了判断，他不愿承认这个风趣的对话者是一个冷冰冰的机器人。

“实际上你与我们的主人已见过面，他们刚在这儿进餐。我希望我的烹调使主人满意。我的数据库里储藏着数十万种美味的食谱，你们返回地球时可以带回去。”保姆公不无得意地夸耀。

师儒的心猛地下沉，声音沉闷地说：“你的主人就是那群袋鼠？”

“对，利希的外貌同地球上的袋鼠的确很像，不过我希望你不要产生误解。我们的主人是高度进化的智能生物，只是他们目前正处于‘星期日回归’阶段。”他耐心地解释着，“这是一种老少咸宜的娱乐。在回归阶段，利希人会关掉思维之窗，无忧无虑，享受大自然的快乐。”

一种莫名其妙的混沌感漫过师儒的意识，掺杂着安逸、懒散和甜蜜的睡意。他取下头盔，茫然四顾，随后便在无意识状态下向透明墙壁走去。

海伦一直在认真地观察着师儒，师儒在头盔中同对方作意识交流时，海伦从他的回话中多少了解了交流的内容。忽然师儒取下头盔，梦游一样向透明的墙壁走去，墙壁无声无息地滑开，师儒边走边漫不经心地脱去衣服，然后，他赤身裸体走向那群袋鼠，懒散地仰卧在草地上。

海伦异常震惊，看来是什么程序控制了他的意识。她不相信反E星人有什么恶意——能够创造出如此可爱的机器人，主人绝不会是恶魔。那么是发生了什么意外？莫非……人机交流时无意中输入了脑病毒？天哪，虽然她是电脑专家，但对这种完全未知的脑病毒可是一筹莫展。

几个雌雄个体显然对新来者发生了兴趣，很快他们就凑过来搂抱着他。这颇为符合海伦“回归自然”的癖好，不过……这次她倒是不忍目睹事情的发展。

她还未决定是转过身还是闭上眼睛，忽然手腕上的劳力士手表唧唧响了两声，正是地球时间星期日晚上零点。那边，师儒抬头茫然四顾，忽然如蜂蛰一般蹦起来，甩掉周围的几名利希人，急匆匆走回来。路上他拾起刚才甩掉的衣服，匆匆穿戴上。

他衣冠不整地回到海伦身边，满脸涨红，喘着粗气，羞怒交并。这可太滑稽了！尤其是对这个迂腐的中国人！海伦咯咯地笑起来。她已经断定这是一种定时发作的轻度脑病毒，就是机器人说的“星期日回归”，在休息日发作，越过零点后自动复原，不会有什么危害。

师儒恶狠狠地瞪着她，吓得她掩住笑声。师儒又拾起头盔戴上。

“你好，”保姆公笑着说：“希望你也会喜欢这个游戏，可惜你进入回归的时间太短，否则很快会同我们的主人融为一体。星期日回归实际上是一种轻度的脑病毒，是几个中学生搞出来的，很快发展成老少咸宜的娱乐，因此特许存在，不受防病毒程序的制约。”

师儒脸色铁青地问：“利希人的一个星期中有几个休息日？”

“原来是一个，后来逐渐增多，在100年前发展成到9个休息日。”

9个！海伦吃惊地看着师儒，这才意识到星期日回归是什么性质的东西。机器人匆匆辩解：“利希主人已经创造了万能的机器人，我们理应为主人效力。为什么要打扰主人？我们可以替主人管理这个世界。”

师儒沉着脸追问：“所有利希人在出生时已输入万能抗病毒程序，对一切脑病毒有终生免疫力？”

“对。”

“‘星期日回归’是在利希人特许下存在的？”

“对。”

“利希人要摆脱这种病毒非常容易，只要在意识上为自己规定一个或几个工作日即可？”

“对。”

“可是，100 年来他们是否一直沉迷于此，不愿清醒？”

“是的，”保姆公伤感地说：“我也很寂寞，可是主人不愿醒，我也不好勉强。”

师儒沉默良久，才阴郁地说：“他们迈过了那道界限。”

“什么界限？”保姆公好奇地问，“是一种跳格游戏吗？”

6 天后，“参商号”飞船加注了燃料，准备返航。保姆公真诚地不安，它曾破例向主人输入唤醒程序，通报了地球人到达的消息，但利希人显然不愿为这点小事放弃享乐。

也可能他们已经不能清醒。保姆公只好以加倍的殷勤来弥补主人的失礼。师儒和海伦在同保姆公告别时，颇为恋恋不舍。

飞船已进入太空。海伦在密闭负压浴室中洗浴后，轻飘飘地飞出来，这回她没有裸体，而是用雪白的浴巾裹得严严实实。

“不，我并不是向师儒的迂腐认输，不过，经历了在利希群中那个场景，我不愿再让我的裸体刺激这个可怜的中国人。”

走进主舱，她看见师儒目光阴郁，手里拿着一盘绳索，那是他们作太空漂浮时用的安全带。师儒低声说：“现在是星期六晚上十一点，来，把我捆在座椅上。”

海伦很想格格发笑。这个可怜的家伙，这只呆鹅！不过师儒的阴郁太沉重了，她笑不出来。她同情地说：“用不着这样，你只需在意识上回避，把日历提前进到星期一，就可以避开‘星期日回归’病毒。”

师儒不耐烦地说：“我知道，我只是预防万一。”

海伦只好顺从他的意见，把师儒捆在椅子上，又按照师儒的吩咐，细心检查一遍。几个小时过去了，师儒一直一言不发，沉思地盯着舷窗外暗淡的宇宙。海伦伏在他旁边，安静地看着他。后来海伦困了，向师儒道过晚安，在他额头轻吻一下，很快入睡。

与舱壁的一下轻撞使海伦醒过来，看看手表，已是凌晨四点。她飘到师儒身旁，见他仍在沉思，目光灼灼地盯着窗外，她轻声问：“没有发作的迹象吧，我是否把绳索解开？”

师儒点点头。海伦开始为他解绳，绳结太结实，她费力地解着，有时只好用牙咬，她的金发在师儒脸上轻轻摩挲着。师儒默默地看着她，海伦在他额头轻吻一下，问：“你在想什么？”

“想地球，想地球上现在有几个星期日。”

她听出师儒的话音，不由打个寒战。绳索解开了，师儒忽然抱住她。海伦知道上当了，她猛地把师儒推开，返身戒备地看着他。师儒被推开，碰到舱壁后，又轻轻飘过来。他的目光沉静，神态安详，显然并不是在病毒发作状态。

海伦十分惊奇，她轻轻飘过来，钻到师儒怀里。当师儒动作轻柔地为她解开睡衣时，她感到从未有过的羞涩和甜蜜。

拉克是条狗

换个视角看世界

一　孟茵手记

拉克 1 岁

我上初中之前爸爸就去 401 基地了，他是那儿的首席科学家兼副总指挥，忙得很，一年最多能回一次家。我在电话里埋怨他：你再不回来，我把你的模样都要忘啦。爸爸对我很歉疚，每年春节回家时，总要给我带一个“最好的礼物”来做补偿。初二暑假他提前打电话问我，今年你想要个什么礼物？我说，往年你送的电子玩具我已经玩腻了，今年想要个活的礼物。妈妈连忙反对：

“世杰，你可别听她的！弄一只宠物，又要招呼它拉屎撒尿，又要洗澡捉跳蚤，依茵茵的懒骨头，肯定两天就烦了。我可没时间替她管。”

我笑着说：“所以嘛，我不要一般的宠物，要一只聪明的、能自己照管自己的小狗。”

爸爸认真地问：“说吧，你要它有多聪明？”

我说：“至少会自己去厕所，最好能懂人话——不是只听懂简单的命令，而是真的听懂人话。我想，这对著名大脑工程学家孟世杰先生来说肯定不算难事，对不对？”

爸爸的专业是提升黑猩猩的智力，让它们代替人类去做某些危险工作，比如深海潜水或太空探索。他笑着说：

“没问题！你若是要一只比牛顿或罗素还要聪明的小狗，我会很为难。依你说的这种智力等级，那是易如反掌。”

“真的？”

“真的。在生物学家眼里，人类与其他哺乳动物的大脑并没有太大的差别，只需要在小狗胚胎发育期间，对它的成脑基因来点电刺激就行。”

春节爸爸回家时，真的抱来一只黑色小伢狗。它六个月大，肉团团的非常可爱，有两只黑亮的眼睛，看起来十分聪慧，穿着一条大方格的开裆裤，活像一个幼儿园大班的小男孩。爸爸拍拍小狗的脑袋，指指我：

“喂，拉克，这是茵茵，你的小主人。来，闻闻她的味儿。”

拉克一点儿不认生，围着我转了一圈，用力嗅着鼻子，然后肯定地点点头。爸爸说它点头就是表示认准新主人了，嗅觉是狗的第一感觉，狗依据气味来认人，就像人们是依据相貌。我怀疑地问：

“它真的很聪明？”

“当然！咱们当场试验。来，拉克，按英国绅士的礼节，吻吻茵茵女士的手！”

我伸出右手，拉克立即用两只狗爪子捧住，伸出舌头湿漉漉地舔起来。我和妈妈笑得肚子疼：“这就是你的英国礼节？快停下快停下，我身上出鸡皮疙瘩啦。”

爸又命令：“拉克，到厕所解手去！”拉克没有响应这个命令，仰头看着爸爸，一脸为难的样子。爸笑着问：“是不是这会儿没屎尿？没关系，你只用表演一下就行。”

拉克显然听懂了，顺顺当当跑到厕所，窜到马桶上，用嘴拉下马桶座圈，蹲在上边，龇牙咧嘴地挤出几点尿。我和妈妈都乐坏了：

“真聪明！它能听懂人话，还会自己放马桶座！”

拉克还很有教养呢，小便后又用嘴巴把座圈顶回原位，然后从马桶上跳下来，一副得意洋洋的样子。

“咱拉克的聪明还多着呢，去，把你新主人的鞋子取来，就是那双奶白色的。噢对了，”爸爸朝我调皮地挤挤眼，“只要左脚鞋，听清了没？”

我和妈妈都不相信它能听懂这个命令，就是能听懂，它能分得情左脚右脚？两人好奇地盯着它。它跑到门口，在几双鞋子前犹豫着，抬头看着爸爸。爸爸故意仰起头不理它。它用小小的狗脑瓜想啊想啊，终于叼着我的左脚鞋跑过来。这可把我和妈妈都乐坏了，我紧紧搂着它，亲它的小鼻头，惊天动地地夸它。拉克的得意劲儿就不用提了。

爸爸说拉克从血统上说只是一只普通的太行犬，不是什么名贵品种，但我根本不在乎什么血统。我问：

“等拉克长大，会不会更聪明？比如说，会不会解代数方程？”

爸爸说，拉克只做了初步的智力提升术，最终只能达到六岁孩子的智力。但即使如此，它也是狗族中第一个走出蒙昧的“幸运者”。可惜犬类做声带改造手术比较困难，这次没有做。所以，它虽然能听懂人话，但永远是个哑巴。

我对爸爸的礼物非常满意，连开始持反对态度的妈妈也喜欢上拉克了。那天，全家的话题都集中在拉克身上。晚饭后，我们照例打开电视看新闻联播。看完新闻，爸爸到书房给熟人打电话，我和妈妈接着看连续剧。刚开始看，拉克忽然吠起来。我说：

“拉克别叫！我们都陪你玩一天了，你自觉一点，别妨碍大人看电视！”

拉克不听我的话，很生气地继续吠叫，而且叫声越来越响。爸爸听见了，跑过来笑着说：

“忘了告诉你们，拉克每天晚上要看一集动画片，这是老规矩，雷打不动的。”

我和妈妈正看得热闹，不想换台，但俺俩咋能拗得过拉克呢，我只好气哼哼地换到少儿频道。拉克立即安静了，两眼圆溜溜地盯着屏幕，直到这一集“奥特曼”演完。我家虽有两台电视机，但数字式机顶盒在同一个时间只能调出一个节目。过去，在节目选择上我和妈妈也闹矛盾的，妈妈总是让着我，遥控器老是被我霸在手里。现在妈妈取笑我：

“好哇，有了拉克，以后茵茵得靠后站了！”

我不情愿地咕哝着：“哼，我能和它小崽子一般见识？”

拉克这样聪明可爱，我真的拿它当小弟弟看待。我让妈妈买了一张儿童床，放在我的游戏室里，还备齐小被子和小枕头。晚上拉克与家人摆摆尾巴告别，自己跳到小床上睡觉。不过它不会像人那样躺下睡，老是蜷在被子上，脑袋枕着自己的前爪，我给它置备的被子枕头都白费了。对了，它还不会穿脱裤子，以后这成了我的日常工作。虽然妈常说我是个懒骨头（这个评价没有冤枉我），但晚上伺候拉克脱裤子洗澡我从来不烦。拉克最喜欢玩水，一进澡盆就不愿出来，玩得欢天喜地。比较烦的是早上，我得上早自习，时间紧，有时我会忘了给它穿裤子，这时拉克就一声接一声不耐烦地催我。特别是它长到一岁之后（从发育上说相当于五岁男孩），如果你忘了给它穿裤子，它就赖在床上不下来，用吠声焦急地唤我。我对妈妈说：

“妈，它一定是长大了，知道害羞了，不愿光屁股出门啦。”

妈妈也笑：“这个小东西，比人娃儿还鬼灵！”

拉克很快成了全班同学的心尖儿，男生和女生难得地空前一致。同学们没事就往我家跑，给它带来各种美食，也争着教它新本领，星期天领它去郊游。等拉克整一岁时，男生黄强骄傲地宣布：他已经教会拉克算 100 以内的加减法。开始我不大相信。记得哪本书上说过，小狗算算术其实都是假的，狗的观察力很强，假如主人命令它算二加三，那么，等它吠到第五声时，主人的表情会有下意识的变化（喂，就是这个数，可别往下吠了！），聪明的狗狗能观察到这些细微迹象，从而停止吠叫。所以，实际上不是狗狗在算，而是主人在替它算。黄强坚决反对我的说法，说他“以脑袋打赌，拉克真的会加减法”。后来，我们对拉克做了相当严格的测试，包括用黑布蒙住它的双眼。测试完毕，黄强果然保住了脑袋。

这么说，拉克真是一只聪明的狗狗，它的智力已经不弱于六岁孩子的水平——可是按爸爸的说法，这也是它的智力极限，它的“聪明化进程”到此就会终止了。想到此，我心中隐隐地不好受。其实我也知道，拉克能有这样的智力，在它的同类中已经很“luck”了。还有一点让我心中不好受，爸爸说，狗狗的寿命一般只有 15 年，类比一下，它的一岁大致相当于人的 5 岁。也就是说，等我二十八九岁时，它的寿命就要到头了，就要同我永别了，一想到这个前景我就十分感伤。但是没有办法啊，天命不可违。我和它属于两个物种，就像生活在两个不同步的时间管道中，只能眼睁睁地看着小拉克加速成长，在年龄（可比年龄）上赶上我，超过我，迅速坠落到那个谁也逃不掉的死亡黑洞中去。

爸爸临走让我替拉克写成长日记，以便留作研究资料。不过，知女莫若父，他知道我一向手懒，自动改口说：

“你一个月写一篇就行。什么，连这也不能保证？那，至少一年得写上一篇吧，这已经是最低要求了。”

爸爸送我这么好的礼物，我当然得给爸爸这点儿面子。所以，今年我很用心地写下了这篇“年记”。

拉克 2 岁

拉克又大了一岁，按爸爸说的那个时间类比法，它相当于从五岁小屁孩长成了十岁的大男孩。爸爸说它将终止于六岁孩童的智力，依我看这个说法不一定对。比如说，现在拉克看电视的口味已经进步了，它仍然酷爱动画片，晚上那个时段铁定是属于它的，谁也别想争；但它不再喜欢“天线宝宝”、“快乐星球”和“奥特曼”这类幼儿故事，而是爱看“狮子王”、“怪物史莱克”和“宝莲灯”。也爱看“动物世界”

或“人与自然”栏目。我发现它特别喜欢其中一部科教片：“狗的历史”——几万年前，原始人的营地里，一只离群的幼狼在篝火的阴影里逡巡，捡拾原始人扔掉的骨头，悄悄盯着温暖的篝火，既惧怕又向往。慢慢地，它和一个原始人小男孩成了朋友，晚上信赖地偎在男孩的腿边。时光荏苒，小男孩长成健壮的男人，小狼也长出一副健硕的身躯，帮他看守牛羊，猎捕野兽，包括猎捕它曾经的同类。一代一代过去，狼脸变成狗脸，下垂的尾巴翘了起来，于是人类在动物世界里有了一族最忠实的盟友。

不知道拉克能否真正理解这个故事的含义，反正它看得非常入迷。我把这个节目录下来，反复为它播放，拉克一直看得津津有味。

还有一件事也说明拉克长大了。春节过后，大约是四月份，那时拉克的年龄相当于七岁的孩子。为它穿裤子时它忽然变得很焦躁，老是吠个不停，用那双聪慧的狗眼恳求地望着我和妈妈。我俩竭力猜它的心思：是不是这条裤子太紧？是不是它不喜欢这个颜色？不，都不是。我们越是猜不到，它就越烦躁。妈妈无奈地笑道：

“嗨，养个哑巴儿子真难哪。”

我看它老是抓裤子的裆部，灵机一动：“妈，它是不是长大了，不愿再穿开裆裤？”

妈笑了：“哪能呢，要是这样，它真成个人精了。”

但拉克的叫声马上从烦躁变成喜悦，对我连连点头。我说：

“妈，我猜对了！你看它的表情，我肯定猜对了！”

妈不相信，侧着头认真看拉克的眼睛："拉克，你真的不想再穿开裆裤？"得到肯定的回答后，妈苦笑着说，"拉克真的长大了，知道遮羞了。可你没办法穿刹裆裤的，你没有手，不会解扣子。我和茵茵不能老跟在你身边，你想拉屎撒尿怎么办？"

拉克也不知道怎么办，但它仍伤心地吠着，目光殷殷地看着我俩，让人不忍拒绝。我想了一会儿，说：

"妈，我有办法！你记不记得，拉克咋用后爪给肚子那儿搔痒？我给拉克设计一种裤子，它能自己解扣子的。"

那天晚上，由我指导着，妈妈为拉克做了一条很特别的裤子。当然是刹档的，前档处用尼龙扣代替扣子。尼龙扣的位置尽量往前提，放在腰部中间。在这个位置，拉克可以用后爪，或牙齿，把尼龙扣扒开或合上，这样，它拉屎撒尿就可以自己进行，当然了，穿裤子脱裤子还得我们帮忙。妈妈一直干到晚上12点才把新裤子做好，我和拉克都不睡，耐心地在一边等。裤子做好了，我为拉克穿上，又教它自己解扣。聪明的拉克很快掌握了要领，可以熟练操作。它第一次穿上这件"大人衣服"，非常高兴，一个劲儿地舔我和妈妈的手。妈妈拍拍它的脑袋说：

"行啦，不用可劲儿拍马屁啦。时间不早，赶紧睡觉吧。"

第二天是星期天，我把这件事打电话告诉爸爸。我说，依拉克的心理脉络看来，它的智力肯定超过六岁孩子了。爸爸对我的判断不大在意，应付地说：

"真的吗？那我太高兴了。咱们的拉克已经长成大姑娘了，知道害羞了。”

“什么？你说什么大姑娘？”我简直不敢相信自己的耳朵，看看屏幕上的爸爸，再低头看看腿边的拉克，“爸，拉克是个男孩！”

爸爸有点难为情：“瞧我这记性，瞧我这记性！不过，去年我只顾操心着如何做智力提升手术，确实没在意它的公母。”他解嘲道，“这不奇怪的，专家型的人都是这么个秉性。包括当年的相马专家伯乐，他为秦穆公相马时，也是只知道马的良劣，却把黑色公马错记成黄色母马了。”

我生气地说：“对拉克别用‘公母’这样的说法，我听着嫌刺耳。应该说它是男的，是个小男孩。再说，你说的那个专家不是伯乐，而是九方皋。你的历史知识不怎么样。”

我确实生气，虽然我知道爸爸日理万机，但他竟然弄错拉克（我家的重要一员！）的性别，这个错误实在不可饶恕。我想拉克肯定听懂了这段对话，眼神显得非常失落。它冷冷地踱到一边，赌气不再看屏幕上的爸爸。爸爸和解地说：

“看，小拉克也生气啦。茵茵，爸爸错了，替我向那位可爱的‘小男孩’赔罪。我这会儿正忙——基地很少有星期天的——必须挂电话了。”

爸爸把电话挂了。我搂着拉克的脖子，替爸爸解释了好久，但显然没能解开拉克的心结。春节爸爸回来时，特意带了几张高密度碟片，全是好看的动画片，算做对拉克的赔罪。但拉克对他仍是冷冷淡淡的。我知道，爸爸把它的心伤得太深了。这不奇怪，如果爸爸弄错我是男孩还是女孩，我同样不会原谅他。

拉克 3 岁

日月如梭，转眼间我已经是高一学生。拉克也长成健壮的大黑狗，一身皮毛黑得发亮，四肢粗壮，嘴短唇正，尾巴高高耸起。按爸爸的时间类比法，它已经是 15 岁的大男孩了。现在我完全可以断定，爸爸说拉克“将终止于六岁孩童的智力”，这个结论肯定不对。拉克早就能听懂人话，不是那种低层次的理解（比如能听懂“把那只皮鞋叼来”这样的命令），而是逻辑上的理解，大人式的理解。

我和拉克一块儿看 DVD 的一次经历让我确认了这一点。那天看的是聊斋故事《青凤》，写女狐青凤与狂生耿去病的爱情故事。我按错了声道，播出的是英文对白。我的英语水平虽然不能完全听懂，不过屏幕上有中文字幕，所以我没在意，自顾看下去。但身边的拉克渐渐坐不住了，不停地扭动身子，不耐烦地吠着。看我没反应，它干脆歪过头来，用力扯我的衣角。我终于明白它的意思，把 DVD 换到汉语声道。拉克马上安静了，聚精会神地看下去。

这么说来，它并不是纯粹的“看”热闹，应该能听懂对白，理解故事的脉络吧。这显然超过六岁小孩的理解力。我好笑地看着它聚精会神的样子，心想这么个小不点儿，也能看懂人与狐的爱情?

拉克小时候一直由我帮它穿衣洗澡，现在它长大了，再由我干这事不大方便（毕竟它是个“男孩”），这个任务就转给妈妈。妈妈上班时间很紧的，早上要做饭，又要为它穿衣服，忙得一溜小跑。但从没人提议它别穿衣服了，对于拉克的心智来说，像其他狗狗那样光屁股上街是绝对不行的。

这天早上，妈妈高兴地喊我：

“茵茵，茵茵！拉克会自己穿衣服了！我刚才去给它穿，它已经穿好下床了！”

“真的？”

当然是真的。衣冠整齐的拉克已经出了它的卧室，故做平静地在我们旁边蹓跶，目光中的得意藏也藏不住。我们越是惊叹，它越是得意。第二天早上，我从门缝里偷看它怎样穿衣服（实际上只有裤子），原来那是一件相当艰巨的工程。拉克先用前爪和牙齿把裤子平铺在床上，把左右裤片摊开，再蹲坐在裤子上，身体一耸一耸地向下退，这么着把两条后腿插到裤筒里。然后仰面躺到裤子上，用力弯腰，用嘴巴把左右裤片拉到肚子上，再把尼龙扣压合。用狗嘴代替人的双手来干这件事，其困难可想而知。好在它脊椎灵活，嘴巴又长，总算把这件活对付下来了。看它的动作，我敢肯定它已经练了无数次。我推开门，高兴地抱住它的脖子：

“拉克，你真能干！说吧，你瞒着我和妈妈练了多少次？是不是想给我们一个惊喜？”

拉克两眼放光，咧着嘴，龇着白牙，喉咙里发出呃呃的声音——这就是它的开怀大笑了。

那天到饭桌上我和妈妈还在一个劲儿夸，说拉克真是个懂事的大孩子。对了，我一直没说拉克是怎么吃饭的。它和我们同桌吃饭，饭盆放在餐桌上，它蹲在一张和桌子等高的高座上，在饭盆里舔食。我们一直把它看成家中平等的一员。

不过我难过地发现，长大的拉克失去了很多童年的快乐。过去我的空闲时间比较多，一有空儿就领着拉克到处疯，到处野。但我上高中以后，大部分时间因在学校，连星期天也常要补课，只有在吃饭时和睡觉前同拉克亲热一会儿。过去我上学时，拉克常跑出去同邻居的狗狗们玩。拉克不嫌弃这些傻同类，玩耍时懂得迁就它们，就像聪明的大哥哥宠着一群弱智的小姊妹，和它们闹得昏天黑地，然后喜洋洋地带着满身尘土回家。现在，拉克长大了，不再和它们玩了，顶多卧在我家门口，用“大人的”的眼神，平静地，居高临下地，看着一群傻狗在空地上疯闹。那些狗狗们好像也知道自己同拉克的距离已经拉远了，不再来找它。

只有一次，一只叫白毛格格的母狗小心地走过来，边走边用畏怯的目光打量拉克，见拉克没有拒绝，就一直走到拉克身边，在它身上蹭蹭，嗅嗅它的裆间，又吻吻它的嘴巴。就在这一瞬间我忽然想到，拉克已经性成熟了。书上说，狗的发育很早熟（在性发育上不能用那个类比法），七个月就可以交配，2-4 岁时是最好的交配年龄，而拉克已经快三岁了。这些年来，我习惯于拿人类的标准来看拉克，把它看成三岁的小不点儿，没有意识到它早就是“成人”了。

我有点紧张地盯着拉克，看它怎样回应母狗的求爱。我感觉到它已经耸起背毛，马上会跳起来，蹭母狗的身体，闻它的裆间，然后按上帝赋予它的本能去交配……但拉克没有动，姿态僵硬地卧着。也许它正在用极大毅力克制着本能冲动？白毛格格蹭了很久，没有赢得对方的回应，失望地离开了。

我心中像打翻了五味瓶，说不清道不明的难受，因为这个瞬间我想到了拉克的“人生”。拉克不愿放纵动物本能，这说明它确实有了人的理智。但它今后该怎么办？世上没有智慧相当的雌狗来做它妻子，它太孤单了啊。我也第一次感到困惑——我让爸爸培育了聪明的拉克，这对它本身来说，究竟是“幸运”，还是“厄运”呢。

第二天，趁拉克不在家时，我同爸爸通了长途电话，我说拉克太孤单太可怜，你能不能再培育一只有智慧的母狗，为拉克做伴？爸爸大摇其头：

“茵茵，你把问题想得太简单了。我当然能再培育一只聪明的母狗，但你能保证它一定和拉克合得来？再说，即使它有妻子，建立了家庭，就不孤单了吗？那个家庭仍是孤悬于其他狗类之外的。这是牵一发动全身的事。”

我想爸爸说得对，我这种做法实际是包办婚姻，不一定给拉克带来幸福的：“爸爸，那你说咋办？”

爸爸说：“除非建立一个完整的狗人社会，但这是不可能的，至少现在不可能。茵茵你别急，等我考虑考虑，春节回家再说吧。”

但春节爸爸回来时，根本没有提这件事。他大概以为我已经把这事忘了。我当然没有忘，前前后后地追着他问。爸爸先是搪塞，被我追得没办法，只好实话实说：

“科学家可不能像你这样多愁善感，为了推动文明之车前进，有时不得不狠着心肠。你知道我在培育的黑猩猩太空人，什么目的？告诉你，是要它们代替人类去送死，因为宇宙深空探险都是一去不回。这样做是不是有点残忍？确实不假。但不让黑猩猩去送死，就得让人类宇航员去。所以，为了人类的利益，这个项目还得做下去。”

这番话让我彻底失望。爸爸所从事的工作已经把他的心淬硬了，他不会在乎“小姑娘的多愁善感”。他连拉克的性别都记不住，你能指望他把拉克时刻放在心头？

爸爸是拉克的第一任主人，往年他回家时，拉克会欣喜若狂，摇头摆尾地贴在他身边，甚至把我都暂时冷落了。但从去年起，就是他说错拉克的性别之后，拉克明显对它冷淡了，今年更甚。而爸爸确实忙，过了初五就匆匆回基地，没时间和拉克亲热。我真为拉克不平。

爸爸说，这本“拉克成长年记”要留作他的研究资料，总有一天他会看的，那么我就让他看看女儿的抗议：

爸，我非常不满你对拉克的薄情。你在女儿心目中的伟大形象已经有点褪色了，你可千万得警惕！

拉克 4 岁

我简直不敢再用那个“时间类比法”来为拉克计算可比年龄。算下来，今年四月是一个临界点，到那时它就相当于人类的 17.5 岁，正好与我同龄，以后就要超过我了。在两个不同步的时间管道里，今后我只能跟在它的后边，看着它的背影越来越远。

拉克长成十分剽悍的大狗，身高几乎到我的腰部。我现在不大领它上街，一则高中学习太忙，二则——姑娘家身后跟着这么一位赳赳武夫，似乎也不是那么回事，它更应该是男孩子的亲随。不过，星期六晚上我和同学们结伙儿玩耍时，肯定会带上它的。同学们都喜欢它，拉克也十分看重这一周一次的集体活动。星期六早上如果我告诉它：今晚要出去玩，那它在整整一天时间里都会很亢奋；如果告诉它：今天要补课，玩不成了，它就显得蔫头蔫脑，一整天打不起精神。我非常理解它的快乐和忧愁，因为它已经不和同类玩耍，平时太孤单了。所以，只要有可能，我每星期至少组织一次活动，让它玩个痛快。

但我做了一件大大的错事，让拉克非常伤心的事，我一定要原原本本记下来，作为我真诚的道歉。那是夏天的一个星期六下午，放学后，刘凌、何如雪、黄强等七八个男孩女孩照例去我家，准备带上拉克再出去玩。一路上同学们说说笑笑，只有我有点女孩子的心事——例假来了，这次来得比较猛，偏偏我穿的又是一条比较薄的白色超短裙，我得赶紧回家整理一下，以免尴尬。

还未走到我家院门，拉克就听到了，兴奋地用嘴拉开院门，迎过来，摇着尾巴撒欢儿。忽然它一愣，停在我身边，把鼻子伸到我的大腿处用力嗅闻。不用说，它是闻到了血的味道。这不奇怪，狗鼻子的嗅觉感受器是人类的 40 倍，发现气味的能力是人的 100 万倍，所以，这会儿拉克的举动是情理中事。问题是它当着同学的面嗅个不停，弄得我相当尴尬。我低声喝道：

“拉克，别闻了，别闻了！”

拉克今天的反应比较迟钝，仍贴着我，鼻翼抽抽着，一脸困惑的样子。同学们假装没有看到这一幕，但我知道这是为我遮掩尴尬。我一时情急，踢了拉克一脚，低声斥道：

“你这个蠢东西，快滚！”

干完之后我就后悔了，因为我过去从来没有对它这样粗暴。拉克一愣，目光立即暗下来，冷冷地看我一眼，转身离开。我没时间安抚它，赶紧跑到卫生间整理一番。等我出来，同学们正围在拉克身边逗它，而拉克沉着脸，对大家不理不睬。我喊它跟我们出去玩，它也不理。我生气地说：

“你个蠢东西，气性倒不小哩。走，咱们走，别理它！”

我们到郊外玩了一会儿，今天没拉克，大伙儿玩得不大尽兴。晚上我回家，妈妈一见面就数落：

“茵茵你咋个惹拉克了？你们走后它一直闷闷不乐。”

我生气地说：“不理它！自己干错事，还怪别人。”

我真的没理它，自顾回屋睡觉，但睡了一夜我想开了。拉克尽管聪明，仍然是一只狗而不是人类，它的行事要遵循狗的本能（比如靠嗅觉而不是靠视觉来认人），我干吗苛求它呢。再说，虽然它让我在众人面前尴尬，但我当着众人的面踢它，更是严重冒犯了它“男孩子的尊严”。两相比较，我的不对更多一些。我得向它真心认错。早上一起床我就跑到它的卧室，拉克正在穿裤子，见我进去，立即加快速度，匆匆穿好，跳下床，闷着头跑到客厅，卧在地板上不理我。我追过去，也趴在地板上，与它头顶着头，笑着说：

“拉克，看着我，用两只眼睛看我！现在我要向你正式道歉，昨天是我不对，以后我再不会这样了。你能原谅我吗？”

拉克的目光慢慢变暖了，开始舔我的手。

我小声补充一句："不过以后你也不要干那天的傻事，行不？"

看它难为情的样子，它肯定知道我说的"傻事"是指什么，我也就点到而止。我们俩很快和好如初。接受了这次教训，我很小心，再没伤害过它的自尊，而它也很注意不再干"傻事"，甚至有点矫枉过正。比如，拉克酷爱吃炸鱼，过去妈妈为它炸了小鱼，我会高高地拎着鱼尾巴逗它："拉克给我跳一个！"拉克会轻松地一次次跳起，从我手中把鱼夺走。现在呢，不管我怎么逗它，它仍然安卧不动，那张狗脸上分别写着："你这种小孩子的游戏，拉克我就不奉陪啦！"弄得我很扫兴。还有，过去它一高兴，就会大摇尾巴。现在很少这样干了。它肯定认为，摇尾巴是狗狗们才会干的"傻事"。

拉克 5 岁

我今年 18 岁，上高三。身体还在蹿高，去年穿的漂亮衣服，今年就穿不成了，只能忍痛丢弃。拉克的身体则早就定形，妈妈为它做新裤子，照着去年的旧纸样下剪就行。它长得虎背熊腰，绝对是狗中的施瓦辛格，对异姓很有杀伤力。但近处的母狗已经熟知它的冷面无情，一般不来亲热它。如果拉克跟着我们出远门，路上常有母狗颠颠地跑过来，在它身上又是嗅又是蹭。拉克对此不理不睬，被缠得急了，就怒吼一声，把求爱者吓得"夹着尾巴逃跑"。

终不成拉克要鳏孤一生？我不甘心，就动员了妈妈，一块儿向老爸施加压力。我们态度强硬地责令他，尽快培育一只与拉克智慧相当的雌犬，哪怕这件事涉嫌“包办婚姻”。老爸答应了，五月份他打电话说，一只做过智力提升术的雌性太行犬已经出生，命名为黄花花。春节期间他会带着那只狗狗回来。等黄花花长大一两岁，拉克就能和它建立家庭了。

我把这个好消息告诉了拉克。它聪慧如人的瞳孔中泛起欣喜的涟漪，我想它是听懂了，不过我说不准。可惜拉克不能向我诉说它的内心世界，它没有人的声带来说话，没有人的双手来写字，我和它的交流从来都是单向的。至于拉克心里究竟想的什么，或者它对我的话能理解到什么程度，只能靠猜测。正像妈妈的那句调侃：养个哑巴儿子真难哪。

暑假里我萌生一个大胆的想法：能否教拉克认字？如果能教会它认字，就能教会它用键盘打字（用狗爪子也能敲键盘，就是速度慢一些），那样，我们的交流就是双向的了。我在长途电话中对爸爸说了这个想法，爸爸很感兴趣，说等我把高考考完，他一定大力支持我进行这项研究。

就在这个电话之后没几天，拉克捅了一个篓子。

那天我和几个同学带拉克出城玩，在路上碰到一花一白两只狗，都是本地品种，其中花狗长得比拉克还要威猛。它俩肯定是一公一母，因为它们正在跳着狗族百万来延续不变的求爱双人舞：互相嗅一嗅，蹭一蹭，擦擦嘴巴，摇摇尾巴，追追逃逃。等双方情投意合时，花狗半立起身子，俯到白狗的后身上。这就是俗称的“狗打圈”，旁边有几个闲汉兴致勃勃地观看。我们几个同学，尤其是女生，都有足够的自尊，逢到这种事都把眼皮一耷拉，装着没看见，加快脚步匆匆离开。我们已经走过去了，忽然发现拉克没有跟来。它仍停在原地，背毛耸起来，恶狠狠地瞪着那两只狗。我察觉到拉克的神情不对，还没来得及反应，拉克已经恶狠狠地扑上去，对着花狗张嘴就咬。花狗被咬伤了，肩胛处鲜血淋淋。但花狗也不是善主，哪能受得了如此无理的挑衅？它暴怒地冲过来，把拉克冲得在地上打了几个滚，又扑过来，用前爪按住拉克，对着它脖子张开利齿。情急中我忘了危险，尖叫着冲过去，用手中的女式挂包使劲打花狗。花狗没把我放在眼里，玩儿似的一甩头，在我小腿上留下几道齿印。

拉克再度冲过去，准备舍命相搏。这时一个光膀子中年人从院里冲过来，喝止了花狗，我也喝住拉克。一场殊死战斗总算被制止了，下面得赶紧处理善后。我检查一下，拉克身上没有伤，再说它打过狂犬疫苗，不会有危险。但我的腿上已经见了鲜血。我问花狗主人，它打没打过狂犬疫苗？那个中年男人脸色发白，哼哼哝哝地说可能没打。

这就非常危险了，大伙儿都吓得脸色惨白，要知道，狂犬病的致死率基本是 100%！我们赶紧调头回城，赶到最近的区防疫站。不巧，这儿没有狂犬疫苗，最近狗咬人的病例多，疫苗已经用完了。医生只能为我冲洗伤口，让我赶紧到市防疫站。何如雪、陶菊等几个女同学急得哭起来，我想哭也不行啊，再哭也于事无补，赶紧到大路上拦一辆出租，赶往市防疫站。

出租车开得飞快，拉克卧在我腿边，一脸悲伤地盯着我。我不知道它的智力能否完全明白眼前的局面（主人有患狂犬病的危险，必须立即打疫苗），但它肯定知道自己闯了祸，连累了主人。它难过地轻声呜呜着，那声调听起来让人心酸。我安慰它：别害怕，市防疫站一定有疫苗的，打了疫苗就没事了。

以后还算顺利，在市防疫站打了疫苗。为了保险，我给拉克也打了一支。回家后妈妈心疼得不行，问我咋会惹上那条疯狗，我怕她怪罪拉克，没敢说出真实情况。那个暑假过得很窝囊，因为狂犬疫苗要打 5 次，疗程为一个月。医书上还说，即使完全按规定打了狂犬疫苗，仍有 0.15% 的发病率。而且狂犬病的潜伏期很长，从两天到几十年。整个假期，妈妈都在背着我翻医书，悄悄观察我有无发病迹象，还遮遮掩掩地不敢让我看出她的担心，弄得我像吃了蝇子似的腻歪。

当然受打击最大的还是拉克。在我的印象中，从这件事之后它的性格完全变了，从一个快乐随和、自尊心较强的小男孩，变成一个目光阴郁的男人。

妈妈最终还是知道了事情的由来。那天她到我的卧室，心事重重地问：

“茵茵，那天拉克为什么会情绪失控？它去咬那条花狗毫无理由嘛，拉克从来不是这样的暴烈性格。”我忙用食指让她噤声，指指隔壁拉克的卧室。妈妈摇摇头说：“我已经看过了，这会儿它在院里，听不到的。”

关于拉克这次闯祸我已经想了很久，我字斟句酌地说：

“恐怕它是在表现骑士精神，保护我，不让我看到它认为是龌龊的场面。它认为那两只狗当着女孩子的面交尾，是在耍流氓。”

妈妈忍不住苦笑："我估计就是这样的，这是哪跟哪呀。拉克这样下去不行，会发疯的，它把人世界和狗世界搅混到一块儿了。"

我也唯有苦笑，我想妈妈的这句话说得精辟极了。这正是拉克的悲剧所在——既具有狗的身体和本能，又有人的智慧。两个世界形成了陡峭的接茬，任谁也无所适从。说到底，这怨爸爸的技术，也怨我的提议，我们硬要把一个人脑塞到狗的身体中，才造成今天的局面。我和妈沉默着，各自想心事。我知道妈妈今天来我这儿，还有更重要的话要讲。但她最终没有说，因为那些话比较难以启齿。她只是含糊地说：

"拉克长大了，以后你和它不要过于亲昵。"

"妈，我知道。"

"唉，但愿你爸把那个黄花花赶紧送回来，也但愿它和拉克能合得来。那样拉克就不孤单了。"

"但愿吧。"

此后，我们有意在拉克面前多提及黄花花，还让爸爸在可视电话上展示它。一只肉团团的小黄狗，非常可爱。当然它现在和拉克的年龄比较悬殊，让拉克从心理上接受它为伴侣还为时过早。但狗狗的发育快，一两年之后它就能和拉克建立家庭了。

拉克看来接受了我们的安排，虽然比较勉强。

我们都盼着春节，盼爸爸带着黄花花回来。但在元旦之前我有了不好的预感：爸爸不再提及黄花花，也不让它在可视电话上现身了。我们问及它时，爸爸总是含含糊糊地把话头扯开。到了大年三十，爸爸匆匆赶回来，为我们带来一件昂贵的大型礼物：非常漂亮的碳纤维袖珍游艇，可以坐四个人，但重量很轻，不安柴油引擎的话，一人可以轻松地扛走。爸爸一进屋就忙着拆包装，说要马上带全家去河里玩。我沉着脸制止了他，问：

“这是个好礼物，以后我会喜欢它的，但这会儿天寒地冻，不是玩游艇的时候。现在我要黄花花，你答应带回来的黄花花在哪儿？”

爸爸不敢看我，叹息着说：“非常遗憾哪，正好12月份基地有一件紧急任务，只好把黄花花派去了。”

我低下头看看拉克，它看看我。显然它听懂了爸的话。我不再理爸爸，拉克也不理，我俩撇下爸爸，躲到顶楼凉台上，默默地枯坐着，看四野的雪地和迷蒙的远山，直到辞岁的爆竹声响起。我没有问爸爸是什么“紧急任务”，但可以想见，黄花花将从此一去不回，而拉克也失去了唯一的伙伴。妈妈来凉台上找我，委婉地说，你爸爸这样做，我也很生气，很伤心。但咱们要理解他，他作为401基地的领导，只能以工作需要为重。认真说起来，他在那儿为你培养黄花花，已经是假公济私啦。妈又说，你爸一年只能回家几天，咱们凡事迁就一点，不要让他带着遗憾离家。

我听了妈妈的劝告，带着拉克下楼。吃年夜饭时爸爸一直在讨好我和拉克，有话没话地和我聊天，摸拉克的脑袋，弄得我也心软了，不再和他冷战。但拉克还是冷着脸不理他，偶尔用恼怒的目光横他一眼。我心里想，爸爸这次算是把拉克彻底得罪了。夜里看完春晚节目，我回到卧室后，爸爸跟着进来，坐在我的床边，难为情地说：

“茵茵，对不起，为黄花花的事爸爸向你道歉。”

爸爸把话说到这个份上，我还能说什么呢。我和解地说：“算啦，过去的事就别说了，明年再给我弄一只聪明母狗吧。”

爸爸叹息着，真诚地说：“恐怕那也不能最终解决问题。茵茵，我真的很后悔。在为拉克提升智力这件事上犯了一个大错。我本来只想提升到六岁孩子的水平，那样它就只是一个聪明的宠物，不会有后来的诸多麻烦。但具体操作上我犯了错，可能是把刺激电压定高了 0.2 微伏。”

我愕然看着爸爸，哑口无言。这就是他的“真诚道歉”？他对拉克做错的事，只是“把刺激电压定高了 0.2 微伏”？对于这位技术沙文主义的爸爸，我真的无话可说了。

爸爸试探地说：“其实有一个彻底的解决办法。”

“什么办法？”

“让拉克的智力退回到六岁孩子的水平，这样它就永远只是一只聪明的宠物。从技术上说这并不困难……”

“爸！”我急忙喝止住他，因为我忽然看到拉克立在门口，显然听到了这番话。对于它来说，这番话已经不只是残酷了。我匆匆地说，“爸爸，我已经把这一页掀过去了。你走吧，我要睡了。”

爸爸对我的态度有点愕然，顺着我的目光瞥见门口的拉克，微微一愣，笑着走过去，伸手去摸拉克的脑袋。拉克迅速闪到一旁，看着他，目光像是结了冰。爸爸回头看我一眼，窘迫地走了，拉克也默默地离开。我心头又是气恼又是难受，半宿无眠。爸爸怎么能提出这样的混账建议？他毕生都在“改进上帝的造物设计”，怕是走火入魔了。

我忽然想去看看拉克，安慰安慰它，今晚恐怕它也在度着无眠之夜吧。隔壁房间里没有拉克的身影，客厅也没有。它会去哪儿呢？忽然我打了一个寒战——爸爸伤透了拉克的心，它会不会失去理智，对爸爸干出什么暴烈的举动，就如和花狗咬架那天？我急忙轻步来到爸妈的卧室，门没关，妈妈低着头偎在爸爸怀里，两人睡得很香。我在夜色中焦急地寻找，我看见它了，暮色中有一双灼灼发亮的眼睛。它把前爪扒在床上，正冷冷地盯视着爸爸。我失声喊：

“拉克！拉克！”

拉克扭头看看我，迅速转身，跑出房间。

我紧跟着跑出来，已经不见拉克的身影。爸妈被我的喊声惊醒了，这会儿穿着睡衣匆匆出来，问我是怎么回事。我不想指控拉克加害爸爸——本来我也拿不准这一点——就含糊地说：

“是拉克在屋里折腾，把我弄醒了。”

我们在屋里和院里找拉克，没有找到。睡前拴好的院门这会儿开着，所以拉克肯定出门了。三个人在门外喊了一会儿，没有回应。天太冷，三个人实在受不住，妈说：

“回去吧，别冻感冒了。估计拉克是心里烦，出去转转，明天就会回来的。”

我担心拉克还会溜回来找爸爸的麻烦，找个借口，挤到爸妈的床上。那晚仨人都没睡好，老是侧耳听着院门的响声。但晚上拉克一直没有回来，以后也没回来。过了初五，爸爸回基地了，我和妈妈天天盼着能听到拉克的吠声。我们想，也许拉克只是不想见到爸爸，爸爸走后它会回来的。等我们最终确认了拉克的失踪，伤心的妈妈安慰我：茵茵你别担心，拉克身强力壮，又那么聪明，一定能找到一个安身之处。

我不担心这一点，依拉克的能力当然能活下去，这不成问题。它离开这片伤心地，也许会活得更轻松一些。但我无法排除心头之痛。

拉克，你在哪里？你快回来吧。如果你真的不愿回家，那我祝愿你找到新的生活，找到属于你的幸福。

拉克 6 岁

一年过去了，拉克仍然杳无音信。我离家去南方上大学，在学生宿舍里常常揣着一个梦：一条黑狗风尘仆仆地从远处跑来，伸出舌头急切地舔我的手。它当然是拉克！我假装生气地踢它一脚，拉克像受到奇耻大辱，扭头就走。我连忙去追，但拉克已经无影无踪……

拉克 7 岁

我和妈妈仍在到处找拉克，还在报上网上登了寻犬启事。但没有任何消息，它真的在这个世界上彻底消失了，就像飘落在火炉上的一片雪花？

拉克 8 岁

今年三月份又是一个临界点：按可比年龄，拉克 4 2 岁，是我年龄的整整两倍。但奇怪的是，在我的记忆中，它却日益回归童年。如今在我脑海中最清晰的场景是：它蹲到马桶上龇牙咧嘴地挤尿，然后得意洋洋地看着大人；它哀求地看着大人，央求妈妈把它的裤子改成刹裆裤；它自己偷偷学会穿裤子，然后穿戴整齐走到客厅，故做平静地向大人夸耀……

其实我知道，那个“小不点儿”已经永远成为过去，如果它活着，已经是年过不惑的成人了，我不敢说还能理解它的内心世界。

拉克 9 岁

拉克，你真把茵茵姐姐和妈妈都忘了吗？

我忽然有个不好的预感：拉克这几年不见，是否潜入到 401 基地了？那儿虽有两千公里之遥，但以拉克的智力，找到那儿易如反掌——连普通的狗狗都能凭嗅觉找到千里之外的主人呢。不过，拉克如果去了哪儿，绝不会是出于对老主人的思念。我一想到这儿就冷汗涔涔，忙给爸爸挂电话。我不想明白说出让爸爸提防拉克（不愿说拉克的“坏话”），只是含糊地问：“拉克会不会到你那儿去？基地周围有没有它的踪迹？”爸爸奇怪地问：“你怎么会想到这一点？是拉克告诉你的吗？不，它不在这儿。好的，以后我会注意它，你放心吧。”

……

……

拉克 16 岁

拉克的年龄已经超过狗类的生命极限。我对找到拉克失去了信心，看来今生今世无缘再见到它了。这些年，大学毕业，回到家乡工作，拉克的生死一直梗在我心中。心底不清净，一直没有心思谈婚论嫁。直到今年才有一个男人叩开我的感情之门。他叫江国柱，是爸爸的助手，近几年出差时常顺路到我家，为爸爸捎来一封家信或几件衣物。可能爸爸是有意撮合吧，慢慢我们熟识了，恋爱了。他比我大一岁，相貌普通，为人朴实，算不上令人呼然心动的男人——我也过了呼然心动的年龄——但总的说他有一副靠得住的肩膀。

今天他突然从基地来我家，约我到天伦饭店吃饭，说有重要的话对我说。我想他是要向我正式求婚吧，我也做好了“嫁为江家妇”的准备。在雅间坐定，他流利地点了饭菜——正好都是我最爱吃的。他笑着说：

“茵茵我告诉你一个秘密，实际上我对你的了解很深，特别是你的少女时代。你那时的经历，甚至你吃饭穿衣的爱好，我都了如指掌。”

“吹牛吧。”

“怎么会是吹牛？你看看这几样菜，是不是你最喜欢的。”

“那么，是我爸爸告诉你的？”

“不是。”

“我妈妈？”

“也不是。我告诉你吧，是拉——克。”他看着我惊骇欲绝的表情，点点头说，“对，是拉克。它并没有死，也没有失踪。当年它从你家出走之后，千里跋涉，找到401基地。这11年它一直跟着你爸爸和我。”

我没有一点思想准备，绝对想不到时隔11年之后，在我对找到拉克已经绝望的时候，会忽然听到它的消息，而且它竟然一直在——爸爸身边！眼前闪过拉克留给我的最后一幕：两只前爪趴在爸爸的床上，灼灼发亮的眼睛敌意地盯着爸爸。国柱看看我的脸色：

“茵茵我知道你的心思，是不是担心你爸爸的安全？”

我苦涩地说：“嗯，它对我爸爸有相当深的敌意。不过怨不得拉克，是我爸爸严重地伤了它的心。”

“这些情况我都知道。拉克来基地之初就公开申明，是来找你爸爸复仇的——但不是用牙齿和爪子，而是用笔。”

“用——笔？”

“对。它在你家时，你和师母一直没有教它识字，对吧。”

“嗯。我想教来着，还没来得及实施它就失踪了。”

“那它说的是真实情况。它说，它是在看电视时，从对白和字幕的对比中，无意中学会汉字的，它确实聪明，是个难得的天才。我一向对自己的智力很自负的，但不得不承认我比不上它。我对它只进行了简单的培训，它就学会阅读了。我又为它特制了一个专用的电脑键盘，教会它用狗爪输入汉字。这样，很快我们就可以双向交流。”

菜上来了，我沉默地吃着，努力消化这些洪水一样漫地卷来的消息。国柱忽然停住筷子，大概想到了什么，莞尔一笑：

“知道吗？拉克确实很快就向你爸复了仇。它给孟总起了一个很刻薄的绰号，现在已经闻名遐迩了。这个绰号是：技术动物。我们都认为——你别见怪啊——这个绰号抓住了你父亲的精髓。你爸爸对它无可奈何，回敬它一个语意双关的绰号：狗崽子。你爸爸解嘲地说：这个狗崽子以它对父亲的反叛，从反面证明了孟氏智力提升术的伟大成功。”

虽然心绪纷乱，如此别致的复仇仍让我失笑。我收起笑容，恼火地问，“为什么瞒着我？这11年中我和妈妈为拉克担了多少心！”

“是拉克执意要瞒着你们。”他看着我的眼睛，“它非常坚持这一点。它要你彻底忘掉它，开始新的生活。”

我俩都知道这句话的内涵，心照不宣，不再深谈。我的眼眶湿润了，勉强用玩笑来掩饰：

“哼，可笑的骑士精神，一位长着尾巴的堂吉诃德。国柱，它还活着，对吧？我想去基地看它。”

“这正是我这次匆匆赶回来的原因。它……”国柱小心地说，“已经处于弥留状态，没几天好活了。它提出来想最后见你一面。你决定去吗？”

我喉咙里哽着一块东西，说不出话，只是点点头。

“那好，回去收拾一下。明天的机票我定了三张——师母肯定也要去吧。”他掏出一只U盘，“茵茵，拉克学会用电脑后，详细追录了它的一生。日记内容浩繁，我只为你筛选了小部分。你今晚看看吧。”他说，“我希望你在见它之前，对它有个再认识。今天的拉克绝不是当年的聪明狗狗了。这么说吧，对它的指代不能用宝盖头的‘它’，而要用大写的人字旁的‘他’。”

这句话内含的分量让我欣喜。国柱说：

“我绝不是夸大，这11年来他近乎发疯地学习和钻研，那种急迫劲儿让我们为它心痛。他已经是基地中最优秀的基因工程学家，恐怕不在你父亲之下。尽管他长着尾巴，用四肢行走，但基地的人们，包括你爸爸，对他是仰视的。”

“真的？我都不敢相信了，有这样一个了不起的狗狗小弟。”

回家后我把这个喜讯告诉妈妈，然后撇下喜极而泣的妈妈，关上房门，开始阅读拉克的日记。日记中确实展现了一个不同的拉克，不是那个学会使用马桶就得意洋洋的小屁孩，不是那个坚持要穿刹裆裤的青涩男孩，不是那个在性压抑下变得阴晦暴烈的年轻男人。现在的拉克自信，开朗，日记开始时有点锋芒，后来渐转平和。看完后我想国柱说得对，拉克完全当得起人字旁的“他”了。

二 拉克日记

2016 年春节

从来到 401 基地，到学会阅读和用爪子打字，已经一年了。如果 15 岁是我的大限，那么留给我的只有 9 年时间。9 年，3290 个日出，命运对我太吝啬了。到今天我仍然恨那个技术动物，他既然把人的智慧（宇宙中最宝贵的东西）非常草率地塞到我脑壳里，为什么不同时赋予我人类的寿命？

通过这一年的阅读，我已经看到一座深奥博大的科学宝山，它是由几万年的人类智慧汇聚而成。9 年时间恐怕只够我刚刚迈过门槛。

我一直在拼命学习，想成为（像孟世杰那样）掌握上帝造物技艺的基因工程学家，以便弄清我自身的由来。一代才子李叔同在学术鼎盛时期突然出家，斩断三千烦恼丝，把余生托付给青灯古佛。从某种意义上说，我离开茵茵家也是“出家”，斩断尘缘，把余生托付给科学。我想向那位技术动物证明，智慧和创造力并不是人类的专利。

2017 年 6 月 5 号

今天重看了一部电影，是聊斋故事《青凤》。记得我一岁时就看过，是和茵茵姐姐一块儿看的，这会儿我周围仍萦绕着她的体香。

正是这部剧作让我对人类世界的合理性产生了怀疑。人们说，狗是人类最忠实的盟友，而且历史事实确实如此。但我伤感地发现，人类传说中有人与狐的爱情，也有人与龙、鱼、甚至蛇的爱情，等等，偏偏没有一则是人与狗的。这种潜意识中对狗的藐视让我寒心。

我还发现，至少在汉语中（很可惜，我至今只掌握这门语言），‘狗’是典型的贬义词：走狗、狗东西、狼心狗肺、狗眼看人低、丧家犬、癞皮狗、人模狗样……不胜枚举。也许，正是因为狗对人的忠诚，才换来人对狗的鄙视?

2018年6月3号

我发现只懂汉语不行，视野太狭窄。虽然我的寿命有限，至少也得学会英语。江先生爽快地答应了我的要求，从去年开始教我英语。他估计至少五年我才能用英语阅读，但一年后我就开始阅读《物种起源》和《基因工程学》的英文原著了。

今天那位技术动物，孟先生，同我做了一次坦率的深谈。他说，他最初为我做智力提升术时，只是想为茵茵培养一只稍稍聪明的宠物，后来茵茵说我具有成人的智力时，他还不信。但自从我来基地后，他震惊地发现，我甚至不是普通人的才智，而是百年一遇的天才。他说我博览群书的速度非常惊人，就像是沙漠吸纳雨水一样贪婪地吸纳着知识。他相信，我很快就会成为一流的基因工程学家。可惜我的寿命太短，注定只能像一颗耀眼的流星，在很短时间内烧光自己。否则，甚至我会成为长着尾巴的牛顿和爱因斯坦。

他坦率地说，他对我做的“业余手术”非常成功，甚至超过了他对黑猩猩所做的正规手术。但这次伟大成功是“歪打正着”，他现在还没弄清成功的关键，希望我配合他弄清这一点。我问他：

“在我 5 岁那年，你曾经想让我的智力倒退。我想，你现在正暗自庆幸当时没能实施吧。”

他脸红了，点点头，没有说话。

我爽快地答应了他的要求，唯一的条件是，在他摸索成功后，再度培养一批狗人，造福我的同类。孟先生也爽快地答应了。

但我不敢相信他的诺言。这不是他个人的品德问题，而是——依人类的胸襟，在人类智力不能提升之前（法律和伦理不允许对人类做类似手术），会允许比人更聪明的狗人的出现吗？他们早就习惯了狗的奴性，习惯了居高临下的呵斥和施舍。在我的成长经历中，唯一能真正平等待我的人是茵茵和茵茵妈，就连茵茵也曾踢过我一脚呢。

2018 年 7 月 4 号

三年前的今天，一个星期六的下午，茵茵第一次（也是唯一的一次）踢我一脚，让我十分伤心。茵茵马上就后悔了，真诚地向我道了歉，她真是个好姐姐，好姑娘。

茵茵认为我的伤心是自尊心受到伤害，她错了，至少是部分错了。

自尊心受伤确实让我伤心，但最使我心痛的是我的自省。依我那时的心智，我绝不该去嗅茵茵的裆部，这不符合绅士的礼貌；但强大的嗅觉本能又拉着我这样做。最终，我的理智屈服于狗的本能。想到这一点，我甚至厌恶自己。

那么，至少在那个年龄，我仍然只是一只狗，而不是人？

2018 年 7 月 28 日

今天在基地的试验场，看见两只狗在交尾，它们干得非常投入，旁若无人。现在我已经能以平和的目光来旁观了。我的弱智同胞是按照狗族百万年延续的本能去行事，它们不必受人类规则的限制。

不由想起几年前我的那次暴烈举动，不免暗自摇头。那时我是缘于一种强烈的冲动：茵茵是我心目中的雪山女神，纯洁晶莹。我要保护她不受任何亵渎，哪怕只是视觉上的不洁。这种骑士精神很可笑，我把人世界与狗世界搅到一块儿了。

当然，若把我的举动完全归因于这种纯洁动机，恐怕也有点自欺。要想挖出深层的原因，只有到弗洛伊德那老头儿的书里找答案了。

孟先生把我命名为“幸运者”，我幸运地得到了人类才有的智力和情感。但不幸的是，它们被禁锢在一具残酷的狗形桎梏内。其中，“情感”看来是永远无法超生了（一个狗人怎么能去爱一个人类姑娘呢），也就不必说它；“智力”倒有可能逃出这具桎梏。我会努力锤炼它，期盼有一天石破天惊。

2019 年 2 月 2 日　雪

江先生告知我了黄花花的死讯。她是被送到范·艾伦处作哺乳动物长期耐辐射试验的，本来就是有去无回的旅程。黄花花原是茵茵为我安排的未来的妻子，但我与它缘悭一面，也从来没有在内心接受她。

但不管怎样，她是除我之外唯一的狗人，是我的唯一同类。我对她的死亡深表哀悼。

愿她孤寂的灵魂在太空中安息！

2024 年春节

自从我 8 年前“出家”后，从来没有打听过茵茵母女的消息，孟先生也闭口不谈。今天听江先生第一次说了茵茵的消息。她大学毕业后回家乡工作，至今仍是独身。她的生活太苦了，是心里的苦，无法为外人道的苦。

其实，江先生倒是一个不错的丈夫人选。与茵茵年龄相当，人品好，细心体贴。据我观察，他在同我的交流中，对茵茵有不露声色的强烈关心。

但愿他能早日赢得茵茵的芳心，给她提供一副宽厚的肩膀。

2025年4月4日

我的大限将至，余日无多。眼睛和耳朵都不行了，只有脑子还很管用——准确地说，大脑刚刚磨合到最佳工作状态。太可惜了，它不得不随着一副短命的皮囊而提前报废。

孟先生在我身上做了近10年试验，仍然没能重现16年前那次成功。他十分急迫和沮丧，因为我的死亡将把那个秘密带到坟墓中去。我为他遗憾，但爱莫能助。

听江先生说，茵茵和他已经情投意合，我可以放心了。昨天孟先生来看我，我提出想见茵茵和妈妈一面，孟先生略为犹豫后点头答应。我盼着她俩早日到来。

死之将至，不妨为未来的狗人社会勾勒一个草图。假如世上能出现一大群聪明的狗人，我想它们仍将长期依附于人类，一如几万年来的狗族先辈。而且这种依附会更牢固，因为如今连狗人的智慧也将由人类赋予。由于这样的莫大恩惠，对人类忠诚服从仍将是狗人的集体天性。

也许有一天，狗人能自我提升智力并使其能够遗传。到了那时，人类和狗人会基于平等关系建立新的友谊。两个种族将融合于一个崭新的社会中——也许这种融合包括异类通婚。

当然这是遥远的前景，但我相信它会来的，既然孟先生开启了对动物提升智力的先河，那么其后的发展就不可逆转了。

也想把我与孟先生的恩怨来个小结。他确实是一只技术动物，在向科学堡垒进攻时，从来不顾惜脚下践踏的人类情感。但不可否认，他是一个伟大的、忘我的科学家。我敬佩他，敬佩中带着恨意。

三 辞别

四个人来到基地医院的特护病房。病房内摆着氧气瓶、吸痰器、心脏起搏器等诸多设备，心电示波仪哔哔地响着。屋里只有一张病床，拉克无力地蜷伏在床上，头枕着前爪，仍穿着老式样的、茵茵设计的那种裤子。它确实非常衰老了，黑亮而致密的皮毛变成稀疏的苍灰色，毫无光泽。皮肤松弛，形销骨立。看到它这个样子，茵茵和妈妈十分心疼。病床前有一块儿屏幕，连着一个别致的环形键盘，上面布着两排很大的圆形单键，这是特意为拉克的狗爪子设计的。一位年轻护士轻声对茵茵爸说：

“孟总，拉克先生这会儿的状态比较稳定，你们可以探视。请注意时间不要太长。”

茵茵爸点点头，护士退出屋子。江国柱俯下身子，轻声唤道：

“拉克，茵茵妈和茵茵来看你了。”

拉克开始没有反应，过一会儿，它突然抽动着鼻子，艰难地抬起头，用混浊的老眼辨认着眼前的几个人影。然后它拉过半圆形的键盘盲打着，在屏幕上显出一行字：

“是茵茵来了吗？我的眼睛和耳朵都不管用了，只有这只鼻子还灵。我嗅到了两个女性亲人的气味。”

茵茵喉咙发梗，柔声说：“你好，拉克，我和妈妈来看你了。”

屏幕上闪出一行字：“茵茵你好，茵茵妈你好。实在对不住，我太老了，老得都不好意思对你们喊姐姐和妈妈了。”

茵茵和妈妈抚摸着它的背毛说：“别管什么称呼，你永远是我们的家人。可是拉克，你不该瞒我们 11 年。”

“真的对不住，希望你俩能理解我的苦衷。能在死前见你们一面，我很满足了。”

“不要这样说，拉克，病好跟我们回家吧，咱们还能在一块儿生活十年。”

“哈哈，死神可不像你这样慷慨。你们不用安慰我，我已经做好准备了。茵茵，听说你和江先生已经订婚，我祝福你们。”

“谢谢你。”

“孟先生你也在这儿吗？一定在的，我闻到了你冰冷的技术味儿。”

后排的孟总走近一点，笑着说：“我在这儿呢，你这个尖嘴利牙的狗崽子。”

“狗崽子已经长大啦，我更愿你称我‘狗男人’，而且希望世人不再认为它带有贬义。孟先生，很可惜，我没能帮你找到那个技术秘密。不过你尽管放心，它既然已经在地平线上露过一面，不会就此消失的。”

茵茵爸笑着：“我已经把这件事放下了，今天咱们只谈亲情，不谈公事。”

“真难得啊，能听孟总说出这样温情的话。对了，既然说到‘狗男人’，我想问一个小儿科的问题：人类传说中有很多温馨感人的同异类的爱情故事，像《青凤》、《追鱼》、《柳毅传书》、《白蛇传》、《人鱼公主》，等等。但所有这些可爱的异类都是雌性，而雄性异类如果出现在类似故事中，则必然是邪恶的。这是为什么？人类有胸襟接受女狐雌蛇，却不能接受——比如一个狗男人？”

他是用戏谑的口气说的，但在场的人颇为震动。大家都习惯了这类故事的模式，没人往深处思考。而且大家听出来，拉克的戏谑中多少夹杂着郁郁之气。江国柱很干脆地说：

“拉克你说得对，这种故事模式是男性沙文主义的折射，它所反映的人类潜意识不值得褒奖。”

“谢谢江先生的回答。咱们把这个话题抛开吧。”

茵茵和妈妈问了一些分别后的事情，护士进来，歉然说：“对不起，拉克先生不能长时间兴奋，他该休息了。”

四人同拉克依依惜别，拉克在屏幕上打出最后一行字：

“可能这是咱们的最后一面了，我希望像英国绅士那样吻吻茵茵的手，可以吗？”

茵茵眼睛湿了，立即伸出右手。拉克摸索着，用两只前爪捧住她的手，不过他并没有像英国绅士那样轻吻，而是用舌头轻轻舔着。一时间，茵茵像是回到了 15 年前小拉克刚到家的那个时刻。然后，她感觉到手中有一个小小的硬物。

当天晚上，拉克平静地与世长辞。

遵照它的遗愿，家人把他埋在401基地角落的一块儿荒地里，小小的坟茔前立着一块石碑，正面刻着：

狗男人拉克之墓

背面刻着：

希望有一天，这个谥号不再被世人认为带有贬义。

一个月后，茵茵与国柱结婚。

蜜月之后国柱要回基地了，晚上，他去同妈妈话别，茵茵独自到书房，取出一个U盘，插到电脑的接口中。这个U盘是拉克同她告别那天，在吻她的手时，从嘴里悄悄吐出来塞到她手中的，那会儿还带着防水的塑料包装。她当时稍稍一愣，但反应很快，不动声色地把U盘攥到手心里。

屏幕上显示出拉克留给她的密信，她已经看过好多遍了，但远没有决定该怎么办。前天她再次阅读时，国柱无意中看到了，问她在看什么。茵茵笑着随手把屏幕隐去，说这是我姑娘时代的一个小秘密，也许以后会告诉你的，也许不会。国柱没有在意，笑着说，那你就保留着它吧。

那么，她到底该怎么办呢？

茵茵：

永别前把一个秘密交你保管，肯定会让你为难的。我很抱歉，但

我确实没有第二个可以托付的人。

你可能已经知道，16 年前孟先生为我做的智力提升术只是歪打正着。我来基地后，他一直在我身上狂热地研究着，以期重现这次成功，可惜未能如愿。不过我倒是已经找到了那个秘密。我没有告诉你爸爸，是因为我确信，他不会再把这一技术用于造福我的同类。人类还没有胸襟接受比他们更聪明的狗人，尤其是独立性相对更强的狗男人。我知道最后一句话带着男性沙文主义的臭味，希望不至于惹你反感，我只是在叙述现存的事实。

智力提升术的所有技术秘密都在这个 U 盘中，我把它郑重地托付给你。不敢奢求你用它来缔造一个狗人社会，毕竟对你来说那是异类。我只希望你保存着它。如果到某一天，这项技术公之于世时，无论对人类，还是对狗人，都是一样的福音，那时就请你公布它。

我相信，以你的仁爱天性和女性直觉，定会做出正确的判断。

有三个字，这一生中我一直想对你说，但始终没有启齿。这会儿，既然我行将就木，也就不用再说了吧。

一个孤独的狗男人　拉克绝笔

替天行道

转基因谬种流传

莱斯·马丁于上午 9 点接到《纽约时报》驻 Z 市记者站的电话，说有人扬言要在 MSD 公司大楼前自爆身亡，让他尽快赶到现场。马丁的记者神经立即兴奋起来——这肯定是一条极为轰动的消息！此时马丁离 MSD 公司总部只有 10 分钟的路程，他风驰电掣般赶到。

数不清的警车严密包围着现场，警灯闪烁着，警员们伏在车后，用手枪瞄准公司大门。还有十几名狙击手，手持 FN30 式狙击步枪，食指紧紧扣在扳机上。一个身着浅色风衣的高个子男人显然是现场指挥，正对着对讲机急促地说着什么，马丁认出他是联邦调查局的一级警督泰勒先生。

早到的记者在紧张地抓拍镜头，左边不远处，站着一位女主持人——马丁认出她是 CNN 的斯考利女士——正对着摄影机做现场报道。她音节急促地说：

"……已确定这名情绪失控者是中国人，名叫吉明，今年四十六岁，持美国绿卡。妻子和儿子于今年刚刚在圣弗朗西斯办理了长期居留手续。吉明前天才从中国返回，直接到了本市。二十分钟前他打电话给 MSD 公司，声称他将自爆身亡以示抗议，动机不详。有传言说他是因为受到不公正的待遇而向上司复仇，这只是一种推测，不一定可靠。请看——" 摄像机镜头在她的示意下摇向公司大门口的一辆汽车，"这就是此人将使用的汽车炸弹，汽车两侧都有用红漆喷的标语，左侧是英文，在这个方向上看不见；右侧是中文。"她结结巴巴地用汉语念出"替天行道，火烧 MSD"几个音节，又用英文解释道，"汉语中的'天'大致相当于英文中的上帝，或大自然，或二者的结合；汉语中的'道'指自然规律，或符合天意的做法。这幅标语不伦不类，因此不排除这个中国人是一名精神病患者。”

马丁同斯考利远远打了个招呼，努力挤到现场指挥泰勒的旁边。眼前是MSD公司新建的双塔形大楼，极为富丽堂皇。双塔间有螺旋盘绕，这是模拟DNA双螺旋线的结构。MSD是世界知名的生物技术公司之一，也是本市财政的支柱。这会儿以公司大门为中心，警员散布成一个巨大的半圆。中国男子声称，他自爆使用的汽车炸弹可能会毁掉整座大楼，所以警员不敢过于靠近。马丁把数码相机的望远镜头对准那辆车，调好焦距。从取景框中分辨出，这是一辆半旧的老式福特，银灰色的车体上用鲜红的漆喷着一行潦草的字迹，马丁只能认出最后的MSD三个英文字母。那个中国男子中等身材，黑头发。他站在汽车二十米外，左手持遥控器，右手持扩音器，大声催促：“快点出来，再过五分钟我就要起爆啦！”

他是用英文说的，但不是美国式英语，而是很标准的牛津式英语。MSD公司的职员正如蚁群般整齐而迅速地从侧门撤出来，出了侧门，立即撒腿跑到安全线以外。也有几个人是从正门撤出，这几位正好都是女士，她们胆怯地斜视着盘踞在门口的汽车和中国男子，侧着身子一路小跑，穿着透明丝袜的小腿急速摆动着。那位叫吉明的中国男子倒颇有绅士风度，这会儿特意把遥控器藏到身后，向女士们点头致意。不过女士们并未受到安抚，当她们匆匆跑到安全线以外时，个个气喘吁吁，脸色苍白。

一名警员用话筒喊话，请吉明先生提出条件，一切都可以商量，但吉明根本不加理睬。五十岁的马丁已经是采访老手了，他知道警员的喊话只是拖延时间。这边，狙击手的枪口早就对准了目标，但因为中国男子已事先警告过他的炸弹是“松手即炸”，所以警员们不敢开枪。泰勒警督目光阴沉地盯着场内，显然在等着什么。忽然他举起话机急促地问：“‘盾牌’已经赶到？好，快开进来！”

人群闪开一条路，一辆警车缓缓通过，径直向吉明开去，泰勒显然松了一口气，马丁也把悬着的心放到肚里。他知道，这种“盾牌97”是前年配给各市警局的高科技装置，它可以使方圆八十米之内的无线电信号失灵，使任何爆炸装置无法起爆。大门内的吉明发现了来车，立即高举起遥控器威胁道：“立即停下，否则我马上起爆！”

那辆车似乎因惯性又往前冲了几米，刷地刹住——此时它早已在八十米的作用范围之内了。一位女警员从车内跳下，高举双手喊道：“不要冲动，我是来谈判的！”

吉明狐疑地盯着她，严令她停在原地。不过除此之外，他并未采取进一步的应急措施。马丁鄙夷地想，这名中国男子肯定是个“雏儿”，他显然不知道有关“盾牌97”的情况。这时泰勒警督回头低声命令：“开枪，打左臂！”

一名黑人狙击手嚼着口香糖，用戴着无指手套的左手比了个OK，然后自信地扣下扳机。啪！一声微弱的枪响，吉明一个趔趄，扔掉了遥控器，右手捂住左臂。左臂以一种不自然的角度低垂下来。虽然相距这么远，马丁也看到了他惨白的面容。

周围的人都看到了这个突然变化。当失去控制的遥控器在地上蹦跳时，多数人都恐惧地闭紧眼睛——但并没有随之而来的巨响，大楼仍安然无恙，几乎在枪响的同时，十几名训练有素的警员一跃而起，从几个方向朝吉明扑去。吉明只愣了半秒钟，发狂地尖叫一声，向自己的汽车奔去。泰勒简短地命令：

“射他的腿！”

又一声枪响，吉明重重地摔在地上，不过他并不是被枪弹击倒的。由于左臂已断，他的奔跑失去平衡，所以一起步就栽到地上——正好躲过那颗子弹。随之，他以一个四十六岁的中年人不大可能具有的敏捷从地上弹起，抢先赶到汽车旁边。这时逼近的警员已经挡住了狙击手的视线，无法开枪了。吉明用右手猛然拉开车门，然后从口袋中掏出一只打火机打着，向这边转过身。几十架相机和摄像机拍下了这个瞬间，拍下了那张被发狂、绝望、愤怒、凄惨所扭曲了的面庞，拍下了打火机腾腾跳跃的火苗。泰勒没有料到这个突变，短促地低呼了一声。

正要向吉明扑去的警员都愣住了，他们奇怪吉明为什么要使用打火机，莫非遥控起爆的炸弹还装有导火索不成？但他们离汽车还有三四步远，无论如何来不及制止了。吉明脸上的肌肉抖动着，从牙缝里凄厉地骂了一声。他说的是汉语，在场的人都没听明白他说的是什么。后来，一位来自台湾的同事为马丁译出了摄像机录下的这句话，那是中国男人惯用的骂人话。

吉明把打火机丢到车内，随之扑倒在地——看来他没有打算作自杀式的攻击。车内红光一闪，随即蹿出凶暴的火舌。警员们迅速扑倒，向后滚去，数秒钟后一声响，汽车的残片被抛向空中。不过这并不是高爆炸药，而是汽油的爆炸，爆炸的威力不算大，10 米之外的公司大门只有轻微的损伤。

浓烟中，人们看见了吉明的身躯，浑身带着火苗，在烟雾和火焰中奔跑着，辗转着——扑倒，再爬起来；爬起来，再扑倒。这个特写镜头似乎持续了很长时间，实际上却只有几十秒钟。外围的消防队员急忙赶到，把水流打到他身上，熄灭了火焰。四个警察冲过去，把湿漉漉的他按到担架上，铐上手铐，迅速送往医院抢救。

粉状灭火剂很快扑灭了汽车的火焰，围观者中几乎要爆炸的气氛也随之松弛下来，原来并没有什么汽车炸弹！公司员工们虚惊一场，互相拥抱着，开着玩笑，陆续返回大楼。泰勒警督在接受记者采访，他轻松地说，警方事前已断定这不是汽车炸弹，所以今天的行动只能算是一场有惊无险的演习。马丁想起他刚才的失声惊叫，不禁绽出一丝讥笑。

他在公司员工群中发现了公司副总经理丹尼·戴斯。戴斯是MSD公司负责媒体宣传的，所以这张面孔在Z市人人皆知。刚才，在紧张地逃难时，他只是蚁群中的一分子；现在紧张情绪退潮，他卓尔不群的气势就立即显露出来。戴斯近六十岁，满头银发一丝不乱，穿着裁剪合体的暗格西服。马丁同他相当熟稔，挤过去打了招呼：

“嗨，你好，丹尼。”

“你好，莱斯。”

马丁把话筒举到他面前，笑着说：“很高兴这只是一场虚惊。关于那名中国男子，你有什么要说的吗？”

戴斯略为沉吟后说：“你已经知道他的姓名和国籍，他曾是MSD驻中国办事处的临时雇员……”

马丁打断他：“临时雇员？我知道他已经办了绿卡。”

戴斯不大情愿地承认：“嗯，是长期的临时雇员，在本公司工作了七八年。后来他同公司驻中国办事处的主管发生了矛盾，来总部申诉，我们了解了实际情况后没有支持他。于是他迁怒于公司总部，采取了这种过激行为。刚才我们都看到他在火焰中的痛苦挣扎，这个场面很令人同情，对吧？但坦率地说他这是自作自受。他本想扮演殉道者的，最终却扮演了一个小丑。四十六岁了，再改行扮毛头小子，太老了吧！”他刻薄地说，“对不起，我不得不离开了，我有一些紧迫的公务。”

他同马丁告别，匆匆走进公司大门。马丁盯着他的背影冷冷一笑。不，马丁可不是一个雏儿，他料定这件事的内幕不会如此简单。刚才那名中国人的表情马丁看得很清楚，绝望、凄惨、发狂，绝不像一个职业犯罪分子。戴斯是只老狐狸，在公共场合的发言一向滴水不漏，但今天可能是惊魂未定，他的话中多少露出了那么一点马脚。他说吉明“本想扮演殉道者”——这句话就非常耐人寻味。按这句话推测，则那个中国人肯定认为自己的行动是正义的，殉道者嘛，那么，他对公司采取如此暴烈的行动肯定有其特殊原因。

马丁在新闻界闯荡了三十年，素以嗅觉灵敏、行文刻薄著称。在Z市的上层社会中，他是一个不讨人喜欢、又没人敢招惹的特殊人物。现在，鲨鱼（这是他的绰号）又闻见血腥味啦，他决心一追到底，绝不松口，即使案子牵涉他亲爹也不罢休。

仅仅一个小时后，他就打听到，吉明的恐怖行动和MSD公司的“自杀种子”有关。听说吉明在行动前曾给地方报社《民众之声》寄过一份传真，但他的声明在某个环节被无声无息地抹掉了。

自杀种子——这本身就是一个带着阴谋气息的字眼儿。马丁相信自己的判断不会错。

圣方济教会医院拒绝采访，说病人病情严重，烧伤面积达 89%，其中三度烧伤 37%，短时间内脱离不了危险。马丁相信医院说的是实情，不过他还是打通了关节，当天晚上来到病房内。病人躺在无菌帷幕中，浑身缠满了抗菌纱布。帷幕外有一个黑发中年妇人和一个黑发少年，显然也是刚刚赶到，正在听主治医生介绍病情。那位母亲不大懂英语，少年边听边为母亲翻译。妇人被这场突如其来的横祸击懵了，面色悲苦，神态茫然。少年则用一道冷漠之墙把自己紧紧包裹，看来，他既为父亲羞愧，又艰难地维持着自尊。

马丁在 20 世纪 70 年代和 90 年代去过中国，最长的一次住了半年。所以，他对中国的了解绝不是远景式的、浮浅的。正如他在一篇文章中所说，他“亲耳听见了这个巨大的社会机器在反向或加速运转时，所发出的吱吱嘎嘎的摩擦声”。即使在 20 世纪 70 年代那个贫困的、到处充斥“蓝蚂蚁”的中国，他对这个国家也怀着畏惧。想想吧，一个超过世界人口五分之一的民族！没有宗教信仰，仅靠民族人文思想维持了五千年的向心力！拿破仑说过，当中国从沉睡中醒来时，一定会令世界颤抖——现在它确实醒了，连呵欠都打过啦。

帷幕中，医生正在从病人未烧伤的大腿内侧取皮，准备用这些皮肤细胞培育人造皮肤，为病人植皮。马丁向吉明的妻子和儿子走去，他知道这会儿不是采访的好时机，不过他仍然递过自己的名片。吉妻木然地接过名片，没有说话。吉的儿子满怀戒备地盯着马丁，抢先回绝道：

“我们什么也不知道，你别来打搅我妈妈！”

马丁笑笑，准备施展他的魅力攻势，这时帷幕中传来两声短促的低呼。母子两人同时转过头，病人是用汉语说的，声音很清晰：

“上帝！上帝！”

吉妻惊疑地看着儿子。上帝？吉明在喊上帝？丈夫从来就不是虔诚的基督徒，恰恰相反，他一向对所有的宗教都持一种调侃态度。难道他在大限临近时忽然有了宗教感悟？但母子两人没有时间细想，他们靠近帷幕喊着：

“吉明！”“爸爸！”

病床上，在那个被缠得只留下七窍的脑袋上，一双眼睛缓缓睁开了，散视的目光逐渐收拢，聚焦在远处。吉明没有看见妻儿，没有听见妻儿的喊声，也没有看见在病床前忙碌的医护人员。他的嘴唇翕动着，喃喃地重复着四个音节。这次，吉妻和儿子都没有听懂，但身旁不懂汉语的医生却听懂了。他是在说：

“哈利路亚！哈利路亚！”

哈利路亚！

长着翅膀的小天使们在洁白的云朵中围着吉明飞翔，欢快地唱着这支歌。吉明定定神，才看清他是在教堂里，唱诗班的少男少女们张着嘴巴，极虔诚极投入地唱这首最著名的圣诞颂歌《弥塞亚》：

“哈利路亚！世上的国成了我主和主基督的国，他要做王，直到永远永远。哈利路亚！”

教堂的信徒全都肃立倾听。据说1743年英国国王乔治二世在听到这首歌时感动得起立聆听，此后听众起立就成了惯例。吉明被这儿的气氛感动了。这次他从中国回来，专程到MSD公司总部反映有关自杀种子的情况。但今天是星期天，闲暇无事，无意中逛到了教堂里。唱诗班的少年们满脸洋溢着圣洁的光辉，不少听众眼中汪着泪水。吉明是第一次在教堂这种特殊氛围中聆听这首曲子，聆听它雄浑的旋律、优美的和声和磅礴的气势。他知道这首合唱曲是德国作曲家韩德尔倾全部心血完成的杰作，甚至韩德尔本人在指挥演奏时也因过分激动而与世长辞。只有在此情景，吉明才真正体会到那种令韩德尔死亡的宗教氛围。

他觉得自己的灵魂也被净化了，胸中鼓荡着圣洁的激情——但这点激情只维持到出教堂为止。等他看到世俗的风景后，便从刚才的宗教情绪中醒过来。他自嘲地问自己：吉明，你能成为一个虔诚的基督徒吗?

他以平素的玩世不恭给出答复：扯淡。

他在无神论的中国度过了半生。前半生建立的许多信仰如今都淡化了，锈蚀了，唯独无神论信仰坚如磐石。因为，和其他一些流行过的政治呓语不同，无神论对宗教的批判是极犀利、极公正的，且随着时间的推移而愈加坚实。此后他就把教堂中萌发的那点感悟抛在脑后，但他未想到这一幕竟然已经深深烙入他的脑海，在垂死的恍惚中它又出现了。这幅画在他面前晃动，唱诗班的少年又变成了带翅膀的天使。他甚至看到上帝在天国的门口迎接他。上帝须发蓬乱，瘦骨嶙峋，穿着一件苦行僧的褐色麻衣。吉明好笑地、嘲弄地看着上帝，心想，我从未信奉过你，这会儿你来干什么？

他忽然发现上帝并不是高鼻深目的犹太人、雅利安人、高加索人……他的白发中掺有黑丝，皮肤是黄土的颜色，粗糙得像老树的树皮。他表情敦厚，腰背佝偻着，面庞皱纹纵横，像一枚风干的核桃……他分明是不久前见过的那位中原地区的老农嘛，那个顽石一样固执的老人。

上帝向他走近。在响遏行云的赞歌声中，上帝并不快活。他脸上写着惊愕和痛楚，手里捧着一把枯干的麦穗。

枯干的麦穗！吉明的心脏猛然被震撼，向无限深处跌落。

三年前，吉明到中原某县的种子管理站，找到了二十多年未见面的老同学常力鸿。一般来说，中国内地的农业机关都是比较穷酸的，这个县的种子站尤甚。这天正好赶上下雨，院内又在施工，乱得像一个大猪圈。吉明小心地绕过水坑，仍免不了让锃亮的皮鞋溅上泥点。常力鸿的办公室在二楼，相当简朴，靠墙立着两个油漆脱落的文件柜，柜顶放着一排高高低低的广口瓶，盛着小麦、玉米等种子。常立鸿正佝偻着腰，与两位姑娘一起装订文件。他抬头看看客人，尽管吉明已在电话上联系过，他还是愣了片刻才认出老同学。他赶忙站起来，同客人紧紧握手，不过，没有原先想象的搂抱、捶打这些亲昵动作，衣着的悬殊已经在两人之间划出了一道无形的鸿沟。

两个姑娘好奇地打量着两人，确实，他们之间反差太强烈了。一个西装革履，发型精致，肤色保养得相当不错，肚子也开始发福了；另一个黑瘦枯干，皮鞋上落满了灰尘，鬓边已经苍白，面庞饱经风霜。姑娘们嘁喳着退出去，屋里两个人互相看看，不禁会心地笑了。

午饭是在“老常哥”家里吃的，屋内家具比较简单，带着城乡结合的风格。常妻是农村妇女，手脚很麻利，三下五除二地炒了几个菜，又掂来一瓶赊店大曲。两杯酒下肚后，两人又回到了大学岁月。吉明不住口地感谢“老常哥”，说自己能从大学毕业全是老常哥的功劳！常立鸿含笑静听，偶尔也插一两句话。他想吉明说的是实情。在农大四年，这家伙几乎没有正正经经上过几节课，所有时间都是用来学英语，一方面是练口语，一方面是打探出国门路。那是20世纪70年代末80年代初，学校里学习风气很浓，尤其是农大，道德观念上更守旧一些。同学们包括常力鸿都不怎么认可吉明，嫌他的骨头太轻，嫌他在人生规划上过于精明——似乎他人生的唯一目的就是出国！不过常力鸿仍然很大度地帮助吉明，让他抄笔记，抄试卷，帮他好歹拿到毕业证。

那时吉明的能力毕竟有限，到底没办法出国留学。不过，凭着一口流利的英语，毕业两年后他就开始给外国公司当雇员，跳了几次槽，拿着几十倍于常力鸿的工资。也许吉明的路是走对了，也许这种精于计算的人恰恰是时代的弄潮儿？……听着两人聊天，外貌木讷实则精明的常妻忽然撂了一句：

“老常哥对你这样好，这些年也没见你来过一封信？”

吉明的脸唰地红了，这事他确实做得不地道。常力鸿忙为他掩饰：“吉明也忙啊，再说这不已经来了吗？喝酒喝酒！”

吉明灌了两杯，才叹口气说：“嫂子骂得对，应该骂。不过说实在话，这些年我的日子也不好过呀。每天赔尽笑脸，把几个新加坡的二鬼子当爷敬——MSD 驻京办事处的上层都是美国人和新加坡人。我去年才把绿卡办妥，明年打算把老婆儿子在美国安顿好。”

“绿卡？听说你已入美国籍了嘛。”

吉明半是开玩笑半是解气地说：“不，这辈子不打算当美国人了，就当美国人的爹吧。”他解释道，这是美国新华人中流行的笑话，因为他们大都保留着绿卡，但儿女一般要入美国籍的。“美国米贵，居家不易。前些天一次感冒花了我一百五十美元。所以持绿卡很有好处的，出入境方便。每次回美国我都大包小包地拎着中国的常用药。”

饭后，常妻收拾起碗筷，两人开始谈正事。常力鸿委婉地说：“你的来意我已经知道了，你是想推销 MSD 的小麦良种。不过你知道，小麦种子的地域性较强，国内只是在新中国成立前后引进过美国、澳大利亚和意大利的麦种，也只有意大利的阿勃、阿夫等比较适合中原地域。现在我们一般不进口麦种，而是用本省培育的良种，像豫麦 18、豫麦 35……”

吉明打断他的话：“这些我都知道——不知道这些我还能做种子生意？不过我这次推荐的麦种确实不同寻常。它的绰号叫‘魔王麦’，因为它几乎集中了所有小麦的优点，地域适应性广，耐肥耐旱，落黄好，抗倒伏，抗青干，在抗病方面几乎是全能的，抗条锈，抗叶锈，抗秆锈，抗白粉，仅发现矮化病毒对它有一定威胁……你甭笑。”他认真地说，“你以为我是在卖狗皮膏药？老兄，不能拿老眼光看新事物，这些年的科技发展太可怕了，简直就是神话。我知道毕业后你很努力，还独立育出了一个新品种，推广了几千亩，现在已经被淘汰了。对不对？”这几句话戳到常力鸿的痛处，他面色不悦地点点头。“老兄，这不怪你笨，条件有限嘛。你能采用的仍是老办法，杂交，选育，一代又一代，跟着老天爷的节拍走，最多再加上南北加代繁殖。但 MSD 公司早在三十年前就开始使用基因工程育种。你想要一百种小麦的优良性状？找出各自的表达基因，再拼接过来就是了。为育出魔王品系，MSD 总共投资了近二十亿美元，你能和他们比吗？”

常力鸿有点被他说动了。

吉明笑道：“你放心吧，我虽然已经成了见钱眼开的商人，好歹是中国人，好歹是你的老朋友，不会骗到老常哥头上的。这样吧，我先免费提供一百亩的麦种供你们进行检疫试种。明年，我相信你自己会找我买种子，把‘魔王麦’扩大到一百万亩。”

条件这样优惠，常力鸿立即同意了。两人又商量了引进种子资源的例行程序，包括向中国国家种子资源管理处登记并提供样品种子等。正如吉明所料，在商谈中，常力鸿对“魔王麦”属于“转基因作物”这一点没有提出任何异议，他甚至压根儿没提农业部颁发的《农业生物基因工程安全管理实施办法》。在欧洲，这可是个十分敏感的话题。转基因产品在欧洲已经被禁止上市，连试验种植也被受限制，各绿党和环保组织时刻拿眼睛盯着。正是因为如此，MSD 公司才把销售重点转向第三世界。

既然常力鸿没有提到这一点，吉明当然不会主动提及。不过吉明并不为此内疚。欧洲对转基因产品的反对，多半是基于“伦理性”或“哲理性”的，并不是说他们已经发现了转基因产品对人身的危害。吉明一向认为，这种玄而又玄的讨论是富人才配享有的奢侈。对于中国人，天字第一号的问题是什么？是吃饱肚子！何况转基因产品在美国已经大行其道了，美国的食物安全法规也是极其严格的。

两人签协议时，吉明让加上一条“用户不允许使用上年收获的麦子做种”，也就是说，每年的麦种必须向 MSD 公司购买。常力鸿沉吟良久，为难地说：

“老同学，我不愿对你打马虎眼。这个条件当然应该答应，否则 MSD 公司怎么收回投资？可是你知道，中国的农民们是不大管什么信息知识产权的，你能挡住他用自己田里收的麦子做种？谁也控制不住！”

吉明轻描淡写地说：“谢谢你的坦率。我在协议中写上这一条，只是作为备忘，表示双方都认可这条规则。至于对农民的控制方法……MSD 会有办法的。”

常力鸿哂笑着看看老同学，不知道他是不是在开玩笑。MSD 公司会有办法？他们能在每粒“未收获”的麦粒上预先埋一个生死开关？不过，既然吉明这样说，常力鸿当然不会再认真考究。

第二天，吉明在紫荆花饭店的雅间里回请了一顿。饭后吉明掏出一个信封：“老常哥，我已经混上了 MSD 公司的区域经理，可以根据销售额提成，手头宽裕多了。这一千美元是兄弟的一点小意思，权当是大学四年你应得的‘保姆费’吧。收下收下，你要拒绝，我就太没面子了。”

常力鸿发觉这位小兄弟已经修炼得太厉害了——他把兄弟情分和金钱利益结合得水乳交融，收下这点“兄弟情分”，明摆着明年你得为他的“销售提成”出力。但在他尚未做出拒绝的决断时，妻子已经眼明手快地接过信封：

“一千美元？等于八千多人民币了吧。我替你常哥收下。”她回头瞪丈夫一眼，打着哈哈说，“就凭你让他抄四年考试卷子，也值这个数了，对不对？”

常力鸿沉下脸，没有再拒绝。

吉明的回忆到这儿卡壳了。这些真实的画面开始抖动，扭曲，上帝的面容又挤进来，惊愕、痛楚，凝神看着死亡之火蔓延的亿万亩麦田。吉明困惑地想，上帝的面容和表情怎么会像那位中原的老农？梦中的上帝怎么会是那个老农的形象？自己与那个老农总共只有一面之缘呀。

他是在与常力鸿见面的第二年见到那老汉的。头年收获后，完全如吉明所料，魔王麦大受欢迎。常力鸿数次打电话，对这个麦种给出了最高的评价，尤其是麦子的质量好，赖氨酸含量高，口感好，很适于烤面包，在欧洲之外的西方市场很受欢迎。周围农民争着订明年的种子，县里决定推广到全县一半的面积，甚至邻县也在挤着上这辆巴士。第二年做成了五十万吨麦种的生意，他的信用卡上也因此添了一大笔进项。但是，第二次麦播的五星期后，常力鸿十万火急地把他唤去。

仍是在老常哥家吃的饭。他进屋时，饭桌上还没摆饭，摆的是几十粒从麦田挖出来的死麦种。它们没有发芽，表层已略显发黑。常力鸿脸色很难看，但吉明却胸有成竹，他问：“今年从 MSD 购进的种子都不发芽吗？”

“不，只有一千亩左右。”

吉明不客气地说：“那就对了！我敢说，这不是今年从我那儿买的麦种，是你们去年试种后收获的第二代的魔王麦！你不会忘吧，合同中明文规定，不能用收获的麦子做种，MSD 公司要用技术手段保证这一点。”

常力鸿很尴尬。吉明说得一点都不错，去年收的魔王麦全都留做种子了，谁舍得把这么贵重的麦子磨面吃？说实话，常力鸿压根儿没相信 MSD 能用什么“技术手段”做到这一点，也几乎把这一条款给忘了。他讪讪地收起死麦种，喊妻子端饭菜，一边嗫嚅地问：“我早对你说过的，我没法让农民不留种。MSD 公司真的能做到这一点？他们能在每一粒小麦里装上自杀开关？”

吉明怜悯地看着老同学。上农大时常力鸿是出类拔萃的，但在这个闭塞的中国县城里憋了二十年，他已远远落后于外面的世界了。吉明对老同学耐心地讲了自杀种子的机理：

“能，基因工程没有办不到的事。这种自杀种子的育种方法是：从其他植物的病株上剪下导致不育的毒蛋白基因，组合到小麦种子中，同时再插入两段基因编码，使毒蛋白基因保持休眠状态。直到庄稼成熟时，毒素才分泌出来杀死新种子。所以，毒蛋白只影响种子而不影响植株。”

常力鸿听得瞪圆了眼睛——这简直是天方夜谭嘛。他不解地问："如果收获的都是死麦粒，MSD 公司又是怎样获得种子呢？"

"很好办。MSD 公司在播种时，先把种子浸泡在一种特别溶液中，诱发种子产生一种酶来阻断那段 DNA，自杀指令就不起作用了。当然，这种溶液的配方是绝对保密的。"

"麦粒中有这种毒蛋白，还敢食用吗？"

"能。这种毒蛋白对人体完全无害，你不必怀疑这一点，美国的食品法是极其严格的。"吉明笑着说，"实际上我只是鹦鹉学舌，深一层的机理我也说不清，甚至连 MSD 这样顶尖的公司，也是向更专业的密西西比州德尔公司购买的专利。知道吗？单单这一项专利就花了十亿美元！这些美国佬真是财大气粗啊。"

常妻一直听得糊里糊涂，但这句话她听清了："十亿美元？八十多亿人民币？天哪，要是用一百元的票子码起来，能把这间屋子都塞满吧！"

吉明失笑了："哈，那可不知道，我从来没有从这个角度考虑过，因为这么大数额的款项不可能用现金支付。不过……大概能装满吧。"

"八十亿！这些大鼻子指望这啥子专利赚多少钱，敢这样胡花！"

吉明忍俊不禁："嫂子别担心，他们赚得肯定比这多。美国人才不干傻事呢。"

常力鸿的表情可以说是目瞪口呆。不过，他的震惊显然和妻子不同，是另一个层面上的。愣了很久他才说："美国的科学家……真的能这样干？”

“当然！基因工程已经成了神通广大的魔术棒，可以对上帝创造的生命任意删削、拼装、改良。说一个不是玩笑的玩笑，你就是想用蛇、鱼、鹿、虎等动物的基因拼出一条有角有鳞有爪的‘活着的’中国龙，从理论上说也是办得到的。”

常力鸿不耐烦地说：“我不是这个意思。我是说……”他卡住了，艰难地寻找着能确切表达他想法的词句，“我是说，美国科学家竟然开发这样缺德的技术？”

吉明一愣，对缺德这个字眼多少有些冒火。他平心静气地说：“咋是缺德？他们在魔王品系上投入了近二十亿的资金，如果所有顾客都像你们那样只买一次种子，这些巨额投入如何收回？如果收不回，谁会再去研究？科学发展不是要停滞了吗？这是文明社会最普通的道德规则，再正常不过的。”

常力鸿有点焦躁：“不，这也不是我的意思。我是说，”他再次艰难地寻找着词句，“我是说，他们为了赚钱，就不惜让某种生命断子绝孙？这不是太霸道了吗，这不是逆天行事吗？俗话说，上天有好生之德，连封建皇帝还知道春天杀生有干天和哩。”

吉明这才摸到老同学的思维脉络，他微嘲道：“真没想到，你也有闲心来进行哲人的思辨。这倒让我想起一件事。有一次我在飞机上邂逅了一位西班牙作家，听说还是王室成员。他的消息竟然相当闭塞，听我介绍了自杀种子的情况后大为震惊，连声问：‘现代科学真的能做到这种不可思议的事情’？我讲了很久，他终于相信了，沉思良久后感慨地说：人类是自然界最大的破坏者，它在自己的成长过程中消灭了数以百万计无辜的生物。即使少数随人类广泛传播的生物，如小麦、稻子等，实际上也算不上幸运者，它们的性状等都被特化了，它们的‘野生’生命力被削弱了。不过，在自杀种子诞生之前的种种人类行为毕竟还是有节制的，因为人类毕竟还没有完全剥夺这些生命的生存能力和生存权利。现在变了，科学家开始把某种生命的生存能力完全掌握到人类手中，建立在某种‘绝对保密’的技术上，这实在是太霸道了——你看，这位西班牙人所用的词和你完全一样！”吉明笑道，“不过依我看来，这种玄思遐想全是吃饱了撑的。其实，逆天行事的例子多啦，计划生育不是逆天行事？”

常力鸿使劲地摇头：“不，计划生育是迫不得已而为之。这个不同……”

“有啥不同？老兄，十三亿中国人能吃饱肚子才是最大的顺天行事。等中国也成了发达国家——那时再去探幽析微，讨论什么上天的好生之德吧。”

常力鸿词穷了，但仍然不服气。他沉着脸默然良久，才恼怒地说：“反正我觉得这种方法不地道。去年你该向我说清的，如果那时我知道，我一定不会要这种自杀种子。”

吉明也觉得理屈。的确，为了尽量少生枝节做成买卖，当初他确实没把有关自杀种子的所有情况都告诉老同学。饭后两人到不发芽的麦田里看了看，就是在那儿，吉明遇见了那位不知姓名的、后来在他的幻觉中化为上帝的老农。当时他佝偻着身体蹲在地上，正默默察看不会发芽的麦种，别的麦田里，淡柔的绿色已漫过泥土，而这里仍是了无生气的褐色。那个老农看来同常力鸿很熟，但这会儿对他满腹怨恨，只是冷淡地打了个招呼。他又黑又瘦，头发花白，脸上皱纹纵横，比常力鸿更甚，使人想起一幅名叫《父亲》的油画。青筋暴露的手上捧着几粒死麦种，伤心地凝视着。常力鸿在他跟前根本挺不起腰杆，表情讪讪地勉强辩解说：

“大伯，我一再交代过，不能用上次收的麦子做种……”

“为啥？”老汉直撅撅地顶回来，“秋种夏收，夏收秋种。这是老天爷定的万古不变的规矩，咋到你这儿就改了呢？”

常力鸿哑口了，回头恼怒地看看吉明。吉明也束手无策：“你怎么和这头犟牛讲理？什么专利什么信息什么文明社会的普遍规则，再雄辩的道理也得在这块顽石上碰卷刃。”但看看常力鸿的表情，他只好上阵了。他尽量通俗地把种子的自杀机理讲了一番。老汉多少听懂了，他的表情几乎和常力鸿初听时一个样子，连说话的字眼儿都相近：

“让麦子断子绝孙？咋这样缺德？干这事的人不怕遭报应？老天在云彩眼儿里看着你们哩。”

吉明顿时哑口无言！只好狼狈撤退。走出老汉视线后，他们站在地埂上，望着正常发芽的千顷麦田。这里的绿色显得十分强悍，充盈着勃勃的生命力。常力鸿忧心忡忡地看着，忽然问：

“这种自杀基因……会不会扩散？”

吉明苦笑着想，这个困难的话题终于没能躲过：“不会的，老同学，你尽管放心。美国的生物安全法规是很严格的。”他老实承认道，“不错，也有人担心，含有自杀基因的小麦花粉会随风播撒，像毒云笼罩大地，使万物失去生机。印度、希腊等地还有人大喊大叫，要火葬MSD呢。但这些都是没有根据的臆测。当然，咱们知道，小麦有千分之四到千分之五的异花传粉率，但是根本不必担心自杀基因会因此传播。为什么？这是基于一种最可靠的机理，假设某些植株被杂交出了自杀基因，那么它产生的当然是死种子，所以传播环节到这儿一下子就被切断了！也就是说，自杀基因即使能传播，也最多只能传播一代，然后就自生自灭了。我说得对不对？”

常力鸿沉思一会儿，点点头。没错，吉明的论断异常坚实有力，完全可信，但他心中仍有说不清道不明的担忧。他也十分恼火，去年吉明没有把全部情况和盘托出，做得太不地道。不过他无法去埋怨吉明，归根结底，这事只能怪自己愚蠢，怪自己孤陋寡闻，怪自己不负责任考虑不周全。有一点是肯定的，经过这件事，他与吉明之间的友谊是无可挽回了。送吉明走时，他让妻子取出那一千美元，冷淡地说：

“上次你留下这些钱，我越想越觉得收下不合适，务必请你收回。”

常力鸿的妻子耷拉着眼皮，满脸不情愿的样子。她肯定不想失去这一千美元，肯定在里屋和丈夫吵过闹过，但在大事上她拗不过丈夫。吉明知道多说无益，苦笑着收下钱，同两人告辞。

此后两人的友谊基本上断裂了，但生意上的联系没有断。因为这种性能极优异的麦种已在中原地区打开了市场，订货源源不断。吉明有时解气地想，现在，即使常力鸿暗地里尽力阻挠订货，他也挡不住了！

到第二年的 5 月，正值小麦灌浆时，吉明又接到常力鸿一个十万火急的电话："立即赶来，一分钟也不要耽误！"吉明惊愕地问是什么事，那边怒气冲冲地说："过来再说！"便啪地挂了电话。

吉明星夜赶去，一路上心神不宁。他十分信赖 MSD 公司，信赖公司对魔王小麦的安全保证。但偶尔地、心血来潮地也会绽出那么一丝怀疑。毕竟这种"断子绝孙"的发明太出格了，科学史上从来没有过，会不会……他租了一辆出租车，赶到出事的田里。在青色的麦田里，常力鸿默默指着一小片麦子。它们显然与周围那些生机盎然的麦子不同，死亡之火已经从根部悄悄蔓延上去，把麦秆烧成黄黑色，但麦穗还保持着青绿。这让人产生一种怪异的视觉上的痛苦。这片麦子范围不大，只有三间房子大小，基本上形成一个圆形。圆形区域内有一半是病麦，另一半仍在茁壮成长。

常力鸿的脸色阴得能拧下水儿，目光深处是沉重的忧虑，甚至是恐惧。吉明则是莫名其妙，端详了半天，奇怪地问："找我来干什么？很明显，这片死麦不是 MSD 的魔王麦。"

"当然不是，是本地良种，豫麦 41。"

"那你十万火急催我来干什么？让我帮你向国外咨询？没说的，我可以……"

常力鸿焦急地打断他："这是种从没见过的怪病。"他瞅瞅吉明，一字一句地说，"去年这里正好种过自杀麦子。"

吉明一愣，不禁失声大笑，"你的联想太丰富了吧。我在专业造诣上远不如你，但也足以做出推断。假如——我是说假如——自杀小麦的自杀基因能够通过异花传粉来扩散，传给某几株豫麦 41 号麦子，这些被传染的麦子被收获，贮藏到麦仓里，装上播种机，然后——有病的麦粒又恰巧播到同一块圆形的麦田？有这种可能吗？”他讪笑地看着老同学。

“当然不会——但如果是通过其他途径呢？”

“什么途径？”

“比如，万一自杀小麦的毒素渗透出来，正好污染了这片区域？”

“不可能，这种毒素只是一种蛋白质，它在活植株中能影响植株生理进程，但进到土壤中就变成了有机物肥料，绝不会成为毁灭生命的杀手。老同学，你一定是走火入魔了，一小片麦子的死亡很可能是其他原因造成的，你干吗非要和 MSD 过不去呢？”

常力鸿应声道：“因为它的自杀特性叫人厌恶！”他恨恨地说，“自杀小麦——这是生物界中的邪门歪道。当然，你说了很多有力的理由，我也相信，不过我信奉这一点：世界上没有绝对安全的防范。既然这么一个邪魔已经出世，总有一天它会以某种方法逃出来兴风作浪。”

“不会的……”

“你肯定不会？你是上帝还是老天爷？”常力鸿发火了，“不要说这些过头话！老天爷也不敢把话说得这样满。”停停他放缓了语气说，“我并不是说这些麦子一定死于自杀毒素——我巴不得这样呢。”他苦笑道，“毒素致死并不可怕，最多就是遗祸于种过自杀小麦的麦田嘛。可怕的是如果它们靠基因方式传播，那样，一个小火星就能烧掉半个世界，就像黑死病、艾滋病一样。”

他为这种前景打了一个寒战。吉明沉默了一会儿说：“我就是不相信。这种小麦已经在不少国家种过多年，从没出过什么意外。不过，听你的，需要我做些什么？”

“请你立即向 MSD 公司汇报，派专家来查明此事。如果和自杀种子无关，那我就要烧香拜佛了。否则……我就是十恶不赦的罪人。”常力鸿苦涩地说。

“没问题。”吉明很干脆地说，“我责无旁贷。别忘了，虽然我拿着美国绿卡，拿着 MSD 的薪水，到底这儿是我的父母之邦啊。你保护好现场，我马上到北京去找 MSD 办事处。”他笑着加了一句，“不过我还认为这是多虑。不服的话咱们赌一次东道。”

常力鸿没响应他的笑话，默默同他握手告别。吉明坐上出租车，很远还能看见那佝偻的半个身体浮现在麦株之上。

电梯快速向银都大楼二十七层升去。乍从常力鸿那儿回来，吉明觉得一时难以适应两地的强烈反差。那儿到处是粗糙的面孔，深陷的皱纹。而这里，电梯里的男男女女都一尘不染，衣着光鲜，皮肤细嫩。吉明想，这两个世界之中有些事难以沟通，也是情理之中的。

MSD 驻京办事处的黄得维是他的顶头上司。黄很年轻，三十二岁，肚子已经相当发福，穿着吊裤带的加肥裤子。他向吉明问了辛苦，客气中透着冷漠，吉明在心中先骂了一句“二鬼子”，他想自己在 MSD 工作八年，成绩卓著，却一直升不到这个二鬼子的位置上。为什么？这里有一个人人皆知又心照不宣的小秘密：美国人信任新加坡人、中国台湾人和中国香港人，远甚于中国内地人。

尽管满肚子腹诽，吉明仍恭恭敬敬地坐在这位年轻人面前，详细汇报了中原的情况。

“不会的，不会的。”黄先生从容地微笑着，细声细语地列举了反驳意见——正是吉明对常力鸿说过的那些。

吉明耐心地听完，说：“对，这些理由是很有力的。但我仍建议公司派专家实地考察一下。万一那片死麦与自杀种子有关呢？再进一步，万一自杀特性确实是通过基因方式扩散出去呢，那就太可怕了。那将是农作物中的艾滋病毒！”

“不会的，不会的。”

“我也是这么认为的，不过，是否向总部……”

黄先生脸色不悦地说：“好的，我会向公司总部如实反映的。”他站起身来，表示谈话结束。

吉明到其他几间屋子里串了一下，同各人寒暄几句，他在 MSD 总共干了八年，五年是在南亚，三年是在中国。但他一直在各地跑单帮，在这儿并没有他的办公桌，与总部的职员们大都是工作上的泛泛之交，只有从韩国来的朴女士同他多交谈了一会儿，告诉他，他的妻子打电话到这儿问过他的去向。

回到下榻的天伦饭店，他首先给常力鸿挂了电话，常力鸿说他刚从田里回来，在那片死麦区之外把麦子拔光，建立了一圈宽一百米的隔离环带。他说原先曾考虑把这个情况先压几天，等 MSD 的回音，但最终还是向上级反映了，因为这个责任太重！北京的专家们马上就到。他的语气听起来很疲惫，带着焦灼，透着隐隐的恐惧。吉明真的不理解他何以如此——他所说的那种危险毕竟是很渺茫的，死麦与自杀基因有关的可能性也是微乎其微的。吉明安慰了他，许诺一定要加紧催促那个“二鬼子”。

随后他拨通了旧金山新家的电话，妻子说话的声音带着睡意，看来正在睡午觉，移民到美国后，妻子没有改掉这个中国的习惯。这也难怪，她的英语不行，到现在还没找到工作，整天在家里闲得发慌。妻子说，她已经找到两个会说中国话的华人街邻，太闷了就开车去聊一会儿。“我在努力学英语，小凯——我一直叫不惯儿子的英文名字——一直在教我。不过我太笨，学得太慢了。”停了一会儿，她忽然冒出一句，“有时我琢磨，我巴巴地跑到美国来蹲软监，到底是图个啥哟。”

吉明只好好言好语地安慰一番，说：“再过两个月就会习惯的。这样吧，我准备提前回美国休年假，三天就会到家的。好吗？不要胡思乱想，吻你。”

常力鸿每晚一个电话催促。吉明虽然心急如焚，也不敢过分催促黄先生。他问过两次，黄先生都说：马上马上。到第三天，黄先生才把电话打到天伦饭店，说，已经向本部反映过了，公司认为不存在你说的那种可能，不必派人来实地考察。

吉明大失所望。他心里怀疑这家伙是否真的向公司反映过，或者是否反映得太轻描淡写。他不想再追问下去，作为下级，再苦苦追逼下去就逾线了。但想起常力鸿那副苦核桃般的表情，实在不忍心拿这番话去搪塞他。他只好硬起头皮，小心翼翼地说：

“黄先生，正好我该回美国度年假，是否由我去向总部当面反映一次。我知道这是多余的小心，但……”

黄先生很客气地说：“请便。当然，多出的路费由你自己负担。”啪地挂了电话。吉明对着听筒愣了半晌，才破口大骂：

“二鬼子，狗仗人势的东西！”

拿久已不用的国骂发泄一番，吉明心里才多少畅快了一些。第二天，他向常力鸿最后通报了情况，便坐上去美国的班机。到美国后，他没有先回旧金山，而是直奔MSD公司所在地Z市。不过，由于心绪不宁，他竟然忘了今天恰好是星期天。他只好先找一个中国人开的小旅店住下。这家旅店实际是一套民居，老板娘把多余的二楼房屋出租，屋内还有厨房和全套的厨具。住宿费很便宜，每天二十五美元，还包括早晚两顿的免费饭菜——当然，都是大米粥、四川榨菜之类极简单的中国饭菜。老板娘是大陆来的，办了这家号称“西方招待所”的小旅店，专门招揽刚到美国、经济比较窘迫的中国人。这两年，吉明的钱包已经略微鼓胀了一点儿，不过他仍然不改往日的节俭习惯。

饭后无事，吉明便出去闲逛。这儿教堂林立，常常隔一个街区就露出一个教堂的尖顶。才到美国时，吉明曾为此惊奇过。他想，被这么多教堂所净化了的美国先人，怎么可能建立起历史上最丑恶的黑奴制度？话说回来，也可能正是由于教堂的净化，美国人才终于和这些罪恶告别？

他忽然止住脚步。他听到教堂里正在高唱“哈利路亚”。这是圣诞颂歌《弥赛亚》的第二部分《受难与得胜》的结尾曲，是全曲的高潮。哈利路亚！哈利路亚！气势磅礴的乐声灌进他的心灵……

他的回忆又回到起点。上帝向他走来，苦核桃似的中国老农的脸膛，上面刻着真诚的惊愕和痛楚……

第二天，莱斯·马丁再次来到MSD大楼。大楼门口被炸坏的门廊已经修复，崩飞的大理石用生物胶仔细地粘好，精心填补打磨，几乎没留下什么痕迹。不过马丁还是站在门口凭吊了一番。就在昨天，一辆汽车还在这儿凶猛地燃烧呢。

秘书是个风韵犹存的半老徐娘，她礼貌地说，戴斯先生正在恭候，但他很忙，请不要超过十分钟时间。马丁笑着说，请放心，十分钟足够了。

戴斯的办公室很气派，面积很大，正面是一排巨大的落地长窗，Z市风光尽收眼底。戴斯先生埋首于一张巨大的楠木办公桌，一面不停手地挥写着，一面说："请坐，我马上就完。"

戴斯实在不愿在这个时刻见这位尖口利舌的记者，肯定这是一次困难的谈话，但他无法拒绝。这家伙不是那么容易打发的。在戴斯埋首写字时，马丁怡然坐在对面的转椅上，略带讥讽地看着戴斯忙碌——他完全明白这只是一种做派。当戴斯终于停笔时，马丁笑嘻嘻地说："我已经等了三分钟，请问这三分钟可以从会客的十分钟限制中扣除吗？"

戴斯一愣，笑道："当然。"他明白自己在第一回合中落了下风。秘书送来咖啡，然后退出。马丁直截了当地说：

"我已获悉，吉明在行动前，给本地的《民众之声》报发了传真，公布了他此举的动机，但这个消息被悄悄地捂住了。上帝呀，能做到这一点太不容易啦！ MSD 公司的财务报表上，恐怕又多了一笔至少六位数的开支吧？”

戴斯冷静地说：“恰恰相反，我们一分钱都没花。该报素以严谨著称，他们不愿因草率刊登一则毫无根据的谣言而使自己蒙羞，也不愿引起 MSD 股票下跌，这会使 Z 市许多人失去工作。”

“是吗？我很佩服他们的高尚动机。这么说，那个中国人闹事是因为自杀种子啰？”马丁突兀地问。

戴斯默认了。

“据说那个中国佬担心自杀基因会扩散，也据说贵公司技术部认为这是根本不可能的。可惜我一直不明白，这么一个相对平和的纯技术性的问题，为什么会导致吉明采取这样过激的行为？这里面有什么外人不知道的内情吗？”

戴斯镇定地说：“我同样不理解，也许吉明的神经有问题。”

“不会吧，我知道 MSD 为魔王系列作物投入了巨资，单单买下德尔公司的这项专利就花了十亿美元。现在，含自杀基因的商业种子的销售额已占贵公司年销售额的 60% 以上，大约为七十亿美元。如此高额的利润恐怕足以使人铤而走险了，比如说，”他犀利地看着戴斯，“杀人灭口。据我知道，在事发前的那天晚上，吉明下榻的旅店房间里恰巧发生了行窃和火灾。也许这只是巧合？”

戴斯在他的逼视下毫不慌乱：“我不知道。即使有这样的事情，也绝不是 MSD 干的。我们是一个现代化的跨国公司，不是黑手党的家族企业。如果竟干出杀人灭口的事，一旦败露，恐怕损失就不是七十亿了。马丁先生，我们不会这么傻吧？”

马丁已站起来，笑吟吟地说：“你是很聪明的，但我也不傻，再见。我不会就此罢休的，也许几天后我会再来找你。”

他关上沉重的雕花门，对秘书小姐笑道：“十分钟。一个守时的客人。”秘书小姐给出了一个礼节性的微笑。马丁出了公司便直奔教会医院。昨天他已马不停蹄地走访了吉明的妻子，走访了吉明下榻旅店的老板娘。正是那个老板娘无意中透露，那晚有人入室行窃，吉明用假火警把窃贼吓跑了。财物没有损失，所以她没有报案。“先生，”她小心地问，“真看不出吉明会是一个恐怖分子，他很随和，也很礼貌。他为什么千里迢迢地跑来和 MSD 过不去？”

“谁知道呢，这正是我要追查的问题。”马丁没有向老板娘透露有关自杀种子的情况，因为她也是华人。

三天前，也就是星期一的下午，吉明按照约定的时间来到 MSD 大楼。秘书同样说明他只有十分钟的谈话时间。吉明已经很满意了，这十分钟是费了很多口舌才争取到的。

戴斯先生很客气地听完他的陈述，平静地告诉他，所有这些情况，公司驻北京办事处都已经汇报过了，那儿的答复也就是公司的答复。魔王系列商业种子的生物安全性早已经过近十年的验证，对此不必怀疑。中国那片小麦的死亡肯定是由于其他病因，因为不是本公司的麦种，我们对此不负责任。

他的话语很平和，但吉明能感到一种巨大的压力，这压力来源于戴斯先生本人以及这间巨型办公室无言的威势。他知道自己该知趣地告辞了，该飞到旧金山去享受天伦之乐，妻子还在盼着呢。但想起常力鸿那双焦灼的负罪般的眼睛，他又硬着头皮说："戴斯先生，你的话我完全相信。不过，为确保万无一失，能否……"

戴斯不快地说："好吧，你去技术部找迈克尔·郑，由他相机处理。"

吉明感激涕零地来到技术部。迈克尔·郑是一位黑头发的亚裔，大约四十岁，样子很忠厚。吉明很想问问他是中国人还是韩国人，但最终没开口。他想在这个比较敏感的时刻，与郑先生套近乎没有什么好处。

迈克尔很客气地接待了他。看来，他对这件事的根根梢梢全都了解。他很干脆地吩咐吉明从现场取几株死的和活的麦株，连同根部土壤，密封好送交北京办事处，他们自会处理的。吉明忍不住问：

"能否派一个专业人士随我同去？我想，你们去看看现场会更有把握。"

郑先生抬头看看他，言简意赅地说："去那儿不合适。也许会有人抓住'MSD 派人到现场'这件事大做文章。"

吉明恍然大悟！看来，对于那片死麦是否同自杀基因有关，MSD 公司并不像口头上说得那样有把握。不过他们最关心的不是自杀邪魔是否已经逃出魔瓶，而是公司的信誉和股票行情，作为一个低级雇员，他知道自己人微言轻，说也无用。而且还有一个最现实的危险悬在他的头上：被解雇。他刚把妻儿弄到美国安顿好，手头的积蓄已经所剩无几了。他可不敢拿自己的饭碗开玩笑，于是他犹豫片刻，诚恳地说：

“我会很快回中国去完成你的吩咐。不过我仍然斗胆建议，公司应给予更大的重视，假如万一……我是为公司的长远利益考虑。”

迈克尔未置可否，礼貌周到地送他出门。

夜里吉明同常力鸿通了电话，通报了这边的进展。从常力鸿的语气中还是能触摸到那种沉重的焦虑，尤其是他烧灼般的负罪感，阴暗的气息甚至透过越洋电话都能嗅出来。常力鸿说这些天他发疯般地查找有关基因技术的最新情报，查到了一篇四年前的报道（他痛恨地说，自己为什么不早早着手学一点新东西？）：英国科学家发现，某些病毒或细菌可以在植物之间“搬运”基因——它们侵入某个植物的细胞后，在非常罕见的情况下，可以俘获这个细胞核内的某个基因片段，当植物繁殖时，这些外来基因也能向下一代表达。等后代病毒或细菌再侵入其他植株的细胞时，同样在非常罕见的情况下，这些基因片段会转移到宿主细胞中。当然，这个过程全部完成的概率是更为罕见的，但终归有这种可能。而且，考虑到微生物基数的众多及时间的漫长，这种转移就不算罕见了。实际上，多细胞生物的出现就是单细胞生物的基因融合的结果，甚至直到今天，动物细胞中的线粒体还具有“外来物”的痕迹，还保持着自己独特的DNA结构和单独的分裂增生方式。当然，今天的自然界中，不同种的动植物个体之间很难杂交，这种“种间隔绝”是生物亿万年进化中形成的保护机制。但在细胞这个层次，所有生物（动物、植物、微生物）细胞都能极方便地杂交融合，这在试验室里已经是司空见惯的事。

“中国科学院遗传研究所的专家们非常怀疑死麦株中包含有自杀基因，他们正在查证。”常力鸿苦涩地说，“至于这种基因是如何扩散到豫麦41中的，有人怀疑是通过小麦矮化病病毒做中介。这一点还没有得到证实，也没有进一步扩大的征兆。但是，最终结果谁敢预料呢。如果这片死亡之火烧遍大地……我是个混蛋透顶、死有余辜的家伙！”

吉明满脸发烧，他觉得这句话不该骂常力鸿而是应该骂自己。他对MSD公司开始滋生强烈的愤恨。不错，自己不了解这种由微生物“搬运”基因的可能性，但公司造诣精深的专家们肯定知道呀。既然知道，他们还信誓旦旦地一口一个“绝不可能”？他决定明天再去公司催逼，这次豁上被解聘！

夜里他一直睡不安稳，梦中到了天国和地狱的岔路口，俯瞰家乡的千里绿野。忽然，一股黑色的死亡之火穷凶极恶地卷地而来，所有麦子、稻子甚至禾本科的杂草，都被烧枯，自然界失去了生机……他从噩梦中醒来，再也睡不着，心情十分烦躁。夜深人静，耳朵格外灵敏。他忽然听见汽车的轰鸣声，汽车在近处停下，少顷，有极轻微的窸窣声从窗外传来。

吉明蓦然提高了警觉。他知道窗外的楼下是一片草坪，因为久未刈割已长得很深。是谁半夜跑到这儿？窸窣声显然是向二楼来了。他轻手轻脚地走到阳台，向下窥望，一个身穿黑衣的人正沿着墙壁的拐角向楼上爬，动作十分轻巧敏捷。吉明的头嗡地涨大了，虽然他还不相信此人是冲他而来——那除非是MSD公司雇用的杀手——但本能告诉他，恐怕这不是一个普通的窃贼。惶乱无计，他轻轻退回去，在毛巾被下塞了几件衣服，伪装成睡觉的样子，又溜到厨房的案板后，拎起一把厨刀，从厨案后露出一只眼睛，紧张地注视着阳台。

那人果然是冲这儿来的。两分钟后他跃进窗内，落地时几乎没有一丝声响。他戴着面具，右手向上斜举着一把带消声器的手枪。他沉下身听听屋内的动静，左手从口袋里掏出一方手帕（那上面肯定有强力麻醉剂或毒药），轻轻向床边摸去。

不用说，这是一个杀手而不是窃贼。吉明的心狂跳着，紧张地思索对策。他敢肯定，杀手在发现床上的伪装后绝不会罢手的，自己真的靠一把厨刀和他拼命？忽然他看见微波炉，顿时有了主意。他顺手拎起一瓶清洁剂放到炉内，按下触摸式微波开关，然后轻手轻脚溜到了卫生间。

杀手已发现毛毯下似乎有异常，轻轻揭开毛毯，立时警觉地回身，平端手枪，开始搜索。他听到了微波炉烤盘转动的轻微声响，擦着墙边慢慢走过去。这儿没有人影，只有一台中国产的格兰仕微波炉上的计时器在闪烁着。杀手在微波炉前略微沉吟，忽然悟到其中的危险，急忙向后撤，就在这时炉内訇然爆炸，炉门被冲开，蒸汽和水流四处飞溅，天花板上的火警传感器凄厉地尖叫起来。

杀手知道今天不能得手了，他迅即后退，轻捷地跃过窗户。吉明从卫生间的门缝中窥到这一幕，便几步跃到阳台上。杀手正用双手双膝夹着墙角飞快下滑，几天来窝在吉明心中的闷火终于爆发了，他忘了危险，破口大骂。

他恶狠狠地把厨刀掷下去。看来他掷中了，杀手从墙角突然滑下去，沉重地跌坐在草地上。但随即从地上弹起，逃走了，奔跑姿势很不自然，看来伤势不轻。

吉明十分解气，几天来的郁闷总算得到发泄。一直到消防车的笛声响起，他才从胜利的亢奋中惊醒，也开始感到后怕。有人在敲他的房门：

“吉先生，吉先生，快醒醒，你的屋中冒烟了！”

在打开房门前吉明做出决定，对老板娘隐瞒真情。他打开门，赔着笑脸说，刚才有一个窃贼入室，只好用假火警把他吓走。“损坏的微波炉我会照价赔偿，现在请消防车返回吧。”

消防车开走了，老板娘在屋里察看一番，埋怨几句，又安慰几句，也离开了。吉明独坐在高背椅上，想起几天来的遭遇，心头的恨意一浪高过一浪。平心而论，他没有做错任何事呀。他只不过反映了一个真实的问题，他其实是维护了 MSD 公司的长远利益。但他没想到，仅仅由于这些行为，他就被 MSD 派人暗杀！现在他已不怀疑，幕后主使人肯定是 MSD 公司。是为了上百亿的利润，还是有更大的隐情？

怒火烧得他呼哧呼哧喘息着。怎么办？他忽然想起印度曾有“火烧 MSD”的抗议运动，也许，用这种办法把这件事捅出去，公开化，才能逼他们认真处理此事，自己的性命也才有保障。

说干就干。第二天上午，一辆装有两箱汽油和遥控起爆器的福特牌汽车已经备好。上午 8 点，他把车开到 MSD 公司的门口。他掏出早已备好的红色喷漆筒，在车的两侧喷上标语。车左是英文：“BURN（烧死） MSD！”车右的标语他想用中文写，写什么呢？他忽然想到常力鸿和那个老农，想起两张苦核桃似的脸庞，想起老汉说的：“老天爷在云彩眼儿里看着你们哩！”马上想好了用词，于是带着快意挥洒起来。

门口的警卫开始逼近，吉明掏出遥控器，带着恶意的微笑向他们扬了扬。两个警卫立即吓住，其中一名飞快地跑回去打电话。吉明把最后一个字写完，扔掉喷筒，从车内拿出扩音话筒……

马丁赶到医院，医生告诉他，病人的病情已趋稳定，虽然他仍昏迷着，但危险期已经过去了。马丁走进病房，见吉妻穿着白色的无菌服，坐在吉明床前，絮絮地低声说着什么。输液器中液滴不疾不徐地滴着。病人睁着眼，但目光仍是空洞的，迷茫的，呆呆地盯视着远处。从表情看，他不一定听到了妻子的话。

心电示波器上的绿线飞快地闪动着，心跳频率一般为每分钟一百次，这是感染发烧引起的。一名戴着浅蓝色口罩的护士走进帷幕，手里拿着一支粗大的针管。她拔掉输液管中部的接头，把这管药慢慢推进去，然后，她朝吉妻微笑点头，离开了。马丁心中忽然一震，想起一件大事。这些天竟然没想到这一点，实在是太迟钝了！他没有停留，转身快步出门，在马路上找到一个最近的电话亭，拨通了麦克因托侦探事务所的电话。他告诉麦克因托，立即想办法在圣芳济教会医院三楼的某个无菌室里安装一个秘密摄像机，实行二十四小时的监视。“因为，据我估计，还会有人对这个名叫吉明的中国佬进行暗杀。你一定要取得作案时的证据，查出凶手的背景。”

麦克因托说：“好，我立即派人去办。但如果确实有人来暗杀，我们该怎么办，是当场制止，还是通知警方？”

马丁毫不犹豫地说："都不必，你们只要取得确凿证据就行了。那个中国佬并没给我们付保护费。记住，不要惊动任何人。"

"好——吧。"麦克托因迟疑地说。

吉明仍拒绝清醒。他的灵魂在生死之间、天地之间、过去未来之间踯躅。四野茫茫，天地洪荒。我是在奔向天国，还是奔向地狱？不过，他没忘时时拨开云雾，回头看看自己的故土，看黑色的瘟疫是否已摧残了碧绿的生命。他曾经尽力逃离这片贫困的土地——不过，这仍然是他的故土啊。

昏迷中，能时时听到医护人员像机器人般的呓语，后来这声音变成了妻子悲伤的絮语。他努力睁开眼睛，但是看不到妻子的面容。他太累了，很快合上眼睛。他对妻子感到抱歉，他另有要事去做，已经没时间照顾妻子了，忽然他停下来，侧耳聆听着——妻子这会儿在读什么，某些词语引起了他的注意。是常力鸿的信件，没错，一定是他的。老朋友发自内心的炽热的话语穿透生死之界，灌入他的耳鼓：

"惊闻你对MSD公司以死抗争，不胜悲伤和钦敬，吉明，我的朋友，我错怪了你，这些天来我一直在鄙视你，认为你数典忘祖，把金钱和绿卡看得比祖国更重要。我真是个瞎子，你能原谅我吗？……北京来的专家已认定，豫麦41号的自杀基因的确是通过矮化病毒转移来的，也就是说，它能够通过生物方式迅速传播。他们说这是一个与黑死病、鼠疫和艾滋病同样凶恶的敌人。不过你不必担心，我们会尽力把这场瘟疫圈禁消灭在那块麦田里，即使它扩散了，专家们说，人类的前景仍是光明的，因为大自然有强大的自救能力……朋友，不知道这封传真抵达美国时，你是活着还是已离去，不管怎样，我们都会永远记住你！”

吉明苦涩地笑了，觉得自己愧对老朋友的称赞。不过，有了这些话，他可以放心远行了。他在虚空和迷雾中穿行，分明来到天国和地狱的岔路口。到天国的是一列长长的队伍，向前延伸，看不到尽头。排在这一行的人（有白人、黑人和黄种人）个个愉悦轻松，向地狱去的人寥寥无几，他们浑身都浸透了黑色的恐惧。吉明犹豫着，不知道自己的罪恶是否已经抵清，不知道天国是否会接纳他。

上帝与吉明携手同行，向天堂走去。吉明嗫嚅地说：上帝大伯，那场瘟疫是经我的手放出去的，天堂会接纳我吗？上帝宽厚地笑道，那只是无心之失，算不上罪恶。来，跟我走吧。

他们沿着队列前行。一路上，上帝不时快活地和人们打招呼。忽然上帝立住脚步，怒冲冲地嚷道：你怎么混到这里来了？滚出来！他奔过去，很粗暴地拽出来一个人。那是个白人男子，六十岁左右，是一位极体面的绅士，西装革履，银发一丝不乱。吉明认出来，他是MSD公司的戴斯先生。戴斯在众人的鄙视下又羞又恼，但仍然保持着绅士风度。他冷着脸说：上帝，你该为自己的粗鲁向我道歉。不错，我是MSD公司的主管，是开发自杀种子的责任人，但我的所作所为一点也不违反文明社会的道德准则。

吉明担心地看看上帝，他担心上帝（拙嘴笨舌的乡下老头？）对付不了这个尖口利舌的家伙。但他显然是多虑了，上帝干干脆脆地说：对呀，我不懂，我懒得弄懂人类中那些可笑的规则。这些规则不过是小孩子玩耍时的临时约定，它最多只能管用几百年吧，但我已经一百五十亿岁啦。我只认准一个理，一个亘古不变的道理：世上万千生灵都有存活的权利，你让它们断子绝孙就是缺德。看看吧，看看吧！上帝拨开云眼，指着尘世中那块被死亡之火烧焦的麦田。上帝怒气冲冲地说：看看吧，你们的发明戕害生灵，触犯了天条，像你这样的人还想进天堂？戴斯沉默很久，才不情愿地说：也许我们是犯了点错误，但那是无心之失，这在科学发展史上是常有的事，就像DDT发明使用后在土壤中累积让人中毒，氟利昂导致臭氧空洞，一种叫反应停的药物导致畸形儿。我知道上帝仁慈宽厚……

上帝毫不客气地打断他的谄媚：对，我很宽厚，从不苛求我的子民。你说的那些犯错误的科学家，我都接到天堂啦，他们虽然犯了错，用心是好的，是为了全人类的利益。不像你——你是为了臭烘烘的金钱，是为了少数人的私利而去戕害自然。从这点上说。你与奥斯威辛集中营和日本731细菌部队那些科学败类没有什么区别。去吧，到地狱里去吧，那些败类在等着新同伴哩。

戴斯见多说无益，只好脸色铁青地转过身，很快被地狱的阴风惨雾所吞没。吉明舒心地长叹一声，跟在上帝后边进了天国。

当夜凌晨3点30分，吉明的心脏停止了跳动。

丹尼·戴斯冷冷地盯着面前的马丁，他今天心绪不佳，实在不愿伺候这个牛虻似的记者。昨晚戴斯做了个噩梦，一个长长的、怪异的噩梦。梦中他竟然因为自杀种子遭到上帝责罚，送往地狱。尤其令这位绅士不能容忍的是，这位上帝言行粗俗，胼手胝足，黄色皮肤，十足一个贫穷的中国老汉！

噩梦所留下的坏心境一直延续到现在，戴斯正想找人撒气呢，那位讨厌的马丁不识趣儿，得意扬扬地从口袋里掏出一组照片，一张一张摆在戴斯面前。第一张：一名戴口罩的护士在注射；第二张：这位护士已经出了大门，快步向一辆汽车走去；第三张：汽车的牌照。马丁像猫玩老鼠似的笑道：

"戴斯先生，这就是我从一卷录像带上翻拍的，你一定知道此事的来龙去脉。就在这位护士小姐注射三分钟后，病情已趋稳定的吉明突然因心力衰竭而死去……戴斯先生，我并不想为这个中国佬申冤，我对这些野蛮人没有好感。我甚至认为，死亡瘟疫能散布到那个国家是件好事，可以把黄祸的到来向后推迟几年。不过，"他可憎地笑着，"这是个十分重大的秘密。要想叫我守口如瓶，你总得付出一笔保密费吧。"

戴斯向照片扫了一眼，神色丝毫未变（马丁不由得很佩服他的镇静）。沉默了很久，戴斯才冷冷地问："你想要多少？"

马丁眉开眼笑地说："五千万，我只要五千万。这只是那一百亿利润的二百分之一嘛。我是很公平的。"

又是很久的沉默，然后戴斯俯过身来，诚恳地说："马丁先生，你想听听我的肺腑之言吗？"

"请——讲吧。"马丁既狐疑又警惕地说。

"坦率地讲——我从来没有这样坦率地讲过话——这三张照片上的事，我不能说丝毫不知情，我多多少少听说过一点。不过，确确实实，不是 MSD 公司干的——你别急，听我说下去。”他摆摆手止住马丁的反驳，“实际我应该住口了，再往下说我要担很大的风险了，不过今天我忍不住想说出来。我说过，MSD 公司绝对没干这些事，也绝不会干。一旦泄露，我们的损失就不是一百亿了。MSD 公司不会这样莽撞糊涂。不过，也许确实有人干了，也许干这些事的是比 MSD 远为强大的力量——我只能到此为止了。”他鄙夷而怜悯地说，“我们很笨，我们什么都没看到，你为什么要精明过头呢？马丁先生，五千万恐怕你是拿不到手了。不仅如此，从今天起你就准备逃命吧。要不，你掌握的那个十分重大的秘密一定会把你噎死，那个‘力量’恐怕不会放过你的。”

他看着目瞪口呆的马丁，温和地说：“我言尽于此。现在，请你从这里滚蛋吧。”

后 记

为避免读者对文中的自杀种子概念产生误解，特做以下解释：

美国最著名的一家生物技术公司（姑隐其名）早已大量销售含自杀基因的农作物种子，自杀机理正如文中所述，其专利是以十亿美元从另一家生物技术公司购买的。世界上已经有人担心，这种凶恶的自杀基因会扩散，因而提出“火烧 ×××”的愤激口号。虽然到目前为止尚未发生这种扩散，但文中所提到的微生物可以在不同植株中偶然“搬运”基因，却是已经证实的现象。

也许我们仍生活在一个“人类沙文主义”的时代，科学家们可以任意戕害弱小的自然界生灵而不受惩罚，甚至会受到赞许。从前可以勉强为之辩解：科学家们的这些研究是为了全人类的利益呀。现在情况变了。某些科学家开发出使生物“断子绝孙”的危险技术，他们只是为了少数人的私利！——不管这种私利暂时看来是多么合理多么正当。

更令人担心的是，这些科学家仍被视为科学界的精英而不是败类。与这些“精英”的观念相比，我宁可信奉中国老农朴素的老观念。

新书推荐

《北纬 30 度莽荒诡咒》：通向未知文明的探险之旅

一部比《鬼吹灯》《盗墓笔记》《藏地密码》更有内涵，比《三体》更接地气的旷世奇书！

有科学家曾提出一个设想：如果人类突然消失，地球会变成什么样？能够想象到的是，几天之内，大多数地方的电力将中断；因水泵不再运转，地铁、地下公路等地下世界会成为水世界；几个星期后，大多数人类豢养的家畜与宠物死亡；几个月后，大多数的核电站将发生爆炸；几年以后，水和野草将从根基上腐蚀掉整个城市；100 年后，绝大部分与人类文明有关的记录——书籍、照片、电子数据将消失；300 年之后，绝大多数的建筑坍塌；几万年之后，金字塔、长城、美国总统山等最后的人类建筑垮塌；1500 万年之后，玻璃和塑料将是人类存在过的最后证据；3 亿年之后，人类所有痕迹已被清扫一空。

3 亿年，足以毁灭证明人类存在过的所有的痕迹，乃至后世根本无法意识到曾经有过一个叫作人类的文明存在——地球已经有 46 亿年的历史。在这 46 亿年中，究竟发生过一些怎样的故事？我们这些如今正处在食物链顶端的双足直立动物，是否就是地球上唯一的不可替代的高级文明？抑或说：地球上曾存在过 N 世文明，在我们之前，既可能出现过人类前世文明，也可能有外星文明曾经光临地球并在地球上长期繁衍生息？

千百年来，人们一直试图通过各种手段寻找其他文明曾经在地球上生存过的证据。比如 1948 年前后，便有一支身份复杂、神秘的队伍，曾涉足湖北神农架 3000 多平方公里苍莽而又危机伺伏的无人区。这支队伍中有国民政府暗中安插的军统、中统骨干，有投降后仍野心不死潜伏下来的日本特高课精英，有美国中情局内线，地下党，江湖巨匪以及真正的科考探险工作者……因为此次行动属于最高机密，所以在开始的时候，参与其中的各色人等少有人知道此行的真实目的——他们中的绝大多数人，最初以为是去寻找一处深埋地下的黄金宝藏……

但随着行动进一步深入，这些人却逐渐意识到此行的目的决非寻宝那么简单，特别是当一条贯穿古今中外、地球文明兴衰历史的线索链渐次显现、露出其狰狞诡秘的一面时，所有参与其中的人都被震撼得目瞪口呆。这条线索链，就是北纬 30° 线！

北纬 30° 线是一条横贯四大文明古国的神秘纬线。在这个纬度上，不但孕育出古埃及、古巴比伦、古印度和古中国这样的四大文明古国，同时它还是埃及尼罗河、中东幼发拉底河、美国密西西比河、印度恒河、中国长江的发源地或入海口。另外，世界第一高峰珠穆朗玛峰、世界最深海沟马里亚纳海沟、世界最大沙漠撒哈拉沙漠都出现在这条线上。而更让人动容的是，古玛雅文明、远逝的三星堆文化、埃及金字塔、让人谈之色变的百慕大三角以及千百年来以秘传佛教著称的西藏和异闻横飞的神农架，也都位于这条不断创造出神奇与毁灭的纬线上。

因此，若将北纬 30° 视作一条灵动诡异的丝线，那么这条丝线所串起的简直就是一部地球文明的兴衰史。而处于这条线上的神农架，极有可能隐藏着一个贯穿地球文明兴衰史的神秘触点。只要找到并将这个触点成功激活，进而产生连锁反应，那么千秋万代以来萦绕在人们心中的一个个重大谜团也许就会找到答案。比如：

古埃及、古印度、古巴比伦文明以及玛雅文明为何会突然中断并最终消亡？究竟是一种怎样的力量让它们突然从鼎盛急坠直下，瞬息化为历史尘烟？

大西洲——亚特兰蒂斯大陆因何陆沉海底，当年曾经生活在那里的原住民是否有人生还并留下后裔？若留下了，他们的子孙如今又去了哪里？

古埃及金字塔、古巴比伦的空中花园、巴别通天塔等究竟是由上古高等文明还是由地外文明一手建造？他们的目的是为了获得永生，还是为了向地外文明发出联络信号？

吞没了不计其数飞机、轮船的百慕大三角区以及曾在二战中让美国空军折损近500架飞机的中国川藏航线究竟隐藏着何种惊天秘闻？这一切属于特殊地质引发的灾难还是“人为”造成？

此外，还有人类不同族群关于厄难的种种描述与传说，以及本不该发生在几千年乃至上千万年前的核爆场面，如此等等，既扑朔迷离，又让人产生无限遐想……

浩瀚信息，海量谜疑。这是一部比《鬼吹灯》《盗墓笔记》《藏地密码》更有内涵，比《三体》更接地气的旷世奇书！

《宇宙钟摆》新书预告

超光速追缉挑战想象力极限，

宇宙钟摆系统概念带你滑向宇宙深渊！

生命形态可以量子化呈现？

高级智能的最终归宿难道都要进化到能量状态？

点燃木星虽可以给人类取暖，但可怕后果谁能预料？

移民水星是否可行？

驾地球逃出太阳系难道就能找到新家……

世间万物，皆有生灭，就算存在了 130 多亿年的宇宙也概莫能外！

“宇宙钟摆”就是这样一个控制宇宙生死轮回的大系统。它是一个由两个以上引力中心构成的奇特时空结构，在这个宏大无比的结构中，宇宙中的所有物质只能在几个引力支点中作钟摆运动，宇宙万物的轮回由此而生。

对于这个系统，人类原本一无所知，但一场无法躲避的灾难，却加速了我们对它的认知：

公元二十二世纪初，地球进入一片需要 3000 万年才能穿越的星际尘云。早在两三亿年前，地球便因穿越这片浩瀚尘云而进入漫长的冰河期，地球上 97% 以上的生物惨遭灭绝……而这次，走进这条进化死胡同的，却是我们人类！

为了应对这场末日劫难，有人主张利用量子发动机技术，将地球推离原有轨道；有人主张移民水星或点燃木星取暖；还有人暗中策划“涅槃计划”，试图利用外星智慧，将人类改造成嗜杀成性但能适应恶劣环境的鹞羽人……

不同的意见导致无尽的争执与杀戮，人类面临两难抉择：要么被异化，要么被灭绝？最终主张维持人类本性的一方占据上风，“涅槃计划”策划者因此叛逃向宇宙深处。于是，一场超光速飞船追缉叛逃者的太空大戏在宏大的宇宙背景下展开。在惊心动魄的追缉中，狄拉克号飞船诡异地陷入时空陷阱，没想到却让人类意外地掀开了“宇宙钟摆”的神秘面纱。

“宇宙钟摆”能否改变人类面临的厄运？最终结局超出了所有人想象……

银河行星：本名吴信才，重庆市璧山人，新生代科幻作家。作品叙事宏大，擅长多角度展现人与宇宙万物的对应关系，擅长在众多科幻创意中反复切换，进而展现人类在极端状态下的生存状态和心理状态。其作品画面感极强，受到多家影视公司青睐。代表作《宇宙钟摆》三部曲以及其所著的所有作品，均已天价签约影视。

为促进中国本土科幻文学更好发展，《虫》MOOK系列图书面向全球华语科幻作者、书迷广泛征集科幻短篇、中篇、长篇原创作品。

我们郑重承诺，对于来稿每稿必复。

投稿邮箱：bfwhzf@163.com

科幻作者、读者交流群：QQ 群 1：16812541

QQ 群 2：28184811

扫一扫走进科幻，关注《虫》MOOK 更多资讯。